宋时明月 寄春风

寄春风

愿得柳七心

流珠 著

北京联合出版公司
Beijing United Publishing Co.,Ltd.

图书在版编目（CIP）数据

宋时明月寄春风：愿得柳七心 / 流珠著. -- 北京：
北京联合出版公司，2018.8（2023.3 重印）

ISBN 978-7-5596-2084-2

Ⅰ．①宋… Ⅱ．①流… Ⅲ．①宋词－诗歌欣赏 Ⅳ.
① I207.23

中国版本图书馆 CIP 数据核字（2018）第 094587 号

宋时明月寄春风：愿得柳七心

作　　者：流　珠
出 品 人：赵红仕
责任编辑：牛炜征
封面设计：吴黛君

北京联合出版公司出版

（北京市西城区德外大街83号楼9层 100088）

北京新华先锋出版科技有限公司发行

天津旭丰源印刷有限公司印刷　新华书店经销

字数152千字　620毫米×889毫米　1/16　17印张

2018年8月第1版　2023年3月第2次印刷

ISBN 978-7-5596-2084-2

定价：59.00元

夜深忽梦少年事。梦中楼台影动、灯花初落。斯时斯景，正宜"诵明月之诗，歌窈窕之章"。然而说来奇怪，我临窗而吟的，却并非前人先贤们的名篇隽句，而是自己所写过的一首词。其实那根本不能算得上是一首词，无韵可依、贻笑大方。但在那样的夜晚、那样的梦境，我所想起的，偏偏是它：

> 簟纹秋水几许长？轻舸浅唱，两两红装，晚风暗助舞衣香。
> 遥忆芙蓉在潇湘。俊逸浪漫，雍容浩荡，明月来时醉流光。

明月来时醉流光。流光逐水，岁月嬗替。屈原说："时不可兮骤得，聊逍遥兮容与。"世间能逍遥容与者，唯梦想而已。正如某首歌中所唱，"谁能给我一双翅膀，飞到最远的地方。用尽全力乘风而去，穿过黑夜的阻挡"。梦想就是这样一双会飞的翅膀，是游离于光阴岁月之外、盛开不败的芙蓉，永远俊逸浪漫，雍容浩荡。

按照通常的看法，人生中最是充满诗情画意的时代，必属少年之时。可惜少年时代，在学业为重的大环境下，有如笼中鸟、网中鱼，天空虽广，大海虽阔，却无从奋飞，无从腾跃。拘于狭小的天地，十六岁的花季并不是人们想象中的那样缤纷多彩。幸喜，我的少年时代有诗词相陪，而与诗相伴的日子，也就成了我人生中最是诗情画意、浪漫充实的时光。

我与宋词结缘，大概是在十三四岁吧，是古人极为称赏的"豆蔻年华"。而缘起却是因为唐诗，一次极偶然的机会，我从同学家发现并借到一本唐圭璋先生等人所编的《唐诗鉴赏辞典》，如获至宝，喜爱非常。记得那时我们期中、期末考试，各科成绩前三名者都会得到一本笔记本作为奖励。我得到过好几本这样的"战利品"呢！至今还能清晰地忆起笔记本的封面——一个戴着俏皮小帽的新疆小姑娘，侧首含笑坐在鲜花怒放的草地上，它的名字叫作《花儿欢》。而我竟然别出心裁，将好几本《花儿欢》用针线装订为厚厚的一本，孜孜不倦地在那一盏橘红色的读书灯下誊抄起《唐诗鉴赏辞典》所选录的唐诗来。我奶奶是名退休教师，也是我童年时《唐诗三百首》的启蒙老师。大约是有感于我的这种虔诚与热情吧，她特地去书店为我买回了一本《唐宋词鉴赏辞典》。以当时的物价，购置这么一本精装厚册的书，算得上是轻奢了一把。谁让奶奶心疼孙女呢："好好地学着吧，这下可不用熬夜抄写了。"从此，唐诗宋词之美，同时萦心铭怀矣。而少时读词的情味，恰如辛弃疾所言："昨日春如，十三女儿学绣，一枝枝不教花瘦。"

本书题名"愿得柳七心"，却不是一本只谈柳永之书，尽管所选的辞章篇幅的确以柳永为冠，而笔者于此亦是用力最勤。遥想北宋盛年名都东京，人人都爱柳七郎，家家皆诵耆卿词。"不愿君王召，愿得柳七叫；不愿千黄金，愿得柳七心；不愿神仙见，愿识柳七面。"柳七何幸而生此时代，时代何幸而得此奇才。柳七是历史上第一个写词专业户，而本书中的其余词人，则有别于他。寇准、陈尧佐、范仲淹，这三位词人都曾入阁拜相。呼风唤雨的政坛大佬写起词来却能曲尽婉妙，这还真是——只有你想不到的，没有他做不到的。本书还会讲到一位神秘的西湖隐士，或许你已猜到他是谁了——是的，就是那位与梅花情定终身的诗人。而压场出现的，则是被誉为"云破月来花弄影郎中"的张子野。"人生无物比多情，江水不深山不重。"子野凝思幽叹，琵琶又换新声。

按照笔者的设想，拟以本书为始发之作，将宋词评析写成一个系列。愿得柳七心，这里的柳七，用以借指天下词人。所愿得者，是天下词人的意脉神髓。真能完成这场长跑吗？那么多令人心仪、心动的宋词，所费工夫之久，是难以估算的。即使做好了"磨洋工"的打算，志大才疏，多半也会半途而废、徒呼奈何。虽所望过奢，然而，就如探春者恨不能遍观天下名园，爱星者梦寐以求的，绝不止于孤星皎然，而是璀璨如海的星空。如果你足够爱词的话，又怎会拒绝这样一个甜美浩瀚的梦想呢？相逢意气为君饮，愿与宋词过一生。

"昔我往矣，杨柳依依。今我来思，雨雪霏霏。"说起来，只是一个"柳"字，真能牵动无限思致。我高中时所写的第一篇作文就叫《问柳》。那年我十五岁，已能背得《唐宋词鉴赏辞典》中的许多词作。就今天看来，这当然是一篇不无稚气却又刻意为之的少作，但亦可看出，诗词对我的影响已是何其深切。兹录于下：

柳，我问你：深秋了，你还独自站在月下，不冷吗，不害怕吗？

哎，为什么你总长在江岸汀边？你送过好多好多的行人呵！韦庄的《古离别》里就有你："晴烟漠漠柳毵毵，不那离情酒半酣。更把玉鞭云外指，断肠春色在江南。"可有的诗人不喜欢你，姜白石的《长亭怨慢》里曾有这样的词句："树若有情时，不会得青青如此。"责备你无情。李商隐还算了解你，他说你："含烟惹雾每依依，万绪千条拂落晖。为报行人休折尽，半留相送半迎归。"这些，你都知道吗？我可真是喜欢你那撩人心怀的碧丝和清逸俊迈的丰姿呵……

每到春日，你总在微风的吹拂下依依低舞，款款轻飞。你那摇动的柔嫩的枝叶恍若长裙迤地，轻盈地拂荡在水面，带给一湖平静的碧水几抹浅淡的波纹。你摇曳着，摇曳着如水的梦和如水的柔情。于是，你高兴了，从那深青的柳丝中我看见了你那一份盈盈脉脉的深情而羞怯的笑靥。呀，你好清秀呵！我如痴如醉地瞧着你的青色，连你那轻飞的柳絮蒙蒙地扑在脸上也不知道了。对了，你的飞絮像什么呢？它如同散雪飘落在霜夜，又好像是丝雨乱点着黄昏。你知道，就在好久前这个柳絮飘飞的春日，我的朋友离我而去了。我折你一枚青叶寄给她，你可允许吗？呵，你点头了。那么，你是答应了我。每次我到这儿来，总念秦观的《江城子》：西城杨柳弄春柔，动离忧，泪难收。犹记多情、曾为系归舟。碧野朱桥当日事，人不见，水空流。

此时的你，在静谧得拌了蜜似的月色里远远看去，缥缥缈缈，如烟似雾，怪不得历来就有"做冷欺花，将烟困柳"之说。萧萧的秋风照着你，淡月疏星照着你，穿过那浓密的枝叶，照出了那么个清丽柔媚的形影。于是隐在亭榭池阁之间的你，嫣然摇动，变成了好些个绝美绝妙的词句。一片深心，也真的"依依似与骚人语"了。你将告诉诗人们什么呢？是"待得归鞍到时，只怕春深"的惆怅，还是"春满缕，为君将入江南去"的情思？我无从得知，难道诗人们也无从得知吗？慧性灵心、情肠意匠的诗人呵……柳呵，如果明月可以比作你温润的性灵，那么清风就亦许是你的魂儿了。那么，我变作清风、明月来伴你，好使你永不孤独，好吗？但这却是不可能的呀，你可知道吗？于是，我也为你作句诗"欲作秋风思无迹，吟成湘月魂难通"。它就停在你最高的树枝尖上，你可看见了？

门外的风，好像还没有定，可我的心儿，却早随流水去了……

在我不够端正的笔迹下，是老师用红字标注的"喜阅"以及令人鼓舞的评语：《问柳》，标题不俗，问得好，也问得巧。情浓似酒，构思讲究，语言抒情。好读书，有相当高的文学素养。希望能经常读到你情文并茂的文章。如果能写一手娟美的好字，那就更加能引人反复吟咏了。

年光抛人，清梦易断。年少问柳的情怀，早已被世俗的喧闹所侵扰，被人间的风尘所掩埋。这么多年过去了，字迹仍然凌乱，好读书的习性却在不知不觉中磨损消减得不成样了。"何时归赋沧浪水，浣我征衣万斛尘。"也许，是时候了，挥一挥衣袖，将喧闹与风尘抖落身后，怀揣期待与忐忑，静悄悄地回到诗心词境的源头。折一枝新柳，拈一朵春花，与那个年少时的自己相遇在莺飞草长的陌上。心中一惊，复又一喜。

我眼中的她，穿一件天蓝色的毛衣，齐耳覆额的短发，红如石榴的娃娃脸，戴着黑边框的古董眼镜，害羞而又倔强。她眼中的我，蓝裙长发，不见了框架眼镜，不再有一清见底的目光，不再害羞脸红，却还留存了一些倔强的气息。她当然不会主动与我打招呼，但我却极其自然地招呼起她来。仿佛久别重逢的朋友，在晨光里、落日下，交错着我们的对谈：

"原来，你还在这里。"

"原来，你也在这里。"

"这些年来，你都去过哪里呢？那里可也有春天，也有芳草？"

"也有春天，却比不上这里的天然秀丽。也有芳草……然而，怎么说呢？岂不闻——'长亭道，一般芳草，只有归时好。'"

江南春

波渺渺，柳依依。孤村芳草远，斜日杏花飞。江南春尽离肠断，
蘋满汀洲人未归。

入眼看到"江南春"这题目，是不是有种似曾相识之感？是的，
唐诗中就有一首同名之作，作者是晚唐诗人杜牧。小杜的《江南春》
是这么写的：

千里莺啼绿映红，水村山郭酒旗风。

南朝四百八十寺，多少楼台烟雨中。

而在词牌中，含有"江南"一词，最是为人念念不忘、反复援引
的篇目大概要数白居易的那首《忆江南》了。《忆江南》，又名《望
江南》《江南好》《梦江南》，一连串言必称"江南"的小令，其实
属于同一词牌。至于词牌中以"江南春"为题目的，则仅此一首，这

一词牌，也没有别的曾用名。

打开煌如列星的《全宋词》，第一篇描写江南春色的作品，就是这首《江南春》。而它的作者寇准，则是宋真宗景德年间的一代名相。在中国民间，寇准还真是一个响当当的名字，民谚有云："欲得天下好，无如召寇老。"但寇准之所以那么出名，却并非得益于民谚，而是得益于民间传说《杨家将》。《杨家将》中的寇天官足智多谋、一身正气，最终扳倒大奸大恶的潘仁美，为杨门忠烈平冤昭雪。传说不是历史。在历史学家看来，寇准与杨家将的核心人物杨六郎是难以相提并论的。一个是握发吐哺、翼佐皇图的相君，一个是镇守边关、功名未著的武将，这样的两个人，只怕连个一面之缘都没有。估计寇公会一脸茫然："为杨门昭雪？是哪个杨门？何冤之有，何雪须昭？"

除了《杨家将》中的"寇天官"这一尊称，在民间，寇准还有一个富有乡土气息的别称——寇老西儿。相传寇准是山西人，腰悬醋瓶，就像电视剧中那些以风雅自命的国民党官员一样，时不时地呷上那么一两口。所不同者，国民党官员随身所携的是精装洋酒，而寇准所带的是醋瓶而已。但是想想也挺滑稽的。寇公真有不时呷醋的习惯吗？位极人臣，在金銮殿上，若犯了醋瘾可如何是好？总不成当着圣主的面呷上一口老醋，再喷着满嘴的醋气向"吾皇"慷慨陈词吧！哎，不用担心，压根儿就没这回事。"腰悬醋瓶"是民间刻意为寇准打造的朴素亲民的形象，而实际上，寇准是陕西人，不嗜醋。即使硬要给他安上个"老西儿"的昵称，也是"陕老西儿"，而不是"山老西儿"。还有一点需要纠正，正史上的寇准并不是以朴素著称，而是"豪侈冠一时"（司马光语）。

关于寇准的"豪侈"，在明代蒋一葵所著轶史《尧山堂外纪》一书中有这样一段记载：

　　寇莱公有妾蒨桃，灵淑能诗。公尝设宴，会集诸伎，赏绫绮不赀。蒨桃献诗二绝讽之，曰："一曲清歌一束绫，美人犹自意嫌轻。不知织女萤窗下，几度抛梭织得成。"又，"风劲衣单手屡呵，幽窗轧轧度寒梭。腊天日短不盈尺，何似妖姬一曲歌。"公和之曰："将相功名终若何，不堪急景似奔梭。人间万事何须问，且向樽前听艳歌。"

　　我倒觉得，这个故事中的寇莱公（即寇准，曾受封莱国公）较为符合真实生活中的人物原型。按照《宋史·职官志》所公开的宋朝官员俸禄，宰相、枢密史级别的官员每月俸钱为三百千，春、冬服各绫二十匹、绢三十匹、绵百两，粟一百石。仅以月基本工资这一项收入而言，三百千即三百贯，差不多是三百两银子，有人粗略地计算了一下，这大概相当于我们今天的九万元人民币。按照这一算法，一个穷光蛋若能在宋朝当上一年的宰相，一年之后何止有望脱贫，铁定步入百万富翁之列了。宋朝的皇帝对臣子们出手可真够大方啊！就算当不上宰相，能在宋朝从基层的官员做起，也是一生的造化啊！而寇准曾两度为相，前后长达三十年。俸禄既丰，"豪侈冠一时"亦在情理之中了。

　　富贵而知礼乐，宋词的兴起，同宋朝官吏的优厚待遇与优雅生活是分不开的。所谓"满朝朱紫贵，尽是读书人"，这在宋朝真是至理名言。宋朝的官吏多为科举考试选拔出来的读书人，读书人一旦飞黄腾达了，会将富贵生活过得很有情调，而不会像那些一夕暴发的土豪，挥金如土仍不得要领。且看《尧山堂外纪》中的寇准在公事之余以何消遣呢："公尝设宴，会集诸伎，赏绫绮不赀。"当然不是在大吃大喝之后在堂上抬出一箩筐的绫罗绸缎，让那些伺候宴席的歌伎们展开你争我夺，寇公则在一旁自得其乐，如同观看一出猴戏。合理的解释是，寇公设宴招待来宾，"凉宵绮宴开，鄢渌湛芳罍。鹤盖留飞舄，珠喉怨落梅"。宾主尽欢，为了表达心中的欢愉与感动，寇公遂于宴后以绫绮赏赠歌伎。

然而不是每个得到赏赐的歌伎都感恩领情，有人还嫌寇公赏得太轻。寇公的侍妾蒨桃聪明贤淑，就写了两首诗来加以讽劝，其讽劝的对象不是贪心挑剔的歌伎，而是大方行赏的寇公。两首诗都将歌伎与织女做了比较，"一曲清歌一束绫，美人犹自意嫌轻"，"腊天日短不盈尺，何似妖姬一曲歌"。蒨桃认为寇公不知惜物，赏赐过奢。寇公深知其贤，但是要他以大臣之体当着自己侍妾的面认错，这怎么可以呢？太伤体面了。只好自我解嘲道："人间万事何须问，且向樽前听艳歌。"

而寇公之所好，恐怕不单是"且向樽前听艳歌"吧。史称寇准"善诗能文，七绝尤有韵味"。寇准诗存三百首，其最早为人所知的诗，题为《咏华山》，其诗云：

> 只有天在上，更无山与齐。
>
> 举头红日近，回首白云低。

相传寇准作此诗时年方七岁，三步而成，比曹植的《七步诗》还要省时省力。此诗为寇公赢得了"神童"之称。

寇神童在十九岁时就考中了进士，柳永可是考到了五十岁才熬出了"新郎君"的资格。但年轻人也不是人见人爱、处处吃香，至少就当时的统治者宋太宗而言，他更看好成熟人士，在开科取士方面，"年少者往往罢去"。于是就有人开导寇准说，为保万无一失，你就在简历中给自己虚加几岁吧，这样皇上的心里才会踏实，皇上喜欢给年长者亮绿灯，年少者则往往亮红灯。但寇准却拒绝了，他的理由是——做人要以诚为本，怎可谎报岁数以邀君恩呢？结果宋太宗也并没因为寇准过于年轻而对他有所非难。实诚人，天不负。寇准被授以大理评事之职，正式上岗就业。

这是《宋史·寇准传》中的一段本事，寇准为人之耿介于此可见一斑。这本书中还有一个故事，也是关于寇准的直而不弯。话说有一次，寇准向宋太宗奏事，太宗听得无名火起，起身便走。看到龙颜震怒，估计殿堂上的大臣与侍从早已吓得魂不附体。独有这个闯了大祸的寇准，并未按照常理搬演以头抢地、泣血赔罪的剧情，反倒一个箭步冲上前去，拉着宋太宗的衣袍不放。不但一言不合就拉龙袍，口里还念念有词："我还没说完呢，皇上总要听臣说完后再决定该不该生气吧？"

说来也奇怪，如此倔强的性格，如此大不敬的举动，反令宋太宗对寇准转怒为喜、大有好感起来。宋太宗忽然想起了唐太宗的谏臣魏徵。唐太宗曾说魏徵像个乡下佬儿一样可厌可恨，恨得厉害时简直想要杀掉他。但满朝文武中，唯有这个宁折不弯的乡下佬儿，令唐太宗既恨且爱，既爱且敬。魏徵去世后，唐太宗哀哭不已，对左右说："夫以铜为镜，可以正衣冠；以史为镜，可以知兴替；以人为镜，可以明得失。魏徵没，朕亡一镜矣！"在寇准身上，宋太宗看到了魏徵的影子。于是欣然回座，当众表扬寇准说："朕得寇准，犹文皇（唐太宗谥号）之得魏徵也。"

也许是因为寇准上述品质的吸引吧，令《杨家将》的作者不畏牵强附会，脑洞大开地将寇准写入评书，为杨门群英充当了重要配角。其实寇准除了具备忠直不阿的性格、奢侈挥霍的作风、一鸣惊人的天才特质，他还有一个很大的特点，那就是——文人的浪漫情怀。沈括的《梦溪笔谈》曾有记载："寇莱公好柘枝舞，会客必舞柘枝，每舞必尽日，时谓之'柘枝癫'。"

柘枝，又称柘枝舞，从西域传入，唐教坊曲中有《柘枝引》曲目。舞者罗衫锦靴，绣帽上缀有金铃，在密如雨点的鼓乐中急速旋转，鼓声与帽上的铃声相映成趣。柘枝舞者多为女子，最初是独舞，后来又演变为双人舞、多人舞。按照唐朝的惯例，在舞蹈结束时，舞者须罗衫半脱、袒露香肩。白居易有诗赞叹：

> 红蜡烛移桃叶起，紫罗衫动柘枝来。
> 带垂钿胯花腰重，帽转金铃雪面回。

唐人喜观柘枝舞，宋人继承了这一光荣传统。比如寇准，就是柘枝舞的狂热爱好者之一。他狂热到了什么地步呢？每次与宾客联欢都会演出柘枝舞，且不是袖手旁观，而是身先士卒、大秀舞姿。寇公的柘枝舞跳得是否地道呢？《梦溪笔谈》中没有透露，或者是不方便透露。但就寇公的自我感觉来说，却是非常棒，因为他跳柘枝舞时总是无比投入，"铃儿响叮当，铃儿响叮当"，简直可以跳得通宵达旦却毫无累意。寇公因此得了个绰号——柘枝癫。

不知寇公得此绰号是在身居相位之前还是在身居相位之后。如果是在身居相位之后，则这一绰号肯定含有讽刺意味。还有一个问题是，当曲罢舞终时，寇公有没有遵循惯例呢，罗衫半脱，傲然向人展示他健美的躯体？你以为，但凡股肱之臣必然指的是那些过了天命之年的糟老头子？嘿嘿，谁说咱大宋的"总理"是糟老头子？瞧这身段，比健身房里出来的还强健。然而，寇公想来不是个自恋的人，将柘枝舞跳到了欲罢不能的份儿上，这可不是自恋的症状，而是真性情的流露。有真性情的人无疑是个任性的人。"世人笑我太疯癫，我笑世人看不穿。"相信寇公即使对"柘枝癫"这一绰号有所耳闻，他也决不会因此而有所顾忌，而将继续我行我素。

厉害了，寇公，堪称是上得了殿堂，下得了舞场。《梦溪笔谈》还有所记，"今凤翔有一老尼，犹莱公时柘枝妓，云尚能歌其曲"。寇公亡故后，在陕西凤翔有一个老尼，自称是其柘枝妓之一。老尼还能唱出当日的柘枝舞曲。既然有曲，则必然有词。《花间词》中的标志性风景线是："绮筵公子，绣幌佳人，递叶叶之花笺，文抽丽锦；举纤纤之玉指，拍按香檀。不无清绝之辞，用助娇娆之态。"如此养眼的美景是由文士与歌伎共同构筑的，缺一不可。中国好声音必须配以中国好词，就像葡萄美酒须得盛之以夜光杯才能发挥出最佳效果。

那么，是谁人之词呢？寇公既对柘枝舞酷爱至深，甚至亲自领舞以助推广，那么为柘枝曲作词，只怕也是义不容辞了吧！何况寇公是非常擅长这种即兴创作的。他孩提时所作的那首《咏华山》，以及与侍妾蒨桃之间关于"赐绫"的唱和，都是极好的见证。老尼之所以对多年前的柘枝舞曲记忆犹新，究竟是因为曲高韵长呢，还是因为词佳意妙？它可是出自寇公之手？可惜寇公并无《柘枝词》传世。《全宋词》中，仅记录了寇公的五首词。

绕了这么一个大圈，我们还是回到原点吧，回到这首清新雅秀的《江南春》。《江南春》为我们展现的寇公，乃是"言念君子，温其如玉"。谁道寇公只是一个豪放热烈的"柘枝癫"？原来，他也有寂寞如雪的时候，他也有黯然神伤的时候。寇公为此词取名《江南春》，并非是在向"千里莺啼绿映红"的作者杜牧致意，而是在向另一位作者——南朝时的柳恽致意。柳恽有一首五言诗《江南曲》，诗云：

> 汀洲采白蘋，日落江南春。
>
> 洞庭有归客，潇湘逢故人。
>
> 故人何不返，春花复应晚。
>
> 不道新知乐，只言行路远。

春天，在江南的某个地方，日落时分，水中的小洲绽放着洁白的蘋花。白蘋为浅水植物，有如《诗经》中的蒹葭，是思念的象征。唐代张籍《湘江曲》云：

> 湘水无潮秋水阔，湘中月落行人发。
>
> 送人发，送人归，白蘋茫茫鹧鸪飞。

蒹葭苍苍、白蘋茫茫，是感情的最佳代言物。情深如梦，悲喜迷惘。在日照聚焦处，出现了一个采蘋女子的身影。她已采得了一大束蘋花，却忽然垂手伫立，深深叹气。这个女子为何叹气，为何愁容不展呢？可是说来也真是奇了，她黯淡的目光乍然一亮，那是喜从天降的神色。从愁容不展到眉眼含笑，她究竟经历了怎样的心情变化，而引发这种变化的，又是什么因素呢？

迎面走来了一个人。看到她在这里，那个人颇感惊讶，也颇为感慨。

"好久不见了。"他说。

"好久不见了。"她说，"你是从洞庭那边回来的吧？"她的问题既含蓄又直接。

"哦……差不多是这样吧。"他的眼中分明闪过了一丝慌乱，显然，在这里遇见她，是一个并不愉快的意外。

"那你有没有……我那个人的消息呢？"她鼓起勇气，却无法掩饰满面的羞红。

"没有……"他顾左右而言他，"他应当很好吧。"

她闪亮的目光旋即湮没了光芒。但很快，又抬眸恳切地望着他："你总会听到一些什么吧？请不要瞒我……告诉我，哪怕有一点点的消息，总归也是个音信。好的、坏的都行，总要强于一无所知，我怕他有什么意外……"

她拭了拭眼角的泪痕，不欲让他看见。可他怎能视而不见呢？只得以极其平淡的语气告诉她："是的，我见过他。你放心，他很好。"

"这是真的？"她的眼中又是一亮，继之一暗，"他有没有跟你说起过回家的打算？有没有让你给我、给家里带句话？"

"没有……"他沮丧地摇了摇头，仿佛这是他的过失。

"那他为什么还不回来呢？"她犹自喃喃地问，"再不回来，这春天看着看着可就过去了。我是不是做错了什么，令他无法原谅，不肯回来？"

"是啊，春天就快过去了。"他犹豫了一下，想要向她道明真相。这真相就是，她所等待的那个人，早已不在乎她的一切了。她的对与错，都与他毫不相干。那个人已另有所欢，另有所爱，在远离她的世界，过着不容打扰的生活。但话到口边，望着她眼底的灼痛，以及那灼痛里难以熄灭的执着，他不觉改了口，"大概是因为，路途太远了。他不便回来，这你知道的。"

路途太远，这是一个并不高明的借口。她暗自思想："同在洞庭，他不便回来，你又怎能回来？"然而，就是这么一句话，却让她洞悉了其中的隐情。难怪，见到他时，他的眼里有慌乱与躲闪。其实他早就了然于心，她已成为一个弃妇。不忍说，不愿道破，这才有了"路途太远"这样一句欲盖弥彰的搪塞。

长相思，在江南。绵绵不断的相思，此心不渝的等待，不曾输给循环往复的时间，却输给了冷淡的疏离与无声的背叛。柳恽的《江南曲》，实在有个太残酷的结局。而寇准却改写了这个结局。在寇公的《江南春》里，采蘋的女子不曾遇见那个报忧不报喜的"洞庭归客"。或许我们可以从另一个角度来讲述这个关于春天、关于流年、关于相思的故事。

故事的片头，是以一个男子的视角为切入点。那是一双不再年轻的眼睛，但却深切专注，如醇酒郁烈、江河浩荡，流向往昔，流归故乡。

渺渺波光，依依柳色，那是故乡一年中最美的时候。江南，那是故乡的芳名，为无数的骚人逸士所魂牵梦萦。然而对于他，他所魂牵梦萦的，却是江南的一隅，是那个默默无闻、远离尘嚣的孤村，芳草碧连天，杏花斜晖明。

有一个人儿，如孤村般幽洁、杏花般秀丽。在最美的时候，最美的江南，他与她，有过最美的邂逅。随之展开的，是一段永生难忘的恋情。

但是就像春天离开了江南一样，他也离开了孤村，离开了那里的芳草杏花，离开了那个他所深爱的人。还记得在离别的那一天，她所流过的那些泪，她所说过的那些话。春去春又来，一年一度，春天仍有回到江南的时候。渺渺波光可以做证，依依柳色仍如当年。而他却再也没有回去过。他多想知道，孤村尚在否？芳草平安否？杏花无恙否？其实他最想知道的是，她怎么样了？

在春天，在江南，不知此时此刻，还有多少与他们情形相似的断肠人呢？他收回目光，不胜怅然。而在故事的片尾，采蘋女子再次出现，与柳恽《江南曲》中那个凄婉惆怅的背影合二为一。

蘋花香满怀，采之欲遗谁？镜头凝固在这一瞬，如此经典，如此隽永，以至千载之后，我们仍能听到采蘋女子的心跳与叹息。

春尽江南岸，离人归不归？没有消息便是最好的消息，愿每一个用心等待的人儿都不被辜负。情浓如春水，穿过苍茫时空与君相会。执子之手，脉脉相视，弥补了岁月的空白，消释了久别的伤悲。

踏莎行

春色将阑，莺声渐老。红英落尽青梅小。画堂人静雨蒙蒙，屏山半掩余香袅。

密约沉沉，离情杳杳。菱花尘满慵将照。倚楼无语欲销魂，长空黯淡连芳草。

这首《踏莎行》，在辞章中可归为"妇人语"的类型。所谓"妇人语"，意即妇人之语。妇人之语与男儿之语自是大为不同。前者委婉，后者遒劲。妇人之语软语缠绵，男儿之语却是斩钉截铁。然而寇公并非妇人，堂堂丈夫、一品要员，为何会忽发异想，模拟起妇人之语来？

这种现象在我国古代其实非常普遍，甚至可以说是诗家词客的一项基本功。李白就曾作"妇人语"，其代表作为《长干行》"妾发初覆额，折花门前剧"。白居易亦曾作"妇人词"，其代表作为《井底引银瓶》"妾弄青梅凭短墙，君骑白马傍垂杨"。就连自称"少陵野老"的杜甫，也写过一首《新婚别》，以乱世佳人的语气自述"结发为君妻，席不暖君床"。至于继唐之后的五代"花间派"词人，对妇人自述更是身行力践、不遗余力。

　　寇公是北宋人，不属于"花间派"，但北宋却与"花间派"风行一时的年代相距不远，在寇公所存不多的几首词中，依稀可闻"花间"遗音，尤以此篇《踏莎行》最为突出。尽管李、杜、白诸公写过一些代入感极强的妇人自述诗，但若是有人当着他们的面取笑他们好为"妇人语"，估计这些诗坛骄子们的自尊心肯定受不了，将"妇人语"这一评价当成平生的一大折辱与不快。寇准的后辈——宋仁宗时的宰相晏殊似乎就曾面临过这样的尴尬，以致晏殊之子晏几道不得不郑重其事地向人辩称道："先公平日小词虽多，未尝作妇人语也。"

　　且别说作"妇人词"，身为相国而热衷于创作小词，即使是在极尽风流、浪漫之致的宋代，仍然给人以一种异样之感。王安石就曾质疑过晏殊："为相而作小词，可乎？"天地良心，王安石说这话并不是有意跟晏殊过不去，或是跟小词过不去。王安石也是当过宰相的人，也写过小词。他对晏殊的质疑，并非出自"只许安石放火，不许晏殊点灯"的心态。也许王安石也在质疑自己：业余时间写些小词消遣，这要是传出去，不会影响人们对我的看法吧？

　　由此可见小词的地位，比之文章与诗歌，何止是被甩掉了几条大街。魏文帝曾经有言："盖文章，经国之大业，不朽之盛事。"一个帝王都对文章如此看重，从上而下，又岂敢轻视呢？至于诗歌，从《诗经》到《楚辞》，再到后来的唐诗，光同日月，一直是国人的骄傲。王安石虽觉得为相而作小词几近不务正道，有点儿心虚，有点儿难为情，却并不因此废词不作。词体的吸引力与诱惑力实在太强大了，连宰相也不能抗拒。

　　孟子云："颂其诗，读其书，不知其人可乎？是以论其世也。"

这意思是，要了解一个人，那就不但要颂其诗，读其书，还要了解他所处的时世。然而孟子没想到，后世还会出现"词"这种文体。孟子的那句话其实可以稍作修改：颂其诗，读其书，观其词，不知其人可乎？是的，欲知其人，除了颂其书，读其书，还需观其词。

南宋胡仔《苕溪渔隐丛话》评寇准《江南春》词云："观此语意，疑若优柔无断者；至其端委庙堂，决澶渊之策，其气锐然，奋仁者之勇，全与此诗意不相类。盖人之难知也如此！"

这段话是说，如果没有读到寇准所写的词，我们对寇准的了解会不会失于片面呢？原来他竟是这样的一个人。在朝堂上闪耀才智、明断国策、有仁有勇、锐不可当；在生活中却是情思细腻，甚至让人以为他是个优柔寡断的人呢！我得承认，我倒没有看出寇公有优柔寡断的倾向。然而，情思细腻应当是后世读者对此形成的共识。想不到啊想不到，寇公竟是一位柔情如水的宰相。更想不到的是，他不但柔情似水，且能把这一腔柔情托以妇人之语。与《江南春》相比，《踏莎行》的女性化色彩尤为突出。他是怎样写出来的呢？

十分春色已凋残了九分，又到了和春天说再见的时候。今春新来的雏莺总在枝上欢快地啼叫，不知是从何时起，那娇嫩的清音变得成熟了，有了一种沧桑的意味。很久没有关心过外面的世界了。拉起帘儿，早已不见雏莺的稚颜，浓绿的树荫间，懒洋洋地掠过了几只羽翼丰满的莺燕。这么快，春光已老，连莺燕们也都老去了，叫得无精打采，似已感觉不到生活的乐趣。

拉起帘儿，还看到了满地的落红与树头的青梅。青梅的花期显然已经过去了，可是青梅却并不悲伤，结成一簇簇青果，炫耀着上天对自己的优待与厚赐。悲伤的应当是满地的落红吧。怒放过，燃烧过，终究是一场空。

她的心情，也与满地的落红相似。她甚至有些嫉妒那些青梅，它们虽已韶华不再，却毕竟结成了果。哪怕只是些小小的、仍然青涩的果实，却使得短暂的生命有了寄托。而她的感情，却没有结果。谁能回答她，她的青春还剩有几何？谁能回答她，在历经失望之后，她能否得到希望的垂顾？

她是一个被遗忘了的女子，却过着看似优雅奢华的生活。画堂听雨，云屏添香，只可惜，从来都是只身子影。那些羡慕她的人们如能探知她内心的落寞，会不会惊呼上当受骗呢？优雅奢华是一座金玉其外的囚笼，纵能骗过世人的眼目，却骗不过她切身的感受。

透过蒙蒙细雨、缕缕残香，她让自己又一次浸润在旧日的气息里。那时候，她并非像此时一样忧伤寂寞。曾经有一个人，与她两心映同。也曾怒放，也曾燃烧，就像落花在坠地之前为了春天而毫无保留地付出。落花最终还是失去了春天，他留予她的，亦只有失落的情意。

那些未曾实现的密约，似乎已作为永久的秘密长眠于地，杳杳离情也变得漫漫无期。然而，就像无数个或被抛弃，或因命运作梗而阴差阳错的痴情女子一样，未得实信，终不死心，她将回忆作为了生活的必需品，对时间的沙漏所标注的每一个具体的日子，反倒木然不觉。

木然不觉，也不尽然吧。若真是木然不觉，她就感知不到春色将阑，感知不到莺声渐老，感知不到红英落尽，感知不到穿肠蚀骨的寂静。然而，又能如何呢？三春虚度，用尽一生，菱花镜中从来不见俪影成双。随着时光的逝去，她越来越怕与菱花镜相对了，她怕见到镜中自己枯槁的容颜，彻底摧毁心底微弱的希望。是的，他说过，他会回来找她。但他要找的，应当是焕发出青春光彩的她。若她已经变老变丑，即使有朝一日，他带着昔日的热情回来，他可会接受她的改变？为此，她总是尽可能地远离那面真实的菱花镜。即使遥遥望上一眼，心里也会一阵惊痛，因为镜台的寂寞更胜于她。菱花镜积满了灰尘，莫不是和她一样痴心不悔，犹在等着一个赏识它的人，等着那只珍惜它的手，为其拭尽岁月风尘，令其明丽如初。

她有没有等到呢？倚楼无语，意夺魂销；望断长空，愁心欲碎。全天下的孤绝凄凉与万古空旷仿佛是在由她一人承担，回应她的，只有斜阳底下随风起伏的无尽芳草。

"菱花尘满慵将照"，这是本篇《踏莎行》中最为明显的"妇人语"，只可能是妇人自语。因为唐诗宋词中所有描写男子相思的作品，都不会将菱花镜与之联系到一起。这样的男子也未免太脂粉气了，男子欲诉相思之苦，纵使想不出花样翻新的好法子，再怎么也不会跑到菱花镜前顾影自怜。假如真的这么做了，古代人会觉得毛骨悚然，至于现代人嘛，则会不胜鄙夷地骂声"心理变态"。

狄更斯的小说《远大前程》中，有个名叫郝薇香的富家女，被人骗婚，且在新婚之日才发现新郎已逃之夭夭。郝薇香受此刺激，引发了一系列的古怪行为。比如说，让宅邸中所有的时钟指针都停滞在预定举行婚礼的时间。又比如，数十年如一日地身披婚纱，从此不再迈出家门一步。再比如，仍旧保留着当年的结婚蛋糕，尽管那已成为老鼠们的美食。书中还有这样一个情节："郝薇香小姐对着桌子上的镜子俯视她的衣服，而后，照了照本人的脸。"对于第一次进入郝府的小男孩儿匹普来说，眼前的一切"很生疏，很新颖，也太悲凉了"。

"菱花尘满慵将照"，这也适合于郝薇香小姐。一个绝望地想要把幸福定格在婚礼的倒计时，身披婚纱却永不可能成为新娘的老姑娘，纵然在紧闭的窗帘下刻意过着与世隔绝、与时隔绝的生活，但她真的可以借此逃脱时光的掠夺、流年的侵蚀吗？镜子不会说谎。镜子将告诉她，她不但失去了爱情，也在日积月累地失去青春，失去美丽。

宋词中写男子的相思，若论入骨三分，莫过于柳永的"衣带渐宽终不悔，为伊消得人憔悴"。然而男子的天空终究是宽广的，无论在感情上怎样失意，总会有别的事物来分散他的伤心。儿女之情，对古代的男子而言，从来都是人生中的一段插曲而不是主旋律。而女子则不然。古代女子的生活空间太过狭小，对女子而言，一段感情就是一生一世。而人生中若是缺少了感情这根主心骨，她就会心田荒芜，菱花尘满却懒得一顾。

这就是诗人词客们好为"妇人语"的原因之一。并非男子的相思缺乏感染力，而是设身处地，置之于那年那月、那时那人的社会背景，男子的相思，终不如女子的相思那样回肠九曲、动人心弦。张九龄在《感遇》诗中写道：

> 江南有丹橘，经冬犹绿林。
>
> 岂伊地气暖，自有岁寒心。
>
> 可以荐嘉客，奈何阻重深。
>
> 运命唯所遇，循环不可寻。
>
> 徒言树桃李，此木岂无阴。

江南丹橘，可比作思妇之心，品佳貌妍，经冬犹绿，奈何阻挠重重，竟与嘉客无缘。而寇公此词中更有"密约沉沉"四字，既系密约，显然是不能公开的恋情。此种恋情，需要避人耳目，其持续的难度与心中的煎熬可谓如鱼饮水，冷暖自知。

如此看来，寇公到底想要表达何意呢？是以妇人之语道出自由恋爱的不易，还是以妇人之语对自由恋爱进行预警教育？这当然不是寇公的本心。寇公的本心，应是有所借指，以思妇的形象喻示对理想的忠贞，以春色凋零感叹壮年之匆促。在感情世界，如寇公这样的政治人物自不会过于沉迷以致不能自拔，但在追求理想与事业的征途中，他所遭遇的挫折失望与《踏莎行》中的思妇却大有相似相通之处。从这个意义上来说，寇公即思妇，思妇即寇公。《踏莎行》既是妇人之语，亦是寇公自拟。

密约沉沉，离情杳杳。只要坚持自己认定的方向，纵使失败了，那也虽败犹荣。在某些时候，在许多时候，你与我，都需要一意孤行的勇气，证明我们不曾懦弱，不曾退缩。

"为相而作小词，可乎？"假如寇准遇见王安石，对这个问题，他会如何回答呢？

最聪明的做法是，跟王安石交换一下彼此的词作。在读完彼此的作品后，两位宰相相视而笑，"此中有真意，欲辨已忘言"。

踏莎行

二社良辰，千秋庭院。翩翩又见新来燕。凤凰巢稳许为邻，潇湘烟暝来何晚。

乱入红楼，低飞绿岸。画梁时拂歌尘散。为谁归去为谁来，主人恩重珠帘卷。

又一篇《踏莎行》，却是另一个作者，不像寇公一样声名远扬。在上篇《踏莎行》中我曾说过，词体的吸引力与诱惑力实在太强大了，连宰相也不能抗拒。细细数来，北宋宰相以词传世绝非偶然现象。王安石写词，晏殊写词，寇准写词。而陈尧佐，也有词为证。

"陈尧佐，他真的也是一个宰相啊？这个名字我怎么闻所未闻？"读者们也许会随之泛起疑问。

不必紧张，不知道他的名字并不意味着你孤陋寡闻。其实，笔者虽在多年前就曾读到过这首《踏莎行》，很喜欢这首词，却总是记不住作者的名字。因为在《全宋词》中，这位作者只为我们留下了唯一的一首词作，好比是汪洋中的一滴水。而在史书上，这位作者也没有什么值得大书特书之处。人们不知其名或者对其名字过目即忘，也就不足为奇了。

然而陈尧佐的身上并不缺乏传奇色彩。小时候，曾听家父说起，古城阆中有"状元洞"故址。状元洞又名读书岩，昔有兄弟三人在此读书，一人考中进士，两人考中状元，这就是状元洞的由来。

说来惭愧，从小到大，在各类有关个人资料的填报中，籍贯一栏，我总会写上"阆中"二字。但却从未回过老家，对于状元洞，自然也就止于听说，毫无印象了。

直到因为写作的关系，临时起意查阅《踏莎行》作者的资料，我才有了新发现。原来陈尧佐就是父亲口中的"状元洞三兄弟"之一。其父陈省华曾为后蜀县尉，后蜀为北宋所灭后，作为降员的陈省华可谓官运亨通，从县令一直做到光禄卿，死后追封秦国公。

但陈省华最大的成就并不在于仕途，而是在于他有三个特别成材的儿子。长子尧叟，次子尧佐，幼子尧咨。三个儿子中，分别出了两名状元、一名进士，而这名进士，就是《踏莎行》的作者陈尧佐。单从科考成绩看，尧佐似乎不及他的龙兄虎弟。可是别忘了，是他先声夺人，带了个好头。尧佐是在端拱元年（988）中的进士，尧叟与尧咨则分别于端拱二年（989）、咸平三年（1000）高中状元。两状元一进士，陈家简直神乎其神，创造了古代教育史上令人叹为观止、迄今仍难以超越的奇迹。

但更为神奇的，却是一则传说。相传三个儿子科场告捷后，陈省华曾经遇一道士，向其预言："君三子皆当将相，唯中子贵且寿。"

"中子贵且寿？"陈省华未省其意，"尧佐中的只是进士。道长所谓三子皆当将相，尤以中子为贵。这中子之贵，莫非有逾于将相乎？"

道士本已远去，闻言却回首大笑："陈公多虑矣！"

"敢问道长尊号，仙居何处？"陈省华急加追问。

"谁将倚天剑，削出倚天峰？众水背流急，他山相向重。"道士啸歌而去，不再作答。

很多年后，陈省华方才知道，这个预言其"三子皆当将相"的道士不是别人，正是"华山派"道尊陈抟老祖。长子尧叟官至枢密使加同平章事，这在宋朝位同宰相，亦称枢相。幼子尧咨曾任武信军节度使，这就应了为"将"之说。而最令人称奇的，还真是那个进士出身的中子尧佐。他在宋仁宗时跃居相位，不是位同宰相，而是实打实地占据了宰相之席。陈抟老祖堪称神机妙算，他不仅准确地道中了中子之贵，且还道中了中子之寿。陈尧佐终寿八十一岁，虽然不能与陈抟老祖等寿，但在古代，也算得上是稀见之龄了，较之其一兄一弟，更是遥遥领先（尧叟享年五十六岁，尧咨享年五十四岁）。

既贵且寿，古人之所求大概莫过于此吧。能在宋代成为进士固然已是不易，但由进士而为宰相则更是难乎其难了。别说进士，就连状元，又有几人能升任宰相呢？陈尧佐的那两位状元兄弟均未曾有此殊誉，而在起点上略输一筹的陈尧佐却后来居上，反败为胜。这仅仅是因为托了陈抟老祖那句"中子贵且寿"的口福呢，还是因为陈尧佐自身的能力？从进士到宰相的陈尧佐究竟有何过人之处？

据《宋史·陈尧佐传》记载，年轻的陈尧佐在仕途中也曾遭遇挫折，由于兄长尧叟得罪了宦官方保吉，尧佐被其迁怒而受到诬陷，贬至潮州做了通判。"一封朝奏九重天，夕贬潮州路八千"，潮州，也就是韩愈在诗中所提及的岭南蛮荒之地。唐宪宗好佛，韩愈不但不肯附和，且极力反对。这犟劲儿一上来，直接呈上一篇《谏迎佛骨表》，惹得宪宗动了雷霆之怒，韩愈差点儿老命不保，万分沮丧地被撵往潮州做了刺史。潮州有河名为"恶溪",河中常有鳄鱼为害。韩愈为此写了一篇《祭鳄鱼文》,以七日为期,勒令鳄鱼"率丑类南徙于海",如敢违抗,则将组织吏民"操强弓毒矢","必尽杀乃止"。据说这篇祭文还真管用,鳄鱼从此消失,恶溪亦因之改名为"韩江"。

然而一百七十年后,当陈尧佐也被贬到潮州时,这位新任通判发现,鳄鱼之害其实远未结束。一件棘手的事故就摆在他的面前:有母子二人在韩江洗濯,儿子遭鳄鱼攻击,做母亲的惊呼哀号,却眼睁睁地目睹了儿子被"食之无余"这一惨绝人寰的悲剧。陈尧佐也与韩愈一样疾"鳄"如仇,但他却没有像韩愈那样先礼后兵,而是立即令人捕杀巨鳄,"既而鸣鼓召吏,告之以罪,诛其首而烹之"。比之韩愈,陈尧佐另有一种雷厉风行的铁腕。

"潮州诛鳄"展现了陈尧佐的果决与才干,而在别的一些任职之地,也留下了政声政绩。比如出任寿州(今安徽省六安市寿县)知州时,他带头捐俸买米,赈济灾民。在其感召下,当地官吏与富室亦争相献米,救活了城中数万人。又比如,出任滑州(今河南省滑州市)知州时,以泥土、树枝、石块填塞的"木笼"(时称"木龙")迎堵黄河决口,修筑长堤,治水成效显著,人送雅名"陈公堤"。

就这样,陈尧佐由地方官员稳步上升,功到自然成,最终登上了人臣顶峰,就任宰相之职。可在就任宰相之职之前,还得经过一道必不可少的"工序",那就是——"好风凭借力,送我上青云"。谁愿担当、谁能担当"好风"一角呢?

在北宋僧人文莹所著《湘山野录》一书中,有"吕申公荐引陈尧佐"一节,讲述了此事的始末:

　　吕申公累乞致仕,仁宗眷倚之重,久之不允。他日,复叩于便坐。

上度其志不可夺，因询之曰："卿果退，当何人可代？"申公曰："知臣莫若君，陛下当自择。"仁宗坚之，申公遂引陈文惠尧佐曰："陛下欲用英俊经纶之材，则臣所不知。必欲图任老成，镇静百度，周知天下之良苦，无如陈某者。"仁宗深然之，遂大拜。后文惠公极怀荐引之德，无以形其德，因撰《燕词》一阕，携觞相馆，使人歌之曰："二社良辰，千秋庭院。翩翩又见新来燕。凤凰巢稳许为邻，潇湘烟暝来何晚。乱入红楼，低飞绿岸。画梁时拂歌尘散。为谁归去为谁来，主人恩重珠帘卷。"申公听歌，醉笑曰："自恨卷帘人已老。"文惠应曰："莫愁调鼎事无功。"

吕申公原名吕夷简，封申国公，一生中曾三度拜相，是宋仁宗时代的政坛"不倒翁"。但在景祐四年（1037），由于与副相关系不睦，加之朝中各类党争势力暗潮涌动，结果两败俱伤，副相被迫下课，吕夷简的相位也岌岌可危，只能采取以退为进的办法，荐举一个信得过的人来接替自己，这个人其实就是陈尧佐。但在《湘山野录》中，却成了吕夷简早有退休的打算，而仁宗则对他十分倚重、极为不舍，直至见他去意已定，便坚持要他推荐一个可堪大任的继任者。吕夷简举荐了陈尧佐为合适人选，理由是尧佐老成多谋，深知社稷民生。仁宗欣然采纳，而文惠公（陈尧佐谥号）就任相位后，对吕申公的荐引之德感佩不已，特地为他写下了一阕《燕词》。

彼所称《燕词》者，不正是本篇《踏莎行》吗？且让我们从头读起。"二社"，即春社与秋社，在古代，是人们祭祀土地神的节日，简称社日。唐玄宗时，将春、秋社日分别定于二月和八月的上戊日，有时还将秋社移至八月五日千秋节（唐玄宗的生日），足见皇帝本人对此节日的重视。而宋代则分别以立春、立秋后的第五个戊日为春社与秋社，与春分、秋分的时间极为接近。

虽在具体时日的确定上与唐人有异，但唐、宋的社日风俗却是一脉相承的。北宋梅尧臣《春社》诗云：

> 年年迎社雨，淡淡洗林花。
>
> 树下赛田鼓，坛边伺肉鸦。
>
> 春醪酒共饮，野老暮相哗。
>
> 燕子何时至，长皋点翅斜。

诗中描写了赛鼓、伺鸦、饮酒等娱乐项目以及由此引发的欢喧之情。除此之外，诗人还写到了社日的雨，应该是丝丝细雨吧，带着喜气，把一林春花梳洗得漂漂亮亮。万事俱备，却还少了点儿什么。这么重要的节日，怎么不见了那群每年必至的贵宾呢？难不成是因为雨天令他们突然改期了吗？然而，正当你翘首以盼、一心纳闷儿之际，那群从不失约的贵宾忽又莅临了。俏皮地在微风中扇动着翅羽，兴高采烈地与春社上的每个人打着招呼："想我了吗，老伙计？"

"二社良辰，千秋庭院。"这是陈尧佐《踏莎行》中的首句。"二社"与"千秋"应和，在句法上，呈现出对仗之美。但这千秋并非千秋万世的千秋，而是"秋千"一词的倒装。而"千秋"也有版本录作"千家"，但品其语意，燕子戏于秋千似较燕子绕于千家更觉灵动可爱。

"翩翩又见新来燕。"社有春秋之分，燕也有春秋之分。春社燕来，秋社燕去，与秋来春去的鸿雁正好相反，因此燕子还有一个称呼——社燕。

虽然说的是二社良辰，但陈尧佐笔下所铺陈的风光却非春社莫属吧。千秋庭院，只有在明媚的春光中才能尽得其妙。有道是"红杏香中箫鼓，绿杨影里秋千"，秋千不仅装点了春光，且已俨然成为春之符号。看那春来了，看那秋千架子搭起来了，看那庭院也焕然一新，似乎在等待着什么。而此时，等待的对象终于露出了真容——燕子翩然而至，扑入眼帘。

新来的燕子急于安家筑巢。关于这一点，此地的主人——一位有如凤凰般德才兼备的人物，早已做好了安排。他让燕群与自己比邻而居，时相过从，宾主俱欢。相传"燕子自东海来，往复必经于湘中"。这群多少显得有些疲惫的燕子，它们果然是从遥远的潇湘而来，是从烟水茫茫的海上而来吗？在长途跋涉之后，不难理解它们对于栖息之地的渴求。可是，对于主人的好客盛情、施恩雅意，它们亦是喜出望外吧？燕子在外流浪得太久了，它们想把曾经遭遇的那些风风雨雨告诉主人，想对主人说："隔山阻海，音信未通。虽常怀依慕之心，却又恐因交浅见拒。劳您悬望久等，愧悔不已。 我们来迟了，您可会介意？"

"来了就好，并不为迟，何来介意之说？"主人笑指窗外，"公等既来，当为青春宋朝、盛世嘉景增辉添色。愿诸公尽展其才、尽酬其志，与春光两不相负、携手同行。"

感其良言，燕子立即行动起来。绮霞红楼、芳草绿岸，一只只忙碌活泼的小精灵随处可见。而画梁之上，更是时时都能听到燕歌婉转，惊落了岁月的积尘，光阴在清越的燕歌中似乎获得了新生。在这美好时光中，在燕群的努力下，使得青春宋朝、盛世嘉景终于再现。

燕群在欢鸣互告，而主人却在颔首微笑。一只只燕子从主人的窗前飞过，欢天喜地地向主人致意：

"我做得怎样，主人？"

"没有令您失望吧，主人？"

"您还满意吗，主人？"

主人连连赞叹："太满意了，不能比这更为完美。谢谢你们，为我实现了平生之愿。"

春风吹面，珠帘高卷。群燕在春光中自在飞舞，它们既是美的缔造者，也是美的享有者。倘若有人问起："你们这是为谁归去为谁来呢？"群燕回顾珠帘方向。知遇之恩，何以为报？在那卷帘之处，主人正等着与他们同赏好春，共醉太平。

毫无疑问，词中"翩翩又见新来燕"当为陈尧佐自拟，而那位"恩重卷珠帘"的主人则是吕夷简的化身。其实"翩翩又见新来燕"不仅是陈尧佐的个人自喻，也喻示着朝中的济济英才。这些英才都是前任宰相吕夷简所栽培提携的，全仗他知人善用，大宋朝廷才会呈现出"画梁时拂歌尘散"的清美祥和景象。

以这样一篇别开生面的小词来答谢自己的恩人，似这般高情雅意，大概只能在那些盖有"北宋风流"印章的花笺小草里寻得遗风遗墨吧。时至今日，文字之交已越来越少，人们表达谢意的方式早已不再是诗唱词和，而是变得物质化、具体化。无怪乎各类名目众多的答谢宴会应运而生，办得风生水起、如火如荼。

陈尧佐非但把一腔谢意写入了词中，且令人为吕夷简歌唱此曲。吕夷简和醉而听，不知是《燕词》令其沉醉，还是席上的美酒令其沉醉。看来陈尧佐还是设了个谢师宴啊，可是相信读者们都能得出结论，能令吕夷简身心俱醉者，与酒无关，却必定与《燕词》有关。吕夷简既感欣慰又不无惆怅，感叹说："自恨卷帘人已老。"而陈尧佐则非常贴心地为他拂去了那一丝惆怅："莫愁调鼎事无功。"宰相者，调鼎天下，功成千秋，何须如常人一样自嗟垂暮？

长相思

吴山青，越山青。两岸青山相对迎，谁知离别情？

君泪盈，妾泪盈。罗带同心结未成，江头潮已平。

　　林逋是北宋时的杭州钱塘人（一说奉化黄贤人）。钱塘即柳永《望海潮》一词中那个"市列珠玑，户盈罗绮"的花柳繁华地、温柔富贵乡。《宋史》中的林逋却是以"性恬淡好古，弗趋荣利"而名闻天下，更以"结庐西湖之孤山，二十年足不及城市"的"光辉"事迹而独领风骚，真正是个异数。别看我们这些现代人慕求时尚唯恐身不能及，偶尔也会意有所感、心有所动，振振有词地嚷嚷着要逃离都市、回归自然。可真要在那耳根清净、闲云流水共徘徊的场所多待上几天，准会叫苦不迭。究其原因，可以罗列出一大堆。譬如蚊子太多，交通成问题，生活饮食不方便，更不用说娱乐消遣匮乏，还有一个忍无可忍的致命伤，那就是不能上网，无法与外面的世界互动与沟通。于是乎归去来兮，云山深度游的鼓吹者只得溜之大吉，老老实实地跌回红尘。

但这林逋，竟然能够二十年不入城市，在西湖之滨、孤山之上过着与世无争的生活。"那是古代呀，古代人对于生活的需求当然要简单得多。"你也许不觉得这是什么稀罕事。这你就想错了。宋代的士大夫阶层，他们的物质文化生活可一点儿都不单调、一点儿都不寂寞。如若你还半信半疑，去读读宋词中那些令人向往的宴乐嬉游的场景吧，再求证于《东京梦华录》中那些活色生香的描写："正当辇毂之下，太平日久，人物繁阜。垂髫之童，但习鼓舞；斑白之老，不识干戈。时节相次，各有观赏。灯宵月夕，雪际花时；乞巧登高，教池游苑。举目则青楼画阁，绣户珠帘。雕车竞驻于天街，宝马争驰于御路。金翠耀目，罗绮飘香。新声巧笑于柳陌花衢，按管调弦于茶坊酒肆……"会让你只恨未能早生一千年，赶上宋人寻欢行乐的好时光。

　　士大夫阶层并非林逋的归属。年少丧父的林逋读书很勤奋，虽然过着缺衣少食的生活，内心却是毫无怨怼、从容平静。他似乎从未想过"学而优则仕"这条路，学问之道，用来修身怡情足矣。乐乎山水之间，相传林逋未娶妻室，是个高尚其志、独善其身的隐士。种梅养鹤是其心魂的全部寄托，留下了"梅妻鹤子"的美名。

　　关于"梅妻"，自不必说，"疏影横斜水清浅，暗香浮动月黄昏"不唯独步一时，千古咏梅佳句从未越过这般意韵。而关于"鹤子"，沈括在《梦溪笔谈》中说道："林逋隐居杭州孤山，常畜两鹤，纵之则飞入云霄，盘旋久之，复入笼中。逋常泛小艇游西湖诸寺，有客至逋所居，则一童子出，应门延客坐，为开笼纵鹤。良久，逋必棹小船而归，盖尝以鹤飞为验也。""鹤子"很有灵性。当有客来访，而林逋并不在家时，便由侍童放飞，无论此时的林逋行至湖山的哪一角，一旦望见"鹤子"迎空翔舞的身影，便会意而返。这样及时而又诗意地传递消息，真是美极了。而在我们当代，要做到及时传递消息已是没问题。可是试想一下，假如林逋隐居山中，收到的是客人来访前发来的短信或微信，无须"鹤子"效劳，这个升了级、改了样的故事，还有何美感可言？相传，在林逋死后，"鹤子"亦悲鸣而死。人们葬之于林逋的墓旁，名为"鹤冢"。为了纪念这个传说，后人又修建了一座放鹤亭。历尽岁月沧桑，至今在杭州西湖，此亭仍屹立如故。

现在，我们且将视角切换到林逋生前，这其中有个问题——"梅妻鹤子"固然风雅至极，可独居孤山的林逋靠什么来维持他的生活呢？有一种说法是，他靠出售梅子为生。林逋在孤山上种了三百多株梅树，每天出售一株梅树所结的梅子，一年三百六十五日，将三百多株梅树所结的梅子售完，差不多就过完了一年。这倒是个计算时间的好办法。不然的话，置身世外，林逋真的快要"不知今夕是何年"了。如此看来，"梅妻"实在是个贤内助啊！既能帮助林逋谋生，还能帮助林逋计时。然而，林逋每日的生活费仅为一株梅树上所结梅子的收入，想来也并不宽裕吧。岂止是并不宽裕，用俗语说，简直就是穷得叮当响。而这样的日子一过就是二十年，别说是个凡人，即使是神仙，怕也没有几个能坚持下来。

后来，连宋真宗都知道林逋其人其事了，特赐衣食之物给他，并要当地官府对他多加照拂。皇恩既如此浩荡，前来游说林逋出山入仕之人便开始多了起来。其实在古代，许多隐居山林者都是自命清高、作秀而已。一旦绝尘脱俗的形象与事迹引起了当朝的注意，就会得意扬扬地奔赴仕途，"望林峦而有失，顾草木而如丧"，此之谓终南捷径。不是定力不够，只是山林的诱惑不够。真正眷恋山林、矢志不渝者虽寥若晨星，但林逋，无疑是其中的一颗。林逋虽是隐士，却从未向世人隐藏他的真实心迹："然吾志之所适，非室家也，非功名富贵也，只觉青山绿水与我情相宜。"

是的，人生之最难得者便是情投意合、心心相印。除却青山绿水，与林逋最相宜相合者，定要数"梅妻"吧。"只因误识林和靖，惹得诗人说到今。"宋代诗人王淇的这两句诗，写得真是很有意思。他是说，梅花原本默默无闻，可就因为认识了林逋，惹得后世的诗人竞相思慕，吟咏不绝。林逋去世后，真宗破格为其赐谥"和靖先生"。宁和美好的谥号，很配林逋的一生。

惹得诗人说到今，诗人们所津津乐道的，不仅是"梅妻"，还有林逋。清代彭玉麟有着"梅痴"之名，诗如其人，"前身许我是林逋，输与梅花作丈夫"。将自己比作林逋，一个娶了梅花的冰骨玉魄的丈夫。

同样是在清代，诗人张船山的妻子林佩环题画像诗：

> 爱君笔底有烟霞，自拔金钗付酒家。
> 修到人间才子妇，不辞清瘦似梅花。

张船山也有和诗一首：

> 妻梅许我癖烟霞，仿佛孤山处士家。
> 画意诗情两清绝，夜窗同梦笔生花。

林佩环品貌俱佳、文采不凡，能够娶到这样琴瑟相和的"梅妻"，即便是卓然如张船山这样的才子，也可谓十分圆满，足以傲视众生矣。

可惜林逋无此幸运。在林逋的感情世界中，似乎并未出现过这样一位真人版的"梅妻"。但据明朝张岱在《西湖梦寻》中所载，元朝时，林逋的坟墓曾被僧人杨琏真迦盗掘，但他只在林逋的墓中找到了一方端砚和一支玉簪。估计这个万恶的"摸金校尉"会大失所望，连

"盗墓日记"也写不下去了。端砚就不必说了，读书人以端砚殉葬，这是士林本色。出人意料的是那支玉簪，会是谁的玉簪呢？固然在古时，玉簪不独为女子的发饰，男子也用以插发固冠。所谓诗礼簪缨之族，说的就是那些以簪缨饰冠的宦门显贵。然而若是男子的玉簪，那极有可能就是林逋自己的。如果这一推断成立，那就不足为奇了。对林逋有着强烈好奇心的人们更愿意猜想，这是一位女子的玉簪。林逋终身未娶，大概是因为未能与玉簪的主人缔结良缘吧？他把那份刻骨铭心的恋情及那段魂牵梦萦的往事带进了自己的墓地。生死相许者，一方端砚、一支玉簪，这就好比他与她，在世俗所无法抵达的一角，长相聚首，永不分离。

《全宋词》中只收录了林逋的三首词。一首写的是梅花，一首写的是春草，而第三首，则是这首《长相思》。令人难以置信，这样一首情深意浓的《长相思》会是出自超然物外、了无羁绊的隐士之手，它向我们展示了林逋作为一名传统文士的感性，一种鲜活真切、既热烈又忧伤的人间情味。

江浙一带，为吴越故地。山明水媚，钟灵毓秀，千古以来，引无数诗人词客沉醉痴迷、流连忘返。唐代的孟浩然曾有诗云"山水寻吴越，风尘厌洛京"，可见吴越山水具有多大的吸引力。

然而到了林逋笔下，这是离别之际，不是游山玩水之时。吴山青青，越山青青，两岸青山相对，一个似在送行，一个似在迎客，一送一迎，仿佛很有礼数。可是要这礼数何用呢？两岸的青山何曾知道离人的苦楚？青山当前、美景如斯，但在离人的心中，再好的美景也毫无意义。道一声"去也"，道一声"去也"，也许从此再也见不到自己情之所钟的那个人了。为什么还要谨守礼教、克制自己？两岸青山，不知已在此矗立了几千年矣？青山大概已经见惯了送别，无论送别者是谁，无论离别的状况如何，对于青山来说，都是千篇一律，已很难引动它的一声叹息。

只有送别的那两个人知道，他的她，她的他，是世间独有的；他们之间的感情，是不可取代的。不能移情，无法忘情，难舍难分，难放难弃。因为对于送别的任何一方而言，离开了对方自己就不再完整，离开了对方就是离开了自己另一半的生命。但他们并未因此撕心裂肺地痛哭。古人的眼泪，因为含蓄而更显珍贵，因为含蓄而愈益醇郁。你的眼中已是盈满热泪，我的眼中也是盈满热泪。很难说，谁比谁用情更真；很难说，谁比谁用情更深。而在你我同样模糊不清的视线中，那翻卷涌动的是一江春潮吧，恰似你我的心潮，滚动不息，绵延万里。

明代戏剧《玉簪记·秋江》一折，书生潘必正为其姑母所迫，来不及告知恋人陈妙常自己就要离开她去临安赴试。潘必正行至秋江买渡，触景生情，唱了一曲《红衲袄》：

我只为别时容易见时难，你看那碧澄澄断送行人江上晚。昨宵呵，醉醺醺欢会知多少，今日里愁脉脉离情有万千。莫不是锦堂欢缘分浅？莫不是蓝桥倒时运悭？伤心怕向篷窗也，堆积相思两岸山。

篷窗，也就是船窗。一看到江上那载人远去的船只，一看到两岸那直插云霄的山峦，这些似乎都在拉长他与妙常之间的距离，难怪潘必正会感慨"愁脉脉离情有万千"。离情与相思堆积在心头，一时间越堆越多，越积越厚，竟与两岸的青山高度相仿、不相上下了。

其后妙常赶来与潘必正叙别。两人同唱《小桃红》：

秋江一望泪潸潸，怕向那孤篷看也。这别离中，生出一种苦难言。

恨拆散在霎时间，都只为心儿里、眼儿边，血儿流，把俺（你）的香肌减也。恨煞那野水平川，生隔断银河水，断送我春老啼鹃。

这"心儿里、眼儿边，血儿流"一句，正是对于"君泪盈，妾泪盈"的入骨刻画。那盈盈双眸中流动的分明是血泪呀，不仅流在眼中，也流在心里。

"罗带同心结未成"，这不是出自即将远行的男子之口，而是出自送行的女子之口。初时，同心结是以锦带编成的连环回文样式的结饰，最早出现于梁武帝的《有所思》一诗中：

> 谁言生离久，适意与君别。
> 衣上芳犹在，握里书未灭。
> 腰间双绮带，梦为同心结。
> 常恐所思露，瑶华未忍折。

看来即使身为一代帝王，也有着"梦为同心结"的痴望与无奈。同为帝王的隋炀帝杨广也曾身陷"同心门"的负面报道。杨广为太子时，迷恋其父隋文帝的宠妃宣华夫人。宣华夫人将杨广的不良意图哭诉给文帝，这令文帝大为恼火，甚至有了废掉太子的打算。但杨广得到风声后立即行动，不但保住了太子之位，且顺利地登上帝座。文帝去世后，宣华夫人害怕杨广报复，正自惊惧交加之时，杨广命人给她送来了一个金盒。宣华夫人以为盒中装的是赐死的毒药，迟迟不敢打开。在来人的一再催促下，终究不敢违抗皇命，颤抖着双手打开了盒子。那里面装的哪是什么毒药，而是几枚同心结。宣华夫人不由得百感交集，很难说得清楚，此时此刻，她对这个与她年貌相近却身份不伦的新帝是爱是恨，是怨是怒，是忧是喜。

随着时代的变迁，同心结不再仅仅是置于盒中，托于掌上的饰物，它开始用于婚礼。从《东京梦华录》里，我们能够窥见宋人婚礼的一幕："婿于床前请新妇出。二家各出彩缎，绾一同心，谓之'牵巾'。"一对新人各执绾有同心结的彩缎的一头，先到家庙前参拜，然后回到新房中对拜，这才完成了婚礼的规定。牵巾对拜之举，渐成习俗。当代社会，在那些带有复古色彩的婚礼上，我们也能不时见到牵巾对拜的新人。而对林逋所生活的那个时代来说，牵巾对拜就尤为重要了。一对恋人，只有当他们牵起被同心结系牢的彩缎的一头，才能算作修成正果，否则就是有情无缘。

"君泪盈，妾泪盈"，泪眼相望中，她忽然有了一种强烈的愿望。多想把这罗带绾成一个同心结啊，让你能够明了我的心意。"同心结缕带，连理织成衣。"然而，还有必要这么做吗？你的心思、我的心思，一切尽在不言中了。不敢绾这个结，怕你认为我是个轻率的女子；不能绾这个结，喜庆团圆的同心结，应当等到喜庆团圆之时，而不是洒泪而别之时。

但我不知道我们究竟会分开多久，难道这就是永别吗？不，还是让我绾上这个同心结吧。不管别人的惊诧，不顾世俗的窃议，我只想告诉你，无论你在何处，无论我在何处，纵然有青山隔绝、江水拦断，都无法阻止我日夜飞驰的思念。我会等着你，等你回来，此心不变，春夏秋冬，岁岁年年。

"潮落江平，该开船了。"船夫的一声呼喊终止了她的犹豫与思忖。江潮已平，心潮难平。来不及了，来不及了。这真是一个令人断肠的时刻。船就要开了，留给他们的时间只有弹指一瞬。而这弹指一瞬，甚至来不及让她为他绾就一个同心结，来不及让她重复一句叮嘱，再说一遍"珍重"。

《古诗十九首·涉江采芙蓉》一篇，其结句云"同心而离居，忧伤以终老"。两千年前，在吴越青山之间，江潮平定之时的那场离别究竟是如何收场的？他有没有走成，还会不会回来？她的同心罗带最终是否绾就？她与他，是否得偿所愿？

我们不知道，而林逋，他也未必知道。"人生代代无穷已，江月年年望相似。不知江月待何人，但见长江送流水。"于是，又回到了林逋身上。他的生活中，是否有过一位未能执子之手，却仍同心如昔的"梅妻"呢？湖山之畔、放鹤亭边，风寒雪浓，梅树芳艳。成千上万朵的梅花，无不肖似那人的面容，含情欲语、莞尔一笑。而在千万朵梅花的笑颜之中，我们似乎看到了一个陌生而又熟悉的身影。是他吗，久违的林和靖先生？梅兮归来，先生归来！

苏幕遮

碧云天，黄叶地，秋色连波，波上寒烟翠。山映斜阳天接水，芳草无情，更在斜阳外。

黯乡魂，追旅思，夜夜除非，好梦留人睡。明月楼高休独倚，酒入愁肠，化作相思泪。

《岳阳楼记》是中学语文的必背篇目，它的作者范仲淹留给我们的第一印象是其政治家的风采，高瞻远瞩、气度威严。这一印象几乎让我们忘却了作者的另一个身份，他同时还是一个锦心敏思、一唱三叹的文人。读这首《苏幕遮》时，出现在我们眼前的影像，是否不再是拱立于庙堂之上，那位庄容峻目、慨当以慷的老者，而是一个驻足于山水之间，愁思脉脉、一片柔肠的书生？

这样的范仲淹还是那个我们熟悉的范仲淹吗？然而，范公并不是从一开始就是范公，并非从一开始就是羌人眼中的"龙图老子"、夏人眼中的"小范老子"，以及后世所称的"范文正公"，并非生来就有政治细胞、庙堂尊荣。范公也有小范年少之时，也曾有过像五月柠檬一样青涩美丽的青春。而他年少之时，用的并不是"范仲淹"这个名字，那时他的名字是朱说（"说"同"悦"）。朱说不悦，范仲淹的少年时代，充满了坎坷与辛酸。

让我们回到范仲淹一生的起点吧。宋太宗端拱二年（989），范仲淹生于武宁军（治所在今江苏徐州）节度掌书记官舍，其父范墉时任武宁军节度掌书记（徐州军事长官的秘书）。一说，范仲淹生于河北真定。史书并未记载，身为父亲的范墉为这个新生的婴儿取了个什么名字。也许那牙牙学语的小男孩儿还只有一个惹人爱怜的小名，范墉在这个小男孩儿两岁时（还只是虚岁）便去世了。小男孩儿的母亲谢氏改嫁给山东淄州长山（今邹平县长山镇范公村）朱文翰后，小男孩儿改用了继父的姓氏，他有了一个崭新的、正式的名字——朱说。

朱文翰曾在苏州、湖南、安徽、山东等地为吏，从此，朱说母子辗转相随。少年朱说胸怀大志，立下了"不为良相，便为良医"的宏愿。朱说曾在多处游学，山东邹平县的长白山醴泉寺就是朱说昔日的读书处之一，他在那里留下了"划粥断齑"的故事。相传朱说每日的口粮只有一碗粥。煮好粥待其冷却后，用刀将粥面"十"字划开，这样一碗粥就均分成了四等份，早晚各吃两份。粥有了，菜可如何置办？这有何难。在粥上撒些野菜的碎末，再和上一些盐，足矣。日子一过就是三年，勤学好读的朱说却毫无怨言。

继父去世后，朱说了解到了自己真正的身世。原来，他竟不是朱家的孩子，而是范家的孩子，这件事对朱说造成了极大的精神震动。他已成年，不能接受继续依附于朱家，由别人的屋檐来为自己遮风挡雨的命运。二十三岁的朱说含泪辞别了母亲，来到北宋"四大书院"之一的应天府书院（位于今河南省商丘市）读书。在应天府，朱说"划粥断齑"的故事有了新篇。他"昼夜苦学，五年未尝解衣就枕"，"冬月惫甚，以水沃面；食不给，至以糜粥继之。人不能堪，仲淹不苦也"。真是一个毅力非凡、其志可嘉的好青年。

大中祥符七年（1014），宋真宗的车驾路过商丘，就像当今的追星族见到偶像那般疯狂，商丘市民倾城而出，为了零距离地一睹天颜是想尽了"偏方"，用尽了"奇招"。只有一个人，坐在书案前如一尊石像般纹丝不动。无论别人怎么起劲儿地怂恿他："跟我们一起去看天子啊，这可是一生中只有一次的机会。书可以明天再读，这样的机会一旦失去，那就是终身的遗憾了。"然而，这个心如铁石的书呆子却说："天子今后还能见到，学业却是一日不可荒废。"也难怪，对于一名夜以继日地努力、五年来没有脱下衣服睡个舒服觉的学子而言，什么样的诱惑能改变他那颗严于律己的素心呢？何况那颗素心里，还珍藏着建功立业的梦想。如果能够见到天子，就要让天子注意到他，让他施展才能，而不是像现在一样，只是作为一名平庸的看客，与芸芸众生一样，拜倒在天子的威仪之下。

一年后，朱说考中进士，在崇政殿参加殿试时，"剑佩声随玉墀步，衣冠身惹御炉香"，他终于见到了大宋天子的圣颜。进士朱说正式走上工作岗位，出任广德军（今安徽省广德县）司理参军。他将母亲接到了任上，这个二十八岁的年轻人终于实现了人格与经济的独立。现在，他可以理直气壮地筹划复姓归宗了。朱说向朝廷上书，他提到了两个范氏先祖，春秋战国时的范蠡与范雎，说范蠡"名非霸越，乘舟偶效于陶朱"，称范雎"志在投秦，入境遂称于张禄"。意思是范蠡与范雎都曾隐姓埋名，分别改名叫陶朱与张禄，但他们改名都是情非得已，而世人所认同的，却是他们的本名。今天，我既然已明了自己的身世，为何要掩盖自己的本姓呢？朝廷同意了朱说的请求，朱说从此复姓改名。他的新名字，就是日后那个名满华夏、妇孺皆知的范仲淹。

从少年到白头，范公的足迹遍布中国大地。出仕之后，从江南到北国，从京师到边疆，像范公这样鞠躬报国、一心为民的工作狂，他的人生是充实而又忙碌的。他是个晚婚模范，三十六岁才结婚，与发妻李夫人育有纯祐、纯任、纯礼三个儿子，李夫人病逝后，继室张夫人也为范公生下了一个儿子，名纯粹。史书上仅记载了范公的子嗣，未记载范公是否有女儿。想来应当有吧，甚至女儿的数量未必会少于儿子的数量。以此看来，随着不断地添丁进口，范公渐渐变成了一个大家庭的家长。堂上有慈母，入室有贤妻，膝下有娇儿，范公的感情生活绝不会像空空道人一样了无牵挂。可他长年奔波在外，很多时候，就不得不缺席与家人的相守相依。那无休无止、似乎永远不会结束的羁旅生涯，可曾让他感到失落，感到负疚，感到惆怅？尤其是在那些明月当空的夜晚，属于他的个人情愫将何以抒发，何以寄托？

《全宋词》中留下了范公的五首作品。一首咏史"昨夜因看蜀志"，一首赏花"罗绮满城春欲暮"，除此之外的三首，皆以羁旅情怀为抒写主题。一首是世人耳熟能详的《渔家傲》"塞下秋来风景异"，一首是《御街行》"纷纷坠叶飘香砌"，以及这首《苏幕遮》，可见羁愁旅恨也与家国大事一样，在范公胸中堆积起伏、盘桓萦绕。

打开《苏幕遮》的画卷，入眼处便是关于天空与大地的特写镜头。天空一派明净、万里碧蓝，而大地却是黄叶飘萧、西风漫卷。这样的景象，不可能是春天，不可以是夏天，也不会是冬天，它只能出现在秋天，高旷与低徊兼而有之，热烈与凄凉兼而有之，绚烂与含蓄兼而有之。

这秋色，不但铺天盖地，亦且连波涌动。看那浩渺无际的江面，被两岸的青山绿树所映照，真正是翠色如洗、翠色欲流。就连江上荡漾的雾岚，仿佛也洇染了盈盈绿意，令人沉醉，不忍遽去。然而当水雾的寒气袭入衣衫，却是那样分明地感到了自己的孤单。原来，秋意已经这么浓了。原来，心中的思潮也与这片滔滔流逝的秋波及迷蒙忧伤的江雾一样，永无止歇，却不知归于何处。

我之所思，是那天水相接之处吗？路远莫致，孤寒自知。当斜阳再次照耀着秀丽的山脉，虽无比美好却又何其短暂。良辰如斯、胜景当前，该与谁共享呢？负尽岁月负尽卿，斜阳青山两无言。"你在哪里，家在何方？"望极天涯，归心似箭。可是啊，纵然穷尽目力，终是被青山挡住了视线。但我可以想见，在重重叠叠的青山之后，在目所难及、比斜阳还要遥远的地方，定然延伸着漫漫古道，古道上芳草绵芊。还记得那年离别之时，我就是沿着那条古道、踏着如茵的芳草走出了你的叮咛、你的泪眼。那时的我是多么年轻气盛啊，年轻到对离愁别恨漠然不觉。以为总有一天，我会沿着同样的道路回到你的身边，用所取得的成就换取你明丽的笑颜。

"春草明年绿，王孙归不归。"我漂泊在外，日复一日，年复一年。有多少个明年悄无声息地溜走了，当春草已变为秋草，我青春稚嫩的面庞已刻印上秋之成熟与沧桑。无论春草还是秋草，总是欣欣向荣、芳新如故，这大概是因为它没有烦恼，就像年少的我一样，不在乎远离故土，不在乎走遍天涯，不在乎被人惦记，不在乎后会之期。

芳草可以无情，人却不能无情。随着年华渐老、心萎容枯，对你的思忆，对故园的思忆，是一天浓似一天。然而，我却仍未归来，就像古诗中那个一去不还的王孙一样。思君忆君是何其深切却又何其无奈啊，怎能不令人黯然神伤？受困于那些不可推诿的事务，我空自许下了无数个明天与明年之约，但却鲜有兑现。异乡孤旅，你与故乡是我魂梦之所依，无法躲避，不能抛弃。

在远离你的每个夜晚，我从未得到过真正的宁静与安睡。除非是在甜美的梦中，时光与人面都未走样。老屋如昔，庭树苍翠。我在窗前读书，你在院中刺绣，流莺隔帘低语，黄犬偎炉午憩。待到日头落下，炊烟里满是芋熟饭香的气息。结庐在人境，自然又清新。原来人生最大的幸福总是蕴藏于细水长流的温馨与润物无声的平淡中。人生贵适意，除此何堪恋？真希望能把这样的好梦一直做下去。可惜好梦难得，好梦难留，只有空虚与幻灭如影随形，醒来后陪在我的身畔。

而在更多的夜晚，我甚至不能得到一个空梦的安慰。我又一次地失眠了，月明风清，倚楼凝眺，猜想着你在此时此际的心情。冥冥之中，似乎听到了你殷切地劝告"高楼风寒，露冷衣单，月色凄凉，别再一个人站着，请你为了我，也为了这个家，好好地珍重自己吧"。

张若虚说过"谁家今夜扁舟子，何处相思明月楼"。有明月的地方就必有相思，然而，相思望断，在长夜将尽之前，古往今来，又有几人能幸运地等来那月光中的归帆？更多的旅人仍在风波中漂荡，"凄凄去亲爱，泛泛入烟雾"，他们的命运与未来，有如秋江上扑朔迷离的寒烟。他们能回到家乡吗？他们想起亲人时，可会像我一样？为了摆脱乡愁只求暂时忘却，而唯一能够暂时忘却的办法便是饮得酩酊大醉。大醉不难，忘却太难。当那一杯杯浓酒浇入心腑，反倒愈发唤醒了刻骨思情。纵然是再刚强的硬汉、再铁血的男儿，也不禁泪如雨下、失声痛泣。

这首《苏幕遮》是为谁写的呢？词中所写的那个地方，所谓"芳草无情，更在斜阳外"的地点，具体是在何处？范仲淹是写给他的妻儿，抑或是一个鲜少知闻，却令他深深牵念之人？又或者，这只是一种寄托，对于理想之境、理想之人的相思与寄托？就词人而言，是深情人别有怀抱。但他却唤起了我们的共鸣，唤起了全人类所共有的相思与旅愁。

深秋的街上，落叶纷飞、斜阳如水，橱窗中传送出邓丽君幽婉的歌调，那是一张老唱片吧，凝神辨听，竟是范公的《苏幕遮》。受蛊于音乐的魔杖，对面走来的行人不禁放慢了脚步，就在擦肩而过的瞬间，看清了彼此眼中的感慨与落寞，万丈红尘霎时变得万籁俱寂，仿佛落入了时光的深井。时光啊，请你走慢一些；行人啊，请你走慢一些，就这样步履轻巧地走近古典，走近范公，与他一起融入那千载不变的碧云天、黄叶地，在明月高楼举杯而歌，为自己所思念的人儿、所铭怀的往事流下真挚的热泪。

渔家傲

塞下秋来风景异，衡阳雁去无留意。四面边声连角起。千嶂里，长烟落日孤城闭。

浊酒一杯家万里，燕然未勒归无计。羌管悠悠霜满地。人不寐，将军白发征夫泪。

这个周末，又看了一遍 BBC 新拍的电视剧《战争与和平》。1810 年元旦的圣彼得堡，十六岁的少女娜塔莎第一次去参加社交舞会。舞会是在俄罗斯与法兰西达成停战协议后举行的，帝都圣彼得堡一派雍容富丽的景象。一位贵妇向着身边的男子说："一切还像从前的样子。"可是那名男子却说："很快就要改变了，拿破仑是只蝎子，咬人是其天性，他忍不住就会咬人，忍不住就会入侵。"是的，战争还将爆发，战争还将继续。但在那个弦歌升平的夜晚，却是惊鸿照影、情意充盈。年轻的沙皇走向别祖霍夫伯爵仪态万方的妻子——圣彼得堡的社交女王海伦，在他们的率领下，一众来宾开始翩然起舞。忐忑不安的娜塔莎终于等来了她一直在等的人——英俊忧郁的安德烈公爵,她与安德烈公爵一圈又一圈地旋舞着,目光交融,全身心地感受着彼此的关注。安德烈公爵的忧郁像是雪花遇到了阳光,消散得无影无踪。这位因为从军而导致妻子难产死亡的不幸鳏夫重新变成了一个纯粹的、恋爱中的男子,多亏了眼前这位纯洁开朗的姑娘。她把他带到了一个无可言喻的新世界,而他,也把她带到了一个无可言喻的新世界。

然而,这个新世界只是一座玻璃暖房,很快就被战争的铁蹄踏碎了。拿破仑再次向俄罗斯宣战,兵临莫斯科城下。他把莫斯科称为“一个睡美人”,而这个天真无辜的睡美人即将睡意全无、花容失色。在战火中,莫斯科失去了往日的优雅,俄罗斯失去了全盛的繁华,而娜塔莎,则失去了她的恋人安德烈公爵。

战争所付出的代价真是太大了。十九世纪的俄罗斯,一旦陷入战争,连安德烈公爵这样的王孙贵胄尚且无法保全身家性命,平民百姓更复何言?不独俄罗斯,古今中外,战争是人类最不堪面对的噩梦,诚如晚唐诗人韦庄在《秦妇吟》中所写的那样“家家流血如泉沸,处处冤声声动地”。而和平,与战争对峙的和平,则是人类最真诚的期盼与祝愿。

范仲淹的这首《渔家傲》,其主旨便是战争与和平。只不过,与托尔斯泰相比,一个是用小说写成,一个则用的是辞章形式。

《渔家傲》具体作于何时已难以考证。然而我们知道,在宋仁宗康定元年至庆历三年(1040—1043),范仲淹的职位是陕西经略副使兼延州知州。经略为经略使或经略安抚使的简称,这个职位在隋唐时便已出现。隋朝时称安抚大使,为行军主帅兼任。唐朝派遣大臣巡视遭罹战乱或受灾的地区,称之为安抚使。而在宋仁宗庆历元年(1041),为防止西夏进攻、加重西北军务,对隋唐时代的这一职位进行了整合,陕西经略安抚使应运而生，坐在这个位置上的人，执掌的是陕西全境的军民大政。时任陕西经略安抚使的是北宋名臣夏竦，在他的推荐下，范仲淹担任他的副使。范仲淹就任后，到延州视察军情，深知形势严峻，便主动要求调往延州。朝廷任命他为延州知州，也就是延州的军政一把手。

延州即今天的陕西延安，对于北宋王朝，它是抗击西夏的前沿阵地。宋仁宗宝元二年（1039）三月，西夏王元昊率十万大军入侵，在三川口（今陕西延安西北部）与延州知州范雍所率北宋军队展开了一场恶战。西夏大胜，后因天降大雪、补给不济诸多原因，元昊撤军。延州虽最终解围，北宋兵力亦因此大伤元气，朝野一片震动。范仲淹出任延州知州，正是在三川口大败之后，可以说是在极为不利的形势中走马上任，受命于危难之际。

到了延州后，范仲淹大阅州兵、激励士气，改变当地以"官卑者先出"的应战陋习，招还流亡、营田实边，修筑防御工事。派遣部将任福夜袭白豹城（位于今陕西省吴起县白豹镇），迫使入侵保安军（治所在今陕西省志丹县）、镇戎军（治所在今宁夏回族自治区固原市）的西夏军队撤兵。更兼慧眼识才，发掘了一代名将狄青，命狄青攻取西界芦子平，有效地遏制了西夏对北宋疆土的觊觎。

朱熹在《三朝名臣言行录》中曾有这样一段记载：

仲淹领延安，养兵畜（同"蓄"）锐，夏人闻之，相戒曰："今小范老子腹中自有兵甲，不比大范老子可欺也。"

戎人呼"知州"为"老子"，"大范"谓"雍（范雍）"也。范仲淹比他的前任范雍要年轻几岁，西夏人称范雍为"大范老子"，范仲淹则理所当然地被称作了"小范老子"。这话的本意是，大范老子方可欺，小范老子却要威武剽悍多了，足见西夏人对范仲淹的畏惧与佩服。

有关这首《渔家傲》的创作背景，宋人魏泰在《东轩笔录》一书中曾有记述：

> 范文正（范仲淹谥号"文正"）守边日，作《渔家傲》乐歌数曲，皆以"塞下秋来"为首句，颇述边镇之劳苦。欧阳公（即欧阳修）尝呼为"穷塞主"之词。

可惜数曲以"塞下秋来"为首句的《渔家傲》，流传至今者，唯此一阕，让我们失去了一探全貌的机会。然而，只此一阕《渔家傲》已是幸甚。所谓窥豹一斑，范公之胸襟、范公之心事、范公之思想，在此《渔家傲》中已是一览无余。

塞下，意即作者所驻防的延州边塞。边塞风光，四时皆不同于内地。可最为惊心动魄者，却在于秋日，因此范公说"塞下秋来风景异"。范仲淹的一生，曾宦游安徽、江苏、河南、山西、江西、浙江等地。阅尽大江南北，而延州边塞的秋光在范公的眼中却尤为独特。那么塞下的秋光，又异在何处呢？

异在边地的荒寒，异在思归的人心——衡阳雁去无留意。湖南衡阳有回雁峰。都道是"西风紧，北雁南飞"，但在民间有个传说，北雁飞到回雁峰，就不再南飞了，回雁峰的地名由此而来。秋天来了，西北边塞怕冷的大雁排成整齐的长队向着衡阳方向飞走了。那些驻守在边塞的将士，每天目送着一队又一队的雁群越飞越高，越飞越远，直到没入缥缈的天际。耳边听着凄楚悲切的雁鸣，这真是"雍雍新雁咽寒声，愁恨年年长相似"。每到这个时节，怎能不想起远方的亲人与家乡？家乡的秋天绝不会这么寒冷，在那里，有着亲人的笑语相和，永远不会让人感到孤独与寂寞。"相思莫道无来使，回雁峰前好寄书。"在古时，大雁不仅是惯于迁移的候鸟，更是可靠的信使。多希望那南飞的雁群能给家乡的亲人捎去问候、捎去书信啊！然而，南飞的雁群毫不留恋地弃此而去了。这真是令人沮丧，仿佛全世界都已弃你而去，把你遗忘在这个一无所有的地方。

谁说这里一无所有呢？不分晨昏、日日夜夜，军中的号角与边地萧飒的自然声响合成一支奇异的合奏，飘荡在空旷的四野。崇山峻岭如同千里屏障环抱着这片有着特别意义、厚重而又沧桑的土地。苍烟袅绕，使得这座与帝京隔绝的孤城，这座与中原遥遥相望的孤城在落日中更显沉默，更显悲壮。在有关边塞的诗句中，孤城成了"责任担当"的象征，它考验着忠贞，证明着勇气。王之涣曾经写过："黄河远上白云间，一片孤城万仞山。"王昌龄亦曾写过："青海长云暗雪山，孤城遥望玉门关。"那些仁立于秦汉时代、唐宋王朝的孤城啊，曾见证过多少往事恩仇，曾浸染了几许历史风霜？

战争的风烟从来就不曾真正地消逝过。听那庄严的号角，看这紧闭的孤城，它无时无刻不提醒着你仍身处险境，你随时可能被送往战场。这也就意味着，你或许再也不能像大雁飞到回雁峰那样回到你的家乡与亲人的身边了。这里埋伏着静静的杀机，谁也不知道会在什么时候失去生命。而那些奔赴战场的生命，就像一茬又一茬的边塞稻田一样，躲不过战争这把镰刀的收割。收割别人或被人收割，被胜利的祥云选中或被失败的毒箭射中，这就是一个战士的宿命。

三国时代的著名才子曹子建可不这么看。按照他的说法，一个英勇的战士是不会将个人的安危与感情这样的"琐事"放在心上的，"弃

047

身锋刃端，性命安可怀？父母且不顾，何言子与妻！名编壮士籍，不得中顾私。捐躯赴国难，视死忽如归"。父母、妻子、所有的亲人都得让位给战争，至于自身的生死，更是何足道哉。然而，这样慷慨激昂的情怀，大概只适用于那些血气方刚、意气风发的小青年吧。就像俄罗斯诗人莱蒙托夫在《战争》一诗中所写：

> 烽火燃起了，我的朋友们；
> 光荣的旗帜也已在飘扬；
> 它用神圣的号角召唤着
> 快奔向血的复仇的战场！
>
> 别了，豪华的喧嚣的宴席、
> 引人赞赏的歌声的荡漾、
> 和那酒神的亲切的赠予、
> 神圣的罗斯、美丽的女郎！
>
> 爱情、虚荣与青春的毒鸩，
> 我将要把你们永远遗忘，
> 我将要重新自由地飞去
> 求取那永恒无上的荣光！

那些渴望建功立业、渴望摆脱空虚生活、渴望让青春绽放出真正光彩的血性男儿，他们用梦想让战争变得神圣化，试图以浪漫而又富于激情的个人英雄主义去赢取战争的奖赏。而我们的大唐诗人岑参，其喷薄昂扬的豪兴绝不逊于俄罗斯诗人。他写过一首《送李副使赴碛西官军》，诗中的名句是"脱鞍暂入酒家垆,送君万里西击胡。功名只向马上取,真是英雄一丈夫"。那是何等的漂亮洒落,又是何等的生龙活虎。

然而,范仲淹却说,"浊酒一杯家万里"。同写边塞,范公的胸中,似乎少了这么一股豪兴。所谓浊酒,是相对清酒而言。清酒是过滤后的酒,呈清净之色,而浊酒则没有过滤,呈混浊之色。古人爱喝酒,既有《行路难》中的"金樽清酒斗十千,玉盘珍羞直万钱",也有《羽林郎》中的"就我求清酒,丝绳提玉壶",这两句说的都是清酒。至于浊酒呢,浊酒也频频出镜。《三国演义》的开篇即言"一壶浊酒喜相逢",而近代的"弘一法师"李叔同则在《送别歌》中写道"一瓢浊酒尽余欢,今宵别梦寒"。

从字面上讲,清酒似有一种清贵之气,适合于高堂华宴之上。当然啦,《羽林郎》中的冯子都想用索要清酒的潇洒派头来打动胡姬的芳心,搁在今天,是典型的土豪炫富行为,撩妹不成反倒弄得灰头土脸下不了台,这一壶清酒,喝得可真不是个滋味。与清酒相比,浊酒的"浊"字虽然难登大雅之堂,却是大众化的消费品,由于亲切寻常,更为贴近人心。"但愿守陋巷,教养子孙,时与亲旧叙离阔,陈说平生,浊酒一杯,弹琴一曲,志愿毕矣。"这段肺腑之言出自晋代"竹林七贤"之一的嵇康。相信对于大多数的戍边征夫而言,虽然不及嵇康淡逸,可是对着家乡的亲朋好友"陈说平生,浊酒一杯",这大概是他们每个人的由衷之愿吧。今夜,与往常的任何一个夜晚似乎并无区别。在看尽飞雁、愁听军角之后,人们还与往常一样饮下浊酒御寒。不经意间,那御寒的浊酒却让人们的思乡之情再次被点燃了。然而,家在何处?家在万里之外。似醉非醉之际,似乎又听到了来自万里之外的问询——"你几时回来?"

这声问询,可能是来自他们年迈的父母:"儿啊,你在塞外可要万事当心，多加餐饭。"在问询之中，会反复添加这样的叮嘱。

也可能是来自他们心灵手巧的妻子："天冷了，我又为你做了件衣袍。可是，该托谁给你带去呢？"

或者是来自他们的儿女："阿爹，我已长得快要和娘一样高了。你再不回来，我都长大了。"

又或者是来自一个心爱的姑娘："我仍在一心一意地等着你，然而我的家里人，只怕不能答应了。回来吧，再不回来就晚了。"

"君问归期未有期。"这是因为，"燕然未勒归无计"。燕然，即燕然山（今蒙古国境内的杭爱山）。东汉和帝永元二年（90），车骑将军窦宪率汉军及南匈奴精骑万余，与北匈奴单于战于稽落山（今蒙古国汗呼赫山脉）。北匈奴单于溃遁，汉军与南匈奴斩首一万三千级，获牛、马、羊、驼牲口百余万头，降者二十余万，可谓是大获全胜。窦宪余勇可贾，出塞三千里追击穷寇，最终登上燕然山，刻石勒功，得以凯旋。应当说，窦宪与北匈奴的这场战争，打得真是非常漂亮。而勒石燕然之举，非但扬大汉之志气，亦且灭敌夷之威风，北匈奴自此一蹶不振，如丧家之犬向欧洲迁徙，窦宪之功可谓惊天地，泣鬼神矣。

窦宪与他的远征军虽令人歆羡，但自古以来，又有多少出征的将士能建立不世之奇功？且莫说，一将功成万骨枯，即使无数的生灵为之殒命，纵然万骨俱枯，想要在史书上留下勒石燕然的美谈，只怕也是白日做梦。同样是在燕然山，汉武帝征和三年（公元前90年），贰师将军李广利的五万大军被匈奴单于的铁骑围追堵截，李广利走投无路，只得束手就擒。李广利是汉武帝宠姬李夫人之兄，他投降的消息一传到京师，武帝惊怒交加，下令诛灭其族，全然不念爱屋及乌的情分。燕然山大败，为汉武帝时代对匈奴的战争敲响了丧钟。心比天高的汉武帝不得不接受惨痛的教训，特下"罪己诏"，从此停止了对匈奴的大举进攻。

但在范仲淹的那个时代，天子并不以穷兵黩武、开疆扩域为荣，从"杯酒释兵权"的宋太祖赵匡胤开始，大宋奉行的是重文轻武、强干弱枝的国策。受此国策影响，边塞要地一向警备松弛、疏于防守。西夏王元昊趁势而起，等到猛虎养成、元昊称帝，北宋君臣这才如梦方醒。而这时的北宋，在军事上已经颇感捉襟见肘的狼狈。这就不难理解，身为边防统帅的范仲淹为何既唱不出李太白"愿将腰下剑，直为斩楼兰"那咄咄逼人的英气，也唱不出王昌龄"黄沙百战穿金甲，不破楼兰终不还"那苦尽甘来的豪迈。边塞未靖、狼烟犹炽，每一个出塞的将士都感到一份沉甸甸的责任。正是这份对于国家与民族的责任，让他们年复一年地坚守于斯、屹立如石。当然，除了爱国之心，更有忠君之义。在没有完成天子所赋予的使命之前，他们不能脱身而去。可他们纵能做到屹立如石，却无法做到心如木石。他们是有血有肉的人，切不断对乡土的牵念。那么，要到何时才能与家人团圆，要到何时才能治愈这思乡的伤痛呢？万里长征人未还，战事似乎很难有突破与进展。大局未定，满心凄惶，依旧是，归无计，归无计！

思乡的心情无法排解，人们只能借助于音乐之声。可在塞下，乡音乡乐是听不到的，陪伴他们的只有异族的羌笛。笛声悠扬婉转，和着月下的清霜送入感伤的耳膜，这正是"更吹羌笛关山月，无那金闺万里愁"。兜兜转转，一片思绪，又回到了故乡，又回到了那人的身旁。就在这时，白发苍颜的老将军出来巡夜了。他像往常一样嘘寒问暖，和士兵们拉着家常，而老将军，也会对士兵们说起自己的亲人、自己的故乡。

每个人的心头都有一句疑问，他们想问老将军，什么时候才会没有战争、天下太平？然而，每个人都难以启齿，害怕会得到一个大失所望的答案。老将军亲切地凝视着那一张张既渴望又担忧的脸，他长长地叹了口气，既不能给出一个一诺千金的承诺，也无法给出一个令人定心的回答。这时他们才发现，比起上一次见到他时，老将军又增添了好些白发，边塞的风霜，正在肆无忌惮地加深他眼角眉间的皱纹，这都是心力劳瘁所致啊！但他心力劳瘁的代价呢，却似乎仍未得到回报。而战士们辛苦戍边的代价呢，似乎也未得到回报。

在这个羌笛悠悠、清霜如雪的夜晚，还有谁能酣然入梦呢？今夜无人入眠。可以肯定的是，在这漫长的一夜之后，老将军的白发会更加刺眼，而那些战士们，无论年轻或已不再年轻，早已泪满征袍。

范仲淹留给这个世界最经典的一句名言是"先天下之忧而忧，后天下之乐而乐"。而这首《渔家傲》，最突出的特色亦在于那个"忧"字上，难怪朱熹称范仲淹为"有史以来天地间第一流人物"。范公笔下的戍边战士，他们只是一群再平常不过的普通人，他们的身上既无勇士之气概亦无英雄之风采。然而，就是这群普通的战士，是他们与他们的家庭在支撑着一个王朝的兴衰，是他们及其家人用生命与血泪书写了北宋的边塞史。正是因为有了这么一首小词，让千年之前的岁月得以逼真地重现。一首小词带给我们的情感体验，绝对胜于现代科技在影视作品中所能模拟出的仿古场面。纸上山河，残阳如血。笔底孤城，霜华满地。"四面边声连角起"，那悲凉幽厉的边声似乎仍回荡在耳际。而"浊酒一杯家万里"，则让我们得以毫无阻隔地走近了千年之前的征人，也走向了那位忧国忧民的白发将军。那位白发将军是谁呢，他可是范公自己的写照？也许，这已无须再问。千嶂寒云之外，数行大雁正向南飞去，它们的眼神是那样坚定又那样执着，一如将军与征夫的归心。

望海潮

　　东南形胜，三吴都会，钱塘自古繁华。烟柳画桥，风帘翠幕，参差十万人家。云树绕堤沙，怒涛卷霜雪，天堑无涯。市列珠玑，户盈罗绮，竞豪奢。

　　重湖叠巘清嘉，有三秋桂子，十里荷花。羌管弄晴，菱歌泛夜，嬉嬉钓叟莲娃。千骑拥高牙，乘醉听箫鼓，吟赏烟霞。异日图将好景，归去凤池夸。

　　希腊神话中有一场长达十年之久的战争，在希腊联军与守城的特洛伊之间展开，这就是众所周知的特洛伊战争。希腊联军投入兵力十万之众，大型战舰千数以上。如此大张旗鼓地劳师远伐，究其原因，竟是为了一个名叫海伦的美丽女人。宁不知倾城与倾国，只为佳人难再得。为了争夺这个艳绝人寰的佳人，交战双方头破血流仍不肯罢休。当然，这只是一个传说。特洛伊战争是否存在，又是否真的是因海伦而起，谁都不能证实，而相似的情形，也发生在这首词作《望海潮》

的身上。只不过，传说中的特洛伊战争是以红颜女子为祸端，而另一场战争的祸端，则是这首千古称颂的绝妙好词。

据南宋学者罗大经在《鹤林玉露》中记载：

此词流播，金主亮闻歌，欣然有慕于"三秋桂子，十里荷花"，遂起投鞭渡江之志。

金主亮即金国的第四任皇帝完颜亮。完颜亮谙习汉学，他有一首名为《南征至维扬望江左》的汉文诗，据说便是针对本篇《望海潮》所作的读后心得与回应：

万里车书尽混同，江南岂有别疆封。
提兵百万西湖上，立马吴山第一峰。

完颜亮是以秦始皇自比，认为自己必将如秦始皇规范车轮距离、统一文字一样，将全天下揽于掌中。既然如此，有着"三秋桂子，十里荷花"之美的江南又岂能偏安一隅呢？完颜亮公然叫板宋王朝，你们的锦绣江南很快就要成为我的盘中餐了。因为大金皇帝我，将率领百万大军兵临西湖，立马吴山的最高峰亲自督战。

假如《鹤林玉露》中的记载属实，《望海潮》的作者柳永会不会感到后悔或是后怕呢？好比一个拥有稀世之珍的主人为了充分展示奇珍的丽质与光泽，特地选择了最佳的时空与最佳的映衬。展示大获成功，这在意想之中。但出人意料的是，正是这次近乎完美的展示诱发了居心不良者的贪念，为奇珍及其主人带来了可怕的浩劫。然而，这只是一个猜想而已。我们只要比较一下柳永与完颜亮的生卒之年就会发现，柳永的后悔与后怕并不能成立。因为几乎是在柳永去世七十年后，完颜亮才降生于世。而在完颜亮出生五年后，北宋王朝才宣告终结。至于提兵百万，则要等到完颜亮四十岁之时，彼此柳永已长眠于地下百余年矣。提兵百万只是号称百万，确切地说，是提兵六十万。会战的地点，亦不是西湖吴山，而是淮河北岸。完颜亮进攻不利，被哗变的兵士杀死，结束了其一统山河的野心。这样一分析我们就会得出一个结论：完颜亮倒是有可能通过词作认识柳永，而柳永则对完颜亮毫无印象。九泉之下的柳永连他的国家已由北宋变为了南宋都不知道，又怎会认识南宋的头号敌人完颜亮呢？

不过，以青年柳永张扬倜傥的个性，有美当前却默然自赏，大概就像锦衣夜行一样令其不屑吧。词史上有个说法，这首《望海潮》作于宋真宗咸平六年（1003），这一年的柳永，虚岁二十，是个名副其实的小青年。他的这首词，是为干谒时任两浙转运使的孙何而作。

于是，基于这一说法，又衍生出了一个故事。相传柳永路经杭州时，很想去拜访杭州长官孙何。柳永年未弱冠，才华虽高，但他是个颇通世情的机灵人，深知要想出人头地，毛遂自荐固然值得一试，而找到那个能欣赏自己、提拔自己的恩师贵人则尤为重要。这样的做法在唐宋时代的士人之间十分流行，就连目高于顶的"诗仙"李白，为了得到擢升的机会，不也巴巴地从湖北安陆赶到襄阳，只是为了引起荆州长史韩朝宗的注意。李白对自己的文才太过自信，那篇《与韩荆州书》写得是铿锵奋发、意气洋洋：

　　白闻天下谈士相聚而言曰："生不用封万户侯，但愿一识韩荆州。"何令人之景慕，一至于此耶！岂不以有周公之风，躬吐握之事，使海内豪俊，奔走而归之，一登龙门，则声誉十倍！所以龙蟠凤逸之士，皆欲收名定价于君侯。愿君侯不以富贵而骄之、寒贱而忽之，则三千之中有毛遂，使白得颖脱而出，即其人焉。

对李师兄的所作所为，柳永无疑是深表赞同甚至愿意仿效的。然而，李白的做法并未得到韩荆州的认可，在韩荆州那里，李白的鱼跃龙门之梦落空了。那么柳永呢？柳永求谒孙何，似乎也并不顺利。连着去了好几次，柳永无不失意而归。其实这事正常得很。柳永只是一个名不见经传的后生，而身为当地的父母官，孙何的甲第岂容闲人进出？说起来，柳永与孙何并非素无渊源，二人曾为布衣之交。可是此一时，彼一时，孙何正当青云得意，未必还想得起这个年少小友。但柳永很快想出了一条别出心裁的妙计，写就这首《望海潮》，找到当地一个名叫楚楚的歌伎，让她为孙何演唱此词。欲借樱桃之口、丁香之舌，唱得孙何神飞意动，惊问作者姓名。

柳永实现他的愿望了吗？我们先来看词。

"东南形胜，三吴都会，钱塘自古繁华。"东南一带有着得天独厚的地理位置与无可比拟的秀丽风景，同时又连接着吴兴、吴郡、会稽，此所谓三吴的都会，这是中国的哪座城市呢？钱塘是也。此处的钱塘，为杭州的古称。钱塘初名钱唐。秦始皇统一中国后于灵隐山下设钱唐县，钱为水名，唐即堤塘，属会稽郡。陈朝时始置钱塘郡，隋灭陈后，废钱塘郡置杭州，这是在史书中，杭州第一次取代了钱塘这一古地名。作为一座有着悠久历史文化的名城，杭州的繁华尤其令人称羡。而正是借助于这片自古有之、累如贯珠的繁华，愈益彰显出杭州城历史的厚度、文化的深度。

有趣的是，宋仁宗曾写过两句诗"地有吴山美，东南第一州"。据陈师道《后山诗话》记载，宋仁宗对柳永的词作一度十分着迷，"每对酒，必使侍伎歌之再三"。如果这首《望海潮》真是作于宋真宗咸平六年（1003），也就是柳永青年时代的初端，那么陈师道所记叙的这则逸闻，则无疑找到了一个较为靠谱的佐证。因为宋真宗是宋仁宗的父亲，而柳永比宋仁宗要年长二十余岁，当宋仁宗步入多情善感的青春期，柳永已是名动大江南北的辞章名家了。年轻的宋仁宗受其吸引，有如今天的青少年对于畅销书作者的倾慕，仁宗虽贵为天子，在字里行间，偶尔也会情不自禁地流露出柳词对其的影响。就比如这"地有吴山美，东南第一州"之句，分明是对"东南形胜，三吴都会"的临摹与化用。而仁宗这首诗的所赠对象，恰是出任杭州知州的梅挚。可见不但在字面上与柳词接近，其赠予的对象亦是相似。无论是曾任两浙转运使的孙何，还是宋仁宗时的杭州知州梅挚，他们的官职都相当于杭州太守。看来柳永的《望海潮》不但令那叱咤风云的金国敌酋心生艳羡，亦让雍容含蓄的大宋天子为之沉醉。而笔者读此词时，已分不清是惑于柳郎的生花妙笔多一些，还是惑于杭州的一颦一笑多一些？现在，让我们追随柳郎的视角来见识一下魅力杭州吧！

杭州的风景名片之一，便在于烟柳画桥。满城柳色，浓如绿烟；小桥曲径，旖旎若画。最妙的莫过于那些参差错落的庭院，当微风轻拂之际，一幅幅深翠浅碧的帘幕次第揭起，你若凭高而望，一准儿会怡然自得地将帘幕下活色生香的杭城众生相尽收眼底，并且让你不得不由衷地发出一声赞叹：这是个有着十万人家的锦都丽邑呢，真是名不虚传。

这座城市的风景名片之二，便在于钱江潮。许多人都写过钱江潮，李白笔下的钱江潮是：

海神东过恶风回，浪打天门石壁开。

浙江八月何如此，涛似连山喷雪来。

刘禹锡笔下的钱江潮是：

八月涛声吼地来，头高数丈触山回。

须臾却入海门去，卷起沙堆似雪堆。

与柳永时代相近的另一位北宋词人潘阆，也写过一首《酒泉子》：

长忆观潮，满郭人争江上望。来疑沧海尽成空，万面鼓声中。

弄潮儿向涛头立，手把红旗旗不湿。别来几向梦中看，梦觉尚心寒。

李白与刘禹锡均用了一个"雪"字来描绘潮起时的浪涛，而潘阆
则用了"沧海"这一比喻。柳永可谓博采众长，他为词牌取名《望海
潮》，似是在对潘阆的"沧海"之喻致敬，而"云树绕堤沙，怒涛卷
霜雪，天堑无涯"则颇有李、刘的意态。但与李、刘不同的是，柳永
在写潮之前，不忘点染一下观潮的环境，而不是开门见山地直击潮头。
你看，茂密的林木环绕着辽阔的沙堤沿岸。林木如云，给人一种神秘
莫测的苍茫感；林木如戟，给人一种肃然以待的紧张感。在紧张什么，
在等待什么呢？当然是在等海潮。终于等到海潮现身了。只见磅礴的
潮水激荡起一座座洁如霜雪的浪头，将视觉与听觉完全侵占，仿佛天
地间除了这片一望无尽的大潮就别无所有，真可谓天堑无涯。

然而，身在杭州，不仅能亲身体验观潮的兴奋与紧张，杭州的物质
生活，更是引人入胜。杭州为商贾辐辏之地，又是北宋的丝织中心。钱
塘繁华，盖非虚言。集市上珠玑琳琅，用今天的网络用语来说就是，有

没有亮瞎你的眼睛？而与珠玑一样鲜丽夺目的，则是绮罗的华彩。家家争奢竞豪，唯恐风流落后。而那些美丽的珠玑与绮罗，似乎在不言而喻地打着广告：生在北宋的人们，请与我朝夕为伴；生在杭州的人们，请与我形影不离。君知否，你值得拥有？君记否，那衣冠荟萃、一城俊秀？

这座城市的风景名片之三，是那三面环山的西湖。一道白堤，将西湖分为了里、外湖。"重湖叠巘"就如一位滴翠裙衫茜、花簪八宝艳的佳人，这是西湖山水所独有的特色。而西湖山水之所以能名擅天下，究其原因，尤在于西湖的韵味、西湖的颜值，以及西湖山水所凝聚的人文历史。

若要探访西湖的韵味，必先品味桂花的清芬。唐人宋之问有诗为证："楼观沧海日，门对浙江潮。桂子月中落，天香云外飘。"白居易则有词应和："江南忆，最忆是杭州。山寺月中寻桂子，郡亭枕上看潮头。何日更重游？"观潮时节恰逢桂香弥漫的金秋，这是杭人所津津乐道的清福。

而说到西湖的颜值，又岂能忽视那浩浩荡荡、嫣然怒放的一池荷花？"毕竟西湖六月中，风光不与四时同。接天莲叶无穷碧，映日荷花别样红。"这是南宋诗人杨万里最脍炙人口的诗句之一。杨万里对西湖的荷花可谓情有独钟。除此之外，他还有多首西湖咏荷的佳作，比如"出得西湖月尚残，荷花荡里柳行间""午梦西湖泛烟水，画船撑入荷花底""百里青山十里溪，荷花万顷照红衣""水月亭前且杨柳，集芳园下尽荷花"。

荷花与桂花，它们有着迥然不同的神韵，代表着两种反差极大的季节。前者极尽浓烈，后者清幽淡远；荷花是盛夏的宠儿，而桂花却是金秋的使者。这样的两种花，当它们交替出现在水复山环的西湖之上，会是怎样的画面，怎样的风致啊？"三秋桂子，十里荷花"，柳永别具匠心的浓缩怎能不令人遐想联翩？那贯穿了曼妙秋季的玲珑桂子香透了多少杭人的似水记忆，而绵延十里的新荷则开遍了每个盛世的锦绣年华。金主完颜亮，他当然不是一个生长于西湖之畔的杭人，而是来自白山黑水的东北。唯其如此，一见到这样清新秀美的词句与景象，完颜亮才会无比倾倒，才会大为惊艳，油然而生投鞭渡江之意。一代枭雄志不得遂身先遇害，这正应了一句话，一见柳词误终身。柳郎之"罪"，"罪莫大焉"。

　　流连于西湖美景，音乐之声自也必不可缺。晴好的日子宜听羌管吹奏，而这里的羌管，与范仲淹《渔家傲》中和霜而奏、凄凉入骨的羌管毫无共性可言。响彻湖山之滨的羌管明快欢悦，恰似杭人的心情而不是征夫的心情，羌管中吹奏出的是浪漫的圆舞曲，而不是悲伤的咏叹调。至于那些风清月朗的夜晚，则宜于菱歌袅绕。一声声吴侬软语唱得菱歌有似莺啼，在那月光潋滟的小舟之上，不时会飘来持竿垂钓的渔翁与轻盈婀娜的采莲姑娘。渔翁笑着，那是陶然自得的笑意，采莲姑娘也笑着，她们的笑容或天真，或羞涩，或娇柔，或明媚，一如罗裙之下、碧波之端千姿百态的荷花。今夕何夕，人间天上。

　　而在晴吹羌管、夜闻菱歌的那些美好时光，有一个人，总是与民同乐。他是谁呀？说来也巧，他又来了。看那边千骑扬尘，拥着一面威风凛凛的大旗，大旗正中写着一个"孙"字。他不就是杭州的父母官孙何大人吗？这位孙大人非但施政有方，把杭州治理得民丰物阜，更兼雅人深致，令西湖的格调驰名天下。以杭州为荣，为杭州骄傲，孙大人既有名臣的风华，更有名士的风流。他带着酣畅的醉意聆听箫鼓、吟赏烟霞，不仅为杭州的风景增色不少，且是一段千古难得的佳话。

　　这样的名臣名士怎能不引起天子与朝廷的注意呢？且让我们拭目以待吧。有那么一天，他会被召入御苑，直抵凤池。当天子向他询问起有关杭州的情状，他将亲手呈上一幅美不胜收的画图，如数家珍，为天子精彩讲解、从容述说。看罢这样一幅壮丽无俦的长卷后，天子当作何观感呢？或许正如王维在诗中所写的那样，"朝罢须裁五色诏，佩声归到凤池头"。很快便会让人起草诏书，以嘉奖孙大人的治杭之功。孙大人亦因此而荣登相位，长伴天子之侧。

凤池又称凤凰池，原为禁苑中的池沼。魏晋南北朝时设中书省于禁苑，凤池逐渐成为中书省的代称。至唐代，宰相被称为同中书门下平章事，凤池从此又成了"宰相"一词的喻指。柳永"归去凤池夸"一句，妙就妙在虚虚实实，辞在似有若无之间。因为预言他人的政治前途，尤其是预言入阁拜相的前途，这是敏感的政治问题，若说得太明显了，则有可能被孙何视为轻率孟浪。聪明的柳永用了"凤池"这个双关语，既可单指天子所居之地，亦可引申为相国之位。

孙何少时为"荆门三凤"之一，精通音韵之道，文采不凡，在三十二岁时成为万众瞩目的状元，且创造过连中三元的科考奇迹。这样一个品学兼优的状元郎，对柳永词尾的弦外之音，未必听不出来。而以状元郎之目光，以状元郎之品位，对《望海潮》全词的美学价值，似乎也不会存在任何欣赏的障碍。然而，就像李白在他仰慕已久的韩荆州那里扫兴而归一样，无论从史书还是民间传闻的角度，我们都没有找到孙何由于此词而对柳永另眼相看的证据。投之以琼瑶，报之以沉默。多么奇怪，《望海潮》既能打动远在北国的金主完颜亮，亦能打动当朝帝王宋仁宗，为何到了孙何那里，却是不见下文呢？是那个演唱词曲的歌伎临场发挥欠佳？是孙何因羡生妒，唯恐柳生后来居上？还是柳永所求逾分、出言不逊？其实，这种结果，在柳永的一生中，既非第一次遇到，也非最后一次遇到。有关柳永明珠暗投的遭遇，我们还将在后文细细道来。

破阵乐

露花倒影，烟芜蘸碧，灵沼波暖。金柳摇风树树，系彩舫龙舟遥岸。千步虹桥，参差雁齿，直趋水殿。绕金堤，曼衍鱼龙戏，簇娇春罗绮，喧天丝管。霁色荣光，望中似睹，蓬莱清浅。

时见凤辇宸游，鸾觞禊饮，临翠水，开镐宴。两两轻舠飞画楫，竞夺锦标霞烂。馨欢娱，歌《鱼藻》，徘徊宛转。别有盈盈游女，各委明珠，争收翠羽，相将归远。渐觉云海沈沈，洞天日晚。

《破阵乐》初名《秦王破阵乐》。据《新唐书·礼乐志》记载：

太宗为秦王，破刘武周，军中相与作《秦王破阵乐》曲。及即位，宴会必奏之，谓侍臣曰："虽发扬蹈厉，异乎文容，然功业由之，被于乐章，示不忘本也。"

唐太宗李世民在少年时代以武力征战天下，他击溃唐王朝的老对手刃武周时，年方二十岁出头。《秦王破阵乐》就作于那时，那应当是一首气壮山河的军歌。"受律辞元首，相将讨叛臣。咸歌《破阵乐》，共赏太平人。"相传，这是《秦王破阵乐》的歌词。攻破刘武周七年后，李世民发动玄武门之变，弑兄杀弟，夺得至尊皇位，《秦王破阵乐》逐渐演化为大型的宫廷歌舞。不仅有歌，亦且有舞，甚至达到了"舞用两千人"之壮阔场面。

可以说，在李世民的人生中，仗剑定乾坤的功效是极为显著的。若非武力奠定胜局，也就没有日后那个雄才大略的唐太宗。然而，一个人一旦当了皇帝，肯定不喜欢别人在他面前耀武扬威。李世民在此后的政治生涯中，更看重的是文治而不是武治。但每逢宴会，《秦王破阵乐》仍是必不可缺的保留节目。李世民给出的解释是，虽然觉得这支乐曲太过推崇武斗精神，与文治社会不大合拍，但它却提醒着人们不能忘本，江山是从血战中得来的呀，这个可得牢记在心。

到了宋代，柳永受其启发，将《秦王破阵乐》改写为慢曲，且给了它"破阵乐"这一词牌名。尽管柳永所写的《破阵乐》已不再是一支励志的军歌，但在格调的华美宏丽上，柳词《破阵乐》却毫不逊于一代雄主李世民的《秦王破阵乐》。我相信，这两个版本的《破阵乐》有着相似相近之处，比如对于太平的梦想，对于盛世的讴歌，而柳永所处的时代与唐太宗所处的时代都是当之无愧的盛世。只不过唐太宗的盛世之后，仍依稀可见战乱的阴影，而柳永所处的时代，即使有那么一个阴郁可怕的影子，北宋君臣从上到下，却很少有人愿意注意它的存在。他们宁可忽视它、忘掉它，而不是像唐太宗一样致力于找出这个阴影并清除它的威胁。而柳永，这位生于北宋而不是初唐的宦门公子，很难不受到北宋乐文厌武的政治气候的影响。在柳永的时代，硬语盘空的军歌已很难成为流行乐坛的新宠，然而，若是把军歌中乐观奋发的精神、充满动感的节奏，以及热烈激越的气氛与时尚的元素巧妙搭配、精心调制，一首喜大普奔的金曲岂不是应运而生了？这样的金曲若不能在热搜榜上占据一席之地，还不惊呆了东京街头闻歌起舞的那帮小伙伴们？

然而，这支由军歌改写而成的金曲唱的是什么呢？如果柳永可以晚生一千余年，或许他会俏皮地推出一条新鲜出炉的微博：

在三月上巳的金明池等你，愿者上钩，请@来自时光深海的鱼，不见不散。

ps：本广告有效期——上巳日前三日内。

关于金明池，我们先来看古籍《东京梦华录》中的一段描写：

三月一日，州西顺天门外开金明池琼林苑。每日教习军驾上池仪范，虽禁从士庶许纵赏，御史台有榜不得弹劾。池在顺天门外街北，周围约九里三十步，池西直径七里许。入池门内南岸，西去百余步，有面北临水殿，车驾临幸，观争标锡宴于此。往日旋以彩幄，政和间用土木工造成矣。又西去数百步，乃仙桥，南北约数百步，桥面三虹。朱漆阑楯，下排雁柱，中央隆起，谓之"骆驼虹"，若飞虹之状。桥尽处，五殿正在池之中心，四岸石甃，向背大殿，中坐各设御幄，朱漆明金龙床，河间云水，戏龙屏风，不禁游人。

东京，即北宋的都城开封，亦称汴京、汴州、汴梁、大梁。《东京梦华录》的作者孟元老生卒年不详，但他经历过靖康之难，从时间上看，其生活之日应远在柳永之后。然而，这段文字中的"水殿""争标锡宴""桥面三虹""雁柱""龙床""云水"等语，纵不能与这首《破阵乐》一一对应，至少也是高度相似。这从一个侧面，印证了柳永此词的传播与普及性。你想，纵然相隔多年，孟元老还能以散文的形式还原柳词中的精彩片断，可见柳词在当时当世，是何等流行。我没说错吧，柳永的《破阵乐》在金曲排行榜上，肯定大大地出过一番风头。而从另一个侧面，则印证了柳永的这首词乃是写实之作。而我读这首写实之作，却有一种是梦是幻傻傻分不清的感觉。大宋的金明池怎能这么迷人呢？如果没有柳永的这支俊笔，金明池的绝代风华还能如此真切地展现在我们这些现代观光客的眼前吗？

　　说到金明池的由来，据南宋王应麟《玉海》所载，金明池出现在宋太宗赵光义初登帝位之后。"诏以卒三万五千凿池，引金水河注之"，赵光义为其赐名为金明池。池成之后，"每岁三月初，命神卫虎翼水军教舟楫，习水嬉。西有教场亭殿，亦或幸阅炮石壮弩"。这个场所，原本是用来演习水战。然而随着年深月久，居于皇都东京的人们早已习惯了富足祥和的小日子，金明池的水战演习，竟在不知不觉中被游宴享乐取代了。皇帝乐得顺应民情，在金明池一带广修池阁楼苑，于每年的三月一日至四月八日向民众开放。而真龙天子在上巳之日更是御驾亲临，为金明池的盛会助兴增辉。上巳的全称是农历三月的上旬巳日，魏晋之后，这个日子通常被定为每年农历的三月初三。这是我国古代的一个传统节日。老杜的诗"三月三日天气新，长安水边多丽人"，写的就是唐朝的某个上巳节。他道出了上巳节的三大特色：一是天公作美，空气清新；二是绿水环绕，神清气爽；三是佳丽如云，眼福不浅。而柳永与他同时代的北宋民众又是怎样度过他们的上巳节呢？让我们从这首《破阵乐》中一探究竟吧。

　　带着露水的鲜花在池中投映出娇艳的倩影，晨烟中的草色似乎沾润了那一池清波的绿意。是谁沿着这片朦胧如梦的草色走来，是谁在开满鲜花的池畔吟唱着《诗经·大雅》中的名篇：

麀鹿濯濯，白鸟翯翯。
王在灵沼，於牣鱼跃。

看哪，母鹿长得丰肥壮美，白鸟的双翼洁净如洗。灵沼中鱼儿争跃，只是为了能从最好的角度观瞻国君的仪容。是哪位国君呢？灵台、灵沼、灵囿，那可都是周文王作邑于丰时所建。那些欢蹦乱跳的灵沼之鱼啊，在两千年前是为了迎接周文王的到来。而两千年后的灵沼之鱼，却是为了迎接我们的大宋皇帝而翩翩起舞。我们的国君是贤德之主，他的时代完全可以媲美于周文王的那个时代。

熏风正浓，灵沼波暖。好几天前，东坊西市便已盛行起御驾游幸的传言。百姓们一早就聚于此地，渴望着能亲眼见证万乘天子的风采。一树树垂柳摇曳生姿，沐浴着朝日的金光。对岸的树下系满了龙舟彩舫，这般喜庆又这般隽妙。"天子来了吗？"性急者还在那里探头探脑。而聪明人却是含笑不语：龙舟已在视线之内，天子还会远吗？

今天的金明池比任何时候都更能彰显皇家气派。朱漆栏杆的桥面贯穿南北、长达千步。桥柱就像古筝的雁柱十三弦一样优美整齐，等待着奇妙的手指依次拨弄出心旌荡漾的弦音。桥拱好比飞虹凌空，从不同的方向直抵金明池上的殿阁，仿佛是在汇集四方之美，献于君王之前。

这时丝管齐发，歌吹之声喧天动地。池上开始演出鱼龙杂戏，那是宋代的"水漫金山寺"，一众水族精英大展神通、各炫特技，令人眼花缭乱、喝彩不绝。鱼龙杂戏尚未落幕，一队队着锦曳绣、仪态万千的舞者又已登场。她们轻舒广袖、姿容娇娜，仿佛来自嫦娥所住的广寒宫。然而，这里并不是广寒宫，金明池是比广寒宫更为神奇、更为绮丽的仙境。透过阳光中薄如羽纱、闪闪发亮的雾霭望去，把这里比作蓬莱应当是个更贴切的比喻。梦魂中的蓬莱从未像今天一样离想象更近、离感观更近、离心灵更近，它把每一个身临其境的士民都变作了神仙中人。

而当蓬莱雾散，阳光把一切照得通彻净朗，人们终于看到了天子的真容。他乘坐凤辇而来，恩赐臣民祓禊饮宴。临水洗濯、祓除不祥是上巳节的核心内容。而北宋君臣对此传统也是十分注重。沧浪之水清兮，可以濯我缨；沧浪之水浊兮，可以濯我足。三月的金明池春波荡漾，将一冬的寒冷驱逐殆尽，宛若温润无瑕的翠玉，诱惑着人们挽衣褰袖，争相试水。而临水开宴，更是其乐何极。

恰如《诗经·小雅》中所唱：

鱼在在藻，有颁其首。
王在在镐，岂乐饮酒。

你若问我鱼儿在什么地方，我会回答你，鱼戏藻间，头大尾长。你若问我君王在什么地方，我会回答你，王在镐京，饮酒为欢。你若问我谁是君王，我会回答你，他的仪容就像北极星一样光照四方。在万人之中，你有没有找出他来？给你一个提示吧，他呀，正如你我一样，兴致勃勃地观看千舸竞渡，争夺那灿如云霞的锦标头彩。金明池上画桨齐举、轻舟如飞。每个人都为各自喜爱的船只呐喊助威，锣鼓声沸，映红了那一张张紧张激动的面容。就连天子也失去了凝肃持重的常态，再三地起身延首，急切之情昭然可见。才刚遥遥领先，又怎料后来居上，几番柳暗花明之后，终于分出了胜负。天子与群臣尽欢而去，结束了这次游赏。而那些响彻金堤的清歌丽曲，似乎芳音未远，仍袅袅不散。

　　君臣的离席并未让金明池变得冷清。告别了皇家盛会，士民们由观众变成了戏中人，上演着属于他们的浪漫故事与美丽人生。其中最惹眼的便是那些尚未婚配的年轻姑娘，就像曹植在《洛神赋》中所写到的一群仙女，"或戏清流，或翔神渚，或采明珠，或拾翠羽"。她们有心在这个被春神赐福的节日择一佳婿、结一良缘，或是向意中人赠送明珠，或是采集着翠鸟的羽毛插在鬓边，以吸引那些风采翩翩的少年。然而随着黄昏的到来，姑娘们娇俏的身影在暗淡的日光中渐渐消失了，此时的金明池已是云海茫茫、不可辨识，恰似传说中的蓬莱三山，又恢复了缥缈迷离的面貌。

　　因为这首词，柳永得到了"露花倒影柳屯田"的美称。柳永曾任屯田员外郎，意即管理屯田事务的官员。"露花倒影"实在是个令人拍案叫绝的摹写，有着极其逼真、鲜灵活现的镜头感，用我们当今的流行语来说，是美出了天际。然而何止"露花倒影"，通篇观来，有哪一处不在展示美的极限？"灵沼""蓬莱""镐宴"，柳永可谓面面俱到，以三百六十度无死角的妙笔呈现出大宋王朝的水上园林盛会。我忽然想到，如果柳永改行去当导演，相信他也会非常成功。柳永有这个天分，也有这个实力。从近景到远景，从细节的设计到整体的调控，柳氏出品不唯游刃有余，且是恰到好处、炉火纯青。北宋何幸，能与这样一位多才多艺的词人同在一片星空；柳永何幸，能与空前绝后的风雅北宋同在一片星空。既然柳永不能晚生一千余年，就让我们早生一千余年吧。真想回到宋朝，在金明池边，与那位才华横溢的"露花倒影柳屯田"相遇，与大宋的春风上巳天相约……如果真有这种可能，请别忘了不失礼貌地在微博上对柳郎做出回应："来自时光深海的鱼，我来了。金明池之约，已相期千年。"

木兰花慢

拆桐花烂漫，乍疏雨、洗清明。正艳杏烧林，缃桃绣野，芳景如屏。倾城。尽寻胜去，骤雕鞍绀幰出郊坰。风暖繁弦脆管，万家竞奏新声。

盈盈。斗草踏青。人艳冶、递逢迎。向路傍往往，遗簪堕珥，珠翠纵横。欢情。对佳丽地，信金罍罄竭玉山倾。拚却明朝永日，画堂一枕春酲。

一年一度的清明节又到了。对于我们大多数的人来说，这个节日只有两种意味：一是意味着该去祭祖扫墓了；二是意味着在祭祖扫墓之后，如果时间充裕，那就可以睡上一两天的懒觉，给紧绷的神经来场轻松酣畅的"梦疗"。

我呢，说不上是什么勤快人，然而，却素无"春眠不觉晓"的习性。尽管前段时间因为马不停蹄地加班，给在下的龙马精神多少造成了一些损害，但仍不打算在清明节期间恶补睡眠。于是，还与往常一样地早睡早起，当然，也和往日一样乏善可陈，如老僧入定般宅在家中。所谓"清时有味是无能"，在下虽无能至极，却也自得其乐。翻开一卷宋词，不期与柳耆卿的《木兰花慢》打了个照面。

耆卿竟然热情地招呼起在下来："清明节准备上哪儿去啊？"

"这不是在做梦吧？"我暗暗地掐了下胳膊，还真是疼，不禁感到受宠若惊、欣喜若狂，"呀，不知耆卿大驾光临，小可这厢有礼了。小可还没想好……大概……下午可能去趟超市。晚上嘛，下载一部英剧或是通过'蜻蜓FM'听书……视力不好，听力尚可，嘿嘿，耆卿勿怪。"

"哪有这么啰唆？"耆卿甚是不以为然，"我看你呀，貌似附庸风雅，实为无趣之人。读书读成近视眼了，幸喜听力不曾废掉，想来嗅觉也还正常。放着大好春光不去消遣，鸟语花香不去捧场，一个无所事事的 couch potato，兀的不闷煞人也么哥？"

"原来耆卿的英文竟也如此棒。多谢耆卿提醒。小可今日还未到'开心词场'应卯签名，领取沪币。要不要同去，到竞技场 PK 过招或是组队背词，兀的不开心人也么哥？"

"开心，开心个大头鬼啊？像你这样，生生糟蹋了清明佳节。"耆卿断喝道，"真是朽木不可雕也，枉费我苦口婆心的教诲。盛年不重来，一日难再晨。时候不早了，我要到外头去参加 party 了，你且去与不去？"

"可是……你不是以'耆卿'为表字吗？长寿即好，又何须计较盛年不再？"我惊奇地问。

"我真有那么老吗？"他顿时变了脸色，"这'耆卿'二字，是我改名柳永后才配上去的表字。改名柳永，情非得已。以耆对永，差强人意。人生非金石，岂能长寿考？何况纵然能等寿于天地日月，又能阻止镜中的白发与不请自来的皱纹吗？要知道，我最初的名字是三变，是我父亲摘取《论语》中的词句为我起的名字。'君子有三变：

望之俨然，即之也温，听其言也厉。'父亲还给我起了一个与之对应的表字——景庄。"

"可惜，这个名字跟你本人的形象几乎大相径庭，表字也不对。要你扮成一个正襟危坐、庄容可敬的君子，这不是强盗扮书生吗？不对，是书生扮强盗？都不对，你既不是强盗也不是书生。你是浪子，而浪子是最恨强人所难的。耆卿，在我们这些当代粉丝面前，你大可不必顾虑形象问题，保持本色就是你最佳的形象。"

"此语良是。不过景庄也好，耆卿也罢，皆与我的光辉形象背道而驰、漠不相干。景庄太古板，耆卿太老迈，换个称呼吧，换个朗朗上口、既贴切又时髦的称呼。"柳永潇洒一笑。

"明白了。"我灵机一动，"你在兄弟中排行第七，江湖人称你为七郎。这个称呼既上口又贴切，只是在时髦方面略有不足。七郎，看在你年长小可一千……"

话犹未完，被他急不可耐地打断："把岁数算得这么清楚做什么，又不是斤斤计较的商贩。"

"知道啦，"我心里暗笑，"原来堂堂柳七郎竟也不能容忍曝光年龄信息这种事。"口里却是谄媚地说，"请容许小可称你为七哥，这样便合乎时髦了。"

"七哥，这倒将就。寻春须是先春早，看花莫待花枝老。怎么样，跟七哥一同寻芳访胜吧，让你见识一下你所不知道的清明。"柳永扬眉道。

"好啊，小可愿随七哥鞍前马后。"我欣然应道，却又犯起愁来，"可是，小可的身份证在中华人民共和国而不是大宋王朝，小可……小可如何去得？"

"到我们那儿，不需要身份证这劳什子。"柳永不解地望着我，仿佛我是怪物史莱克。

"怎么能不需要身份证呢？我们这儿离你的世界有着数千光年呢，相当于外星旅游了。登机验票、打尖住店，除了身份证，只怕还要签证或是别的什么证件。稍等，这个我必须百度一下。我可不想被人当成非法入境者一顿乱棒打出去。小可怯懦，吃不了皮肉之苦。"

"别在这里磨磨蹭蹭的了。等你的身份证办下来，豆腐盘成肉价钱，清明都快变成寒露了。听我的话没错，到大宋过清明，根本不需要什么身份证。速去速回，不用登机，也不用打尖住店。"

"那么，去大宋需要什么？"我傻傻地问。

"只需要这个。"他微微一笑，从袖中取出一支柳笛，吹起《木兰花慢》的韵调。我凝神细听，仿佛来到一座重门深锁的院落。"良辰美景奈何天，赏心乐事谁家院？"笛音婉转穿行，所过之处，那些生满铜绣的青锁一一解落。在笛音的牵引下，我紧跟柳永，带着满怀的新奇，步入那隐没于朱扉之后的清明时光。

夜里下了一场淅淅沥沥的小雨，这个时候虽已完全停住了，但道旁的林木仍是一片湿绿。一阵清甜的香气直扑鼻端，抬眼一看，原来香气就来自道旁那些高大的油桐树，上面开满了雪白绛紫色的花朵，像是一只只小喇叭齐声发出的芬芳的鸣叫，又像是一盏盏小灯笼喜悦地装点着雨后新浴的碧空。

"认得这是什么花吗？"柳永问道。

"啊，这我是知道的。放牛娃娃不要夸，三月还要冻桐花。这桐花，是越冻越有精神。'清明时节雨纷纷，路上行人欲断魂。'但桐花却不会断魂。对于桐花，应该说是'好雨知时节，当春乃发生'。三月的风、三月的雨，是桐花最好的化妆品，不仅天然、环保、无污染，且不会引起转基因病变。我很喜欢这些桐花，它们开得那样饱满、那样奔放，就像一群活泼健康、从不会为瘦身问题而刻意节食的大自然的女儿一样，会让我们想起那些天真年少、烂漫欣喜的时光。"

"倒是小瞧你了。你们这些人中，有一多半是植物盲。你确定吗，真个认识桐花？"柳永惊诧道。

我只好承认："其实我今天是第一次见到桐花。以前是在那些诗词里，譬如说七哥你，你的那句'拆桐花烂漫'实在是太有人缘了。不仅是我，跟我一样的当代人的确是有一多半没见过桐花，但他们却能将'拆桐花烂漫'照背不误。剩下的那一小半，即使见过桐花，也是纵使相见应不识，他们甚至不知道自己见到的那种花便是桐花。将源于书本的感悟与来自生活的体验隔离开来，这是我的一大缺点，也是我们当代人共有的弊病。刚才你问起我，我只是猜到的，顺着你的《木兰花慢》，我当然要猜这是桐花。可我终究还是将书中的桐花与现实中的桐花合二为一了。'拆桐花烂漫'，这个'拆'字真是千金难换。不亲眼看到此景，我怎能明悉'拆'字的灵动，又怎能意会'烂漫'的含义。"

"一林芳菲，你只看到了桐花吗？"柳永又问。

"当然不是。我虽短视，却不是睁眼的瞎子。这里还有杏花，杏花红起来一发而不可收，就像火烧云燃亮了大半个树林。这里还有桃花，粉光融融，有倾城之姿。连天公也是心领神会，以山野为帛面，以桃花为素材，飞针走线，极见功力，绣出一幅令人叹为观止的绝美画屏。"我像个小学生般回答道。

"哦，这话说得颇有文艺气息。就是不够精练，尚需仔细打磨。是你想出来的吗，怎么听上去有些耳熟啊？"柳永诧异道。

"不是我，是另外一个人。他的原话是'艳杏烧林，缃桃绣野，芳景如屏'。"

"哦，有那么两刷子的功夫。这话很给力也很有嚼劲儿，这话是谁说的？"他又追问道，"这个挺棒的家伙是谁？"

他的表情逗乐了我，这不是明知故问嘛，这个超级自恋的家伙。当然，人家也有自恋的资本。

"咦，七哥莫不是贵人多忘事？这不就是你老人家的金口玉言吗？"我忍不住一言戳穿他。

"又来了，"柳永眉心一皱、不胜愤慨，"我警告过你，不许叫我老人家。"

"你只警告过我不许叫你耆卿，并没有警告过我不许叫你老人家。难道我记错了？"我舌头一伸道。

"这两个词语还不都是一回事？一丘之貉，老得不可救药。"柳永犹不解气。

"噢，是小可失言。小可心性愚钝，只知道'艳杏烧林，缃桃绣野'的作者与那个'挺棒的家伙'是一回事，却不曾注意到'老人家'与'耆卿'也是一回事。"

"贫嘴。"柳永负手而立，傲然道，"你可见过似我这般玉树临风的老人家吗？你一口一个'老人家'，若被我的那些酒朋诗友、红粉知音听见，定会笑得前仰后合。"

正说着，已经有人过来与他寒暄了。

"柳七，你今日来晚了，必要罚酒三杯。"

"这不是柳七郎吗？好久不见，请到这边叙话。"

"柳公子原本说好，今天只与我们姐妹为伴。请公子兑现诺言吧。"

"这是什么话？谁个不晓，柳七是汴京城的柳七，是见者有份的公众人物。你们姐妹想要独占他，好大的口气！"

好几拨人上来争抢柳永，我赶紧闪身一旁。虽是见者有份的公众人物，然而柳七只有一个，要公平、公正地对其实行瓜分，还真是一道烧脑的难题。

看着柳永左推右挡、奋力突围的样子，袖手旁观的我不由得没事偷着乐了。举目四望，见这林中郊外，尽是雕鞍宝马、油壁香车，原来交通拥堵不但是我们现代的产物，而是自古有之啊！哎，我又失言了。在古代，那叫车水马龙，车水马龙虽也可能引发交通拥堵，但其拥堵的程度与今日相比，简直可以忽略不计。

这不，那些宝马香车很快自行安顿下来，并不需要交警出面疏通。车上垂下天青色的帷幔，而不是我们司空见惯的挡风玻璃，温文秀雅的帷幔配上骏马的骄嘶，而不是汽车刺耳的喇叭声，形成一道饶有情致的风景。

望着这漫山遍野的游人，我不禁暗想，难道汴京城全城的市民都已出动了吗？原来清明节还可以这样过，宋人把清明节过得跟狂欢节一样。和风煦日之下，何处不闻管弦之声？有《杨柳枝》，有《蝶恋花》，有《浣溪沙》，有《清平乐》，有《画楼春》，有《虞美人》……各式新巧奇丽的音乐此起彼伏，令人应接不暇，置身其间，简直是在冒着宠坏了耳朵的危险。在这之中，又怎会漏掉柳永的得意之作《黄莺儿》：

园林晴昼春谁主？暖律潜催，幽谷暄和，黄鹂翩翩，乍迁芳树。

这样美好的天气，光宠坏耳朵显然是不够的，还得宠坏我们的眼睛。而斗草踏青，则是眼睛的最爱。因为斗草踏青者，多为动作轻灵、言笑晏晏的锦绣佳人，一个个秀色可餐，何逊春光之美？至于京城中的那些歌魁舞后，更是不会放弃这次争奇斗艳的机会。她们穿着这一季的新装，化着无可挑剔的精致妆容，眉目流转，在人群中从容周旋，竟比烧林的红杏还更明艳。

而路旁的草地上，则满是丰盛的馈赠。那些一闪一闪亮晶晶的物件不是天上的星星，而是女郎们遗失的簪环珠翠。至于是闺阁淑女所遗还是歌儿舞伎所失，这已难以分清。因为无论男女老少、高低贵贱，在此佳丽之地，无不纵情痛饮，将清明的狂欢进行到底。那些饰物一定是在酒醉后留下的。而酒醉之后，谁还比谁更矜持一些，谁还比谁更端庄一些，谁还比谁更聪明一些呢？

而那个喝得最多、醉得最厉害的人，便是汴京城里无人不晓的柳七了。"你可见过似我这般玉树临风的老人家吗？"戏言在耳，他却真已喝得步履飘摇、玉山将倾。手里犹自举着一个已是空空荡荡的酒杯，唇角含着悲喜莫辨的笑容，在那里唱不成腔："我姑酌彼金罍，维以不永伤。"

"你是谁呀？是柳七的朋友吗，怎么老看着柳七？"有人从背后拍了一下我的肩膀。

"哦，是的，小可是柳七的一个朋友。"我回过头说。

"你叫什么名字，是哪里人？"那人又道。

"我的名字，你不便知道。我是……是现代人。"我有些心虚起来。

"什么现代人，是哪朝哪代？"这话引起了那人的警觉，"待会儿查夜的会过来，别怪我没提醒过你，准备好你的身份证。"

"还要身份证啊？"我叫苦不迭，"可是柳永说，宋朝不需要身份证。"

"柳永又是谁？"

"不就是他吗？"我指着那个手持空杯、醉眼迷离的青年。

"胡说八道。你根本不是他的朋友，你连他的正确名字都叫不上口。他不叫柳永，他叫柳三变，也称柳七，是我们的柳七公子柳七郎。"

"啊？他不叫柳永？"人们的目光都聚焦到了我的身上，气势汹汹，极不友好。我只感到欲哭无泪、百口莫辩。

"一顿乱棍赶出去！"一个声音冲我叫道。

"柳永！不，七哥！不，柳七！你倒是替我说句话呀！"我绝望地瞥了柳永一眼。

"赶出去！"柳永醉意可掬地一挥手。画堂一枕春醒，原来，这只是我的一场春梦而已。大梦谁先觉，平生我自知。

春梦如酒，酿成一分惆怅、一分欢喜，还有一分桐花般淡淡的清甜。而梦醒之后，我却作了一首诗，名为《踏青去》，以纪念这个特别的清明与梦中奇遇：

踏青去，踏青去，
踏青要赶在雨后的清明。
数不尽桐花烂漫、杏花富丽，
还有娇俏的桃花如锦似绣，
看人间万物都活色生香，
喜匆匆汇入这天然的画屏。

踏青去，踏青去，
惜芳的人儿爱踏青。
宝马倾城出动，香车逦迤而行，
郊外的世界任风满罗衣。
你吹动玉笛，我弹起瑶琴，
让悠扬的乐曲相应相和、响彻层云。

踏青去，踏青去，
踏青要赶在窈窕的妙龄。
盛装的姑娘好似如水的芙蕖，
看她们舞姿翩翩、笑语盈盈，
落下闪亮的珠翠在杨柳陌上，
就像流盼的明眸，秀慧无比。

踏青去，踏青去，
惜芳的人儿爱踏青。
请畅饮杯中的美酒吧，
莫负了春天的深情。
踏青去，踏青去，
我愿这甜蜜的梦儿永不醒。

甘草子

秋暮，乱洒衰荷，颗颗真珠雨。雨过月华生，冷彻鸳鸯浦。

池上凭阑愁无侣，奈此个、单栖情绪！却傍金笼共鹦鹉，念粉郎言语。

　　秋天的傍晚，下起了一阵急雨。一个幽闺独倚的女子，听着不绝于耳的雨声，更觉心神不宁。她打着一把伞，漫无目的地向着池塘走去。一池秋水，触动了多少往日的记忆。记得那时风晴日暖，池上鸳鸯比翼，水中倒影成双。她与他，赏不尽红素相间的并蒂莲，说不完甘芳如蜜的悄悄话。而两颗热烈缱绻的心，比鸳鸯齐飞还要贴近，比清莲并蒂还要亲密。真愿时光驻留在那一刻啊！但定睛再看，这一刻的水流已不是旧时的水流。变了，一切都变了，再也回不到从前。

　　满池风荷消失了芳踪，红香绿玉俱化为枯枝败叶。李商隐曾为之赋诗：

　　　　竹坞无尘水槛清，相思迢递隔重城。

秋阴不散霜飞晚，留得枯荷听雨声。

但眼前的情景，似乎更像词人孙光宪在《思帝乡》中所言：

如何？遣情情更多。永日水晶帘下，敛羞蛾。
六幅罗裙窣地，微行曳碧波。看尽满池疏雨，打团荷。

唐宋之时，人们喜欢把珍珠称为真珠。比如李贺的诗"琉璃钟，琥珀浓，小槽酒滴真珠红"，又如范仲淹的词"真珠帘卷玉楼空，天淡银河垂地"。雨打荷叶，最是衰飒凄凉。而打在荷叶之上的，偏又是像珍珠一样晶莹剔透的雨泪。这雨泪，究竟是自天而落的暮雨呢，还是那个如荷花般的女子所滴落的伤心之泪？流光不我待，玉颜岂耐秋？

借着这场淅淅沥沥的秋雨，胸中的万千愁绪仿佛得到了宣泄。当雨泪渐收，她重新平静下来。因为，她不得不习惯了与寂寞为伴。久而久之，她亦接受了感情空窗这个无奈的现实。

骤雨刚过，一轮明月早已升上天际。冷清的月色照着冷清的池塘。万籁无声，胸中再次涌动起强烈的失落与伤感。当那雨打枯荷之际，池上还能看见一对对惊慌避雨的鸳鸯。它们展开翅羽相偎相护，令她妒羡交加。而此刻，池上寒气愈重，鸳鸯已无迹可寻。池上凭栏，愈发感到空旷难耐。"什么也没有，我什么也没有！既无人可以依傍，亦无物可以倾诉。"她收起了雨伞，掉转方向，如来时一样踽踽独行，返回闺帏。

闺帏也与荷塘一样沉闷，一样令人感到凄惶。纵有宝炬流辉、兰麝生香，却煨不暖她冷落苦涩的心情，长夜如年，叫人怎生消遣才好？

忽然，她目光一转，看到了金笼之中的鹦鹉，顿时意有所动。"这只鹦鹉是如此聪明绝顶，学人说话时最是惟妙惟肖。何不教它模仿我家郎君的语气？我与它一应一答，就当郎君素日在家时一般。"这么一想，她终于回嗔作喜，舒眉而笑，开始全神贯注地调教鹦鹉。在与鹦鹉的应答中，她不禁产生了一种幻觉——郎君的音容笑貌恰似窗前明月历历可见，从未走远。

"却傍金笼共鹦鹉，念粉郎言语"是此词的出彩之处，所谓"花间之丽句也"。这个细节新鲜别致，极是富于生活气息。《红楼梦》中的林黛玉也有一只鹦鹉。在"白玉钏亲尝莲叶羹，黄金莺巧结梅花络"那一回中，黛玉的鹦鹉一见黛玉走近便叫"雪雁，快掀帘子，姑娘来了"，且又："长叹一声，竟大似林黛玉素日吁嗟音韵，接着念道：'侬今葬花人笑痴，他年葬侬知是谁？试看春残花渐落，便是红颜老死时。一朝春尽红颜老，花落人亡两不知！'"把黛玉、紫鹃都给逗笑了。后面还有一段文字："只见窗外竹影映入纱来，满屋内阴阴翠润，几簟生凉。黛玉无可释闷，便隔着纱窗调逗鹦哥作戏，又将素日所喜的诗词也教与它念。"

曹雪芹是清代人，不知他的这段笔墨中，是否借鉴了柳词？总觉得是有此可能的。"偷来梨蕊三分白，借得梅花一缕魂。"雪芹深谙借用之妙。他为怡红公子代作的《冬夜即事》中，有"女奴翠袖诗怀冷，公子金貂酒力轻"之句，这"酒力轻"敢说不曾借鉴柳永的《梦还京》吗——"夜来匆匆饮散，欹枕背灯睡。酒力全轻，醉魂易醒"。若然不是，那便是"如有雷同，纯属巧合"，雪芹与柳七用到了高度相似的桥段。而柳七的这一桥段，笔者以为或与一首唐诗不无相关——朱庆馀的《宫中词》：

寂寂花时闭院门，美人相并立琼轩。

含情欲说宫中事，鹦鹉前头不敢言。

宫禁森严，哪怕一句无心之话，也随时可能为自己、为别人招致灭顶之灾。两个孤独的美人相并而立却无言以对。因为她们纵能躲过那些不怀好意的眼目口舌，却躲不开随处可见的鹦鹉。万一说漏了一句半句，被多嘴的鹦鹉传扬出去，这后果可就不堪设想了。

唐诗是"鹦鹉前头不敢言"，柳词却是"却傍金笼共鹦鹉，念粉郎言语"。前者欲言又止、守口如瓶，后者殷切授语、把鹦鹉当作倾谈的对象。柳永笔下的女子痴情入骨矣。

只是这"粉郎"一词，就我们现代人的审美观而言，还真有些难以适应。《世说新语》中有个故事："何平叔美姿仪，面至白。魏明帝疑其傅粉，正夏月，与热汤饼。既啖，大汗出，以朱衣自拭，色转皎然。"何平叔原名何晏，字平叔，娶曹操之女金乡公主为妻，是个才华出众的美男子。曹操之孙魏明帝每次见到何晏，总是怀疑他在脸上打了粉底。为证实自己的猜测，盛夏的某一天，魏明帝特赐热汤面给何驸马吃。可以想到，在没有空调的酷暑之中，一碗热汤面下肚，会让人的形象产生怎样的改观。何晏一边吃，一边不停地抬起衣袖擦拭脸上的汗珠。在场的旁观者，尤其是那个不怀好意的魏明帝，就等着看他"原形毕露"，露出卸妆后的狼狈相。可万万想不到，这个吃得挥汗如雨的男人竟然风姿不减。拭去满脸的汗珠，何晏的面色越发洁如皎月，令魏明帝与一众看客目瞪口呆。而何晏此后也得到了"粉面何郎"的雅称，又有人称他为"粉侯"。

《红楼梦》中对宝玉的相貌描写是："面若中秋之月，色如春晓之花，鬓若刀裁，眉如墨画，面如桃瓣，目若秋波。虽怒时而若笑，即嗔视而有情。"古人若是长成宝玉这样，被视为"粉郎""粉侯"大概也就差不离了。在那个年代，面如傅粉是一个美男子的标配，而我们的时代则不同。就字面上来说，"粉郎"很容易让我们联想到"小白脸""奶油小生"以及衍生的"娘娘腔""人妖"等贬义十足的词语。对于男子颜值的品鉴，古今之间隔着莫大的鸿沟，照现代人看来，一个黑包公也要胜过十个粉郎。男子之美在于"man"，在于威度、力量与有款有型。

　　然而，假如我们迎合现代的审美观，把"却傍金笼共鹦鹉，念粉郎言语"改为"却傍金笼共鹦鹉，念铁郎言语"，这一改动，非但恶俗且是恶搞了。那么，在网络语言中，有没有一个稍微相近的词语能与《甘草子》中的"粉郎"互换呢？倒也有的。如果个别读者对"粉郎"过敏且无感，不妨把"粉郎"换为"花样美男"来理解。试想一个北宋的美人，与一位貌比潘安的帅哥是一对相亲相爱的情侣。然而不知什么原因，那个帅哥离开了她。她非常思念他，十分留恋两人在一起的时光。就像歌中所唱："每个念头都关于你，我想你，想你，好想你。若不是因为爱着你，怎会有不安的情绪……爱是折磨人的东西，却又舍不得就这样放弃，不停揣测你的心里可能有我姓名……爱是我唯一的秘密，让人心碎却又着迷。"由于与他失去了一切联系的可能，她猜来猜去，终究猜不透他的心意，也猜不到这段爱情的结局。但她等待的心，却从未有过一丝的犹豫与动摇。她的秘密、她的心事，只有笼中的鹦鹉最为了解。可是啊，鹦鹉纵能仿效那个熟悉的声音，这以假乱真、聊胜于无的一丝慰藉又岂能治愈一颗孤独失意、情深如海的心？

一日不思量，也攒眉千度

昼夜乐

洞房记得初相遇。便只合、长相聚。何期小会幽欢，变作离情别绪。况值阑珊春色暮。对满目、乱花狂絮。直恐好风光，尽随伊归去。

一场寂寞凭谁诉。算前言、总轻负。早知恁地难拼，悔不当时留住。其奈风流端正外，更别有、系人心处。一日不思量，也攒眉千度。

勾栏瓦肆，绘出一片青绿彩画。楼下人头攒动、笑语喧阗，楼上却有人嗟叹、愁容满面。

"景娘，别径自想着心事了。安安后面是燕燕，这燕燕一唱完，可就该你上场了，快打起精神来。"一个焦急的声音在旁说道。

"不必你来提点。我今天嗓子不行，你去为我说一声，换个人吧。"春风如罗带，吹动了菱窗下的绿鬓，也吹乱了那人的心情。

"这怎么可以？咱们是什么身份？你当自己是侯门娇娃、王府千金，唱与不唱，全凭你高兴？不是我说你，景娘，人家都黄鹤一去不复返了，你还断不了痴心念想。你看这段日子以来你都消瘦成什么样子了？再这样下去，妈妈能饶得过你？"

"好姐姐，请你少说几句吧。我也不知道这是怎么了，是鬼迷心窍了吗？可我没法不想这件事。才逼着自己转转别的念头，可不知怎的，这刚一转念又回到了这里，这是我心里绕不过的地方。也不怕你笑话，为着他，我真是疯魔了。"

"这就是柳郎词里的'一日不思量，也攒眉千度'。这首《昼夜乐》合该是为你写的。你呀，就把自己的亲身所历一字一词地唱出来，入骨三分地唱出来，没准儿会红透京师呢！"

"红透京师，我要这没用的虚名做什么？你也不替我想想，我无日不是在愁闷熬煎中过活，还怎么唱得下去？"

"所以，你才更要去唱，且要当着众人的面好好地唱。你若唱红了此曲，哪怕隔着千山万水，总有一天，会传到那个人的耳中。到那时候，或许他也会和你一样'一日不思量，也攒眉千度'。一旦被他重新惦记上了，那只不复返的黄鹤也会拍翅归来。"

"姐姐此话当真？当真有用？"

"有没有用，总要试一试才知道。"

"若仍不管用呢？"

"那你和他便是缘分已尽了。你就忍得一时之痛，舍了他吧。古话说得好，'子不我思，岂无他人'。凭妹妹的才貌，只要不拒人千里，还怕乏人问津？前日还有人向我打听你来着。怎么样，景娘……"

"我既目无他人，也心无他人。姐姐莫再说了。"

"这可不是命吗？万般皆是命，半点儿不由人。说真的，景娘，要得到世人的真心本已是件难事，人家要把真心给我们这一行人，那更是难上加难。人生苦短，你不看开些，徒然弄伤了自己的心，弄坏了自己的容貌，他日可是何了局？"

"是呀，我是没有你看得开。是何了局，不用你管。"

"快别这样，看，泪珠又要落下来了。都怪我，话是说重了些，可良药苦口，还不是为了你好？你我是一样的苦命人，我还会害了你吗？"

这时外面已有人催唤："景娘，该你了。"

景娘从一直劝慰她的那个女子手中接过罗帕，匆匆拭去眼角的泪痕。

"景娘，要不要换个曲子？"她担心地问，"你能行吗？"

"姐姐放心，我没事的。我唱，就照你说的唱。为什么要换曲呢？换了曲子就不是我的心境了。不是我的心境，我又怎能唱得出来？"她整整衣襟，拢了拢鬓发向外走去。

"是景娘啊？"楼下有人认出了她来，"听说你病了很久，已经大好了吗？还能唱曲否？"

"有劳记挂，已经好了。"她展颜一笑，语气里似又找回了往日那股争强好胜的劲头，"今日试为诸君奉上一曲柳七郎的新作《昼夜乐》。"

牙板轻敲，素手拨弦，看客听众无不动容。

"洞房记得初相遇，便只合、长相聚。"还记得你我的初次相见吗？室宇幽邃、红烛灿然，只是为了强调与突出你眉眼之间所散发出的光华。我的一颗心起起落落，为你的每一次注视、每一个微笑所深深牵引。我在不停地琢磨，我在羞涩地解读，那些注视中的信息，那些微笑里的意义。这是一种多么奇妙的感觉啊，仿佛花之初开、叶之初绿，仿佛春天第一次来到，生命的河流苏醒了，冲破各种封堵，摆脱所有桎梏，一路向东、纵情奔流。那是一次缘定三生的良晤。一次相遇，一生长聚。

浓情如蜜，只觉得日子在飞。我们的欢会，我们的幽约，却忽地画上了休止符。你竟然抛下了我、离开了我。为什么会是这样？你可知道，整个春天我都在等你。而春天很快就要接近尾声了，一阵风雨，一阵凄清。落花飞絮，一天愁绪。

当我眼睁睁地望着乱花狂絮而百感交集时，你的心里，可曾有一丝的触动？难道你的窗外仍是花开锦屏、万紫千红？可是我啊，自从与你分别之日起，就再也感觉不到上天的眷顾。你已带走我所有的欢乐，又将把春天也一起带走吗？带走吧，全都带走吧。失去了你，人生与春天已变得毫无意义。

人人都看出了我的寂寞，但我的寂寞能够对谁诉说呢？只有你，唯有你，独有你！为什么，你迟迟不归？为什么，你一去不回？往日那些海誓山盟，竟没有一句作数。"既然这样舍不得他，当初你为何不千方百计把他留住呢？"姐妹们也曾为我惋惜。是啊，只怪当初，我的自尊心以及对你的信任让我犯下了这可怕的错误。如果我能事先想到，封堵与桎梏无处不有、无时不在，再是汹涌的河流始终会受其约束。人生聚散离合，从无"自在遂意"四字，那我说什么也不会放你走啊！

唱到此处，忽然嗓子一哽，泪如泉涌。

楼下观众亦并不鼓噪，有人体谅地唏嘘两声："唉，所谓的痴心人别有怀抱，小娘子未免入戏太深了。只恐好风光，尽随伊归去。这人的本事还真大了去，不但令娘子如此失魂落魄，且连春光也都被他席卷一空。跟我们说说，这是怎样的一个人，让你这样刻骨铭心。"

她的脸上竟带着些骄傲的神色，弹泪而唱："其奈风流端正外，更别有、系人心处。"他呀，他可是万里挑一。非但仪表出众、风流端正，更难得的是，他自有一种动人心魄之处。

"好！好一个'其奈风流端正外，更别有、系人心处'。"楼下喝彩不绝。一个少年摇头晃脑道："倒是怎样个系人心处呢，姐姐也教教我们。"

"这个嘛，"她微微倾身下看，"此乃闺阁私语，不足为外人道也。足下若执意一探究里，不妨问取尊夫人或是哪位相好的娘子。且问在她们心中，足下是怎样个系人心处。"

"此言甚妙，竟答得滴水不漏。哈哈，小娘子请接着唱。"

她凝情转态、轻拢翠袖，唱出那句声可绕梁的收梢之句："一日不思量，也攒眉千度。"

"一日不思量，亦且攒眉千度，若是思量一日，岂不要攒眉万度？看来竟是一时半会儿也丢不下那人呀！他便是个铁石心肠，只要听到娘子的这句天语纶音，能不思量起娘子的种种好处来？直教好风光，尽随伊归来。到得那时，刘郎再度，春光重生，连我们也沾了娘子的光呢！"有人赞叹道。

"哪有那么容易就听到了。"有人却道，"假如那个人永远都听不到呢？娘子待要怎样？"

"不会听不到的。以梦为马，心诚则灵。"又有人轻声说。

她泪眼含笑，重复道："以梦为马，心诚则灵。不信春光不归来。这个世上，还没有思量所不能到达的地方。"

定风波

自春来、惨绿愁红，芳心是事可可。日上花梢，莺穿柳带，犹压香衾卧。暖酥消、腻云亸，终日厌厌倦梳裹。无那。恨薄情一去，音书无个。

早知恁么，悔当初、不把雕鞍锁。向鸡窗，只与蛮笺象管，拘束教吟课。镇相随、莫抛躲，针线闲拈伴伊坐。和我，免使年少光阴虚过。

案头供着几枝浓淡相宜的樱花，插在天青釉粉彩美人细颈瓶中。两个男子相对而坐，其中的一个男子温文尔雅，另一个则欲言又止，顾虑重重。室内有一种微妙的、难以捉摸的气氛，两个男子似乎都在等待对方来打破缄默。

"小焰，刚才进去的是个什么人呀？瞧那背影，没穿官服，衣裳也不见得怎样鲜华锦绣，却有一股说不出的高傲劲儿。我倒没想到，相公竟然肯见他。这可真是件稀罕事。"

"当然是件稀罕事，你可知道来的是谁？'凡有井水处，即能歌柳词。'他就是那个风流天下闻的柳三变柳七郎啊！"

"柳七郎，真的是他？有道是'不愿君王召，愿得柳七叫；不愿千黄金，愿得柳七心；不愿神仙见，愿识柳七面'。听说这柳七最是放浪形骸，连君王也未必能一召即来。可见还是我们相公面子大。相公召见，柳七倒也乐意趋奉。"

"人家说的是'不愿君王召，愿得柳七叫'。那意思是，若在君王的召唤与柳七的召唤之中二选一，宁舍君王而就柳七。你却说是柳七不愿去见君王。就我看哪，这事并非柳七不愿，而是君王不愿。"

"君王不愿，那是为什么？"

"还能为什么？吃了柳七的醋呗！你想啊，官家听到这'不愿君王召，愿得柳七叫'的传言，他的心里能舒坦到哪里去？所以饶是柳七在外头名声这么响，在考场上却是一败涂地，直到如今还是一介白丁。不都因为官家的缘故嘛，哪个考官敢破格录取他？"

"咳！"一声咳嗽吓得窗外低语的两个侍女赶紧噤声退却。而室内那个温文尔雅的男子，终于淡然一笑："小婢一向娇懒惯了，竟敢胡言乱语，甚至语及今上。"

"既然只是下人的几句胡言乱语，相公又何必当真？即使传到官家耳中，我相信，以官家的度量，也不过一笑置之而已。"对坐的男子微微欠了欠身。

"哦，听这话，你倒像是很了解官家。"

"不……其实，这正是不才前来求教相公的原因。"对坐的男子目中闪过一丝隐忧。他的语气是谦恭的，谦恭中又带着忐忑。

"可对于你的名字，官家却并不陌生。'不愿君王召，愿得柳七叫'这话都传到官家的耳朵里了。"男子重复着侍女适才的"胡言乱语"，虽然语调温和如初，却有一种不依不饶的意味。

"这……这不是无稽之谈吗？对于不才，官家只怕有些误会……"对坐的男子苦笑着，似乎想解释什么。

他摇了摇头，对坐的男子也就不再开口。论年龄，对坐的男子比他还要年长几岁，然而，如今的他已是官居一品，而对坐的男子，尽管并不是侍女们所说的那样，只是一介白丁而已，但其登门之意，已不问可知。他想让他帮个忙，把他调回京城。按说呢，他有这个权力。可他不能滥用权力，尤其是为了他。此人太过放诞，若是因为给他帮忙而触怒了今上，那就得不偿失了。

对于他，他有一种很复杂的感觉。世间的事就是这么奇怪。他在仕途青云信步，而他，却在词场混得风生水起。他很明白，词场之上的一品大员从来都是他，而不是他。可是，难道他会因此而嫉妒他？他又打量了他一眼，以清闲至极的语气问道："迩来昼长日暖，最是宜歌宜游。贤俊作曲子吗？"

"贤俊"一词令对坐的男子悚然一惊、无所适从。是啊，俊则有之，贤者未必，他是在试探他，看他能否领略这话外之意。

无所适从只是瞬间的反应，片刻之后，那个被"贤俊"一词所灼伤的男子已恢复了自然的面色。从他步入这间书室起，他一直显得不够自然，而现在，他似乎完全放下了心里的负担。他的脸上呈现出无拘无束的笑意，分明带有一种挑战的信号："只如相公亦作曲子。"

是的，这是他与他之间最大的共同之处。他与他，都作曲子。但这也是他与他之间最大的不同之处——他们的曲子品位各异、风格悬殊。

这个柳七，落魄到这种地步却仍桀骜如故。面对他的挑战，他从容以答："殊虽作曲子，不曾道'彩线慵拈伴伊坐'。"

"是'针线闲拈伴伊坐'。"他一本正经地更正道。

"是吗？抱歉，我记错了。"他笑容一漾，实在有些忍俊不禁。

"像这等俗词，难为相公还能记得差不离，对在下来说，真是莫大的荣耀。不过京城里那些以唱曲为生的娘子们，是不会记错的。"他不甘示弱地还击道。

"贤俊这是何意？"他怫然不悦，"竟以唱曲娘子比我？"

"那倒是，"他点头答道，"相公的身份，自然不宜与唱曲娘子相提并论。我本无他意，只是就事论事罢了。不才之曲，滑溜顺口，所以易记易唱。相公之曲，严整高妙，记唱皆是不易。相公之曲是'郢客吟白雪'，而不才之曲却是'试为巴人唱'。相公何憾之有？不才这就告退了。"

话不投机半句多，他戛然而止、长揖而去。"相公何憾之有？"在他走后，独处一室，反复想着这句话，他却不禁怅然。

而他，却行走在朗风丽日之下、广阔天地之间，很快找回了自信与快乐。今天这场自讨没趣的对谈，有些意外却又不出所料。早就听说他雅好词曲、礼贤下士，为此，他原本打算投其所好，为他献上一首揄扬称颂之词，以期获得他的赏识提挈。然而，那打好的一篇话稿尚未出口，却碰了这么个软钉子。这位晏相公虽是语笑温煦，只可惜字字刺人。听听这话——"殊虽作曲子，不曾道'彩线慵拈伴伊坐'。"明里暗里都是嘲弄之意。他在笑话他，笑他只是一个难登大雅之堂的文人墨客。平心而论，这"彩线慵拈伴伊坐"也还俗得有限、尚无大碍。比这更通俗、更过分、更让正人君子们有辱视听的词曲，他作得还少了吗？像什么"师师生得艳冶，香香于我情多""风流肠肚不坚牢，只恐被伊牵引断""酒力渐浓春思荡，鸳鸯绣被翻红浪"，一时半会儿也说不完，道不尽。即以这首《定风波》而言，其"暖酥消、腻云

�"之语，也足够让人触目惊心了。而晏相公并不理会，只淡淡提了句"彩线慵掂伴伊坐"，这已算是点到为止，已经给他留足了面子。

楼头轻风乍起、柳絮纷飞，和着落红漫天醉舞，人间何处不是"花吹雪"的景象？他和他，纵然是两种身份、两样品格，却一般也是辞章俊才、诗酒名家，在这四月的晚春，俱已老矣。回望青春，心中又怎能不涌动起柔软的忧伤？他忽然想到了在晏相公的书室，那枝天青釉粉彩美人细颈瓶中的樱花，终会如春天一样走向不可逆转的迟暮吧？

歌吹之声，穿过重重帘幕，惊动了相府独坐的他。推开窗户，一晌聆听，传入耳膜的，正是被他所讥讽过的《定风波》一词。这一次，他听得十分清楚，是"针线闲拈伴伊坐"而不是"彩线慵掂伴伊坐"。

而置身闹市之中的他，也听到了《定风波》的歌声。歌声来自某座酒楼，循声抬眼，他看到的是一副比樱花还要俏丽生动的颜容。

"柳七郎，是你吗？"她笑吟吟地问。

"刚才是不是你在唱曲？"

"你先回答我，你是柳七不是？"她一脸的固执与热切。

"我若说是，你肯相信我吗？若说不是，你又凭什么信我？你我素昧平生，谁也不曾见过谁。"他故意要难她一难。

"请上楼吧，七郎。这样说话怪费劲的。你若不肯上楼，奴家情愿下楼相迎，长跪不起。"她抛下一串珠玉般的娇笑。

"那可不敢当。"他果真上了楼，"你怎么认定我就是柳七呢？"

"你说你是柳七，我就相信你是柳七。"她深深颔首道，"天下只有一个柳七，你可以不认识君王，可以不认识神仙，却不能不认识这个柳七。这个柳七啊，纵使君王不识、神仙不识，但天下人却必须认识。"

"这是为什么？"他诧异道。

"还能为什么？因为柳七最懂天下人的心声。我们的心事，有哪一件不曾被你明悉、不曾被你言中？奴家每日唱着你的词曲，奴家知道你是柳七无疑。既是天赐良机，奴家斗胆，想为七郎伺候一曲，请七郎评鉴，还望七郎勿辞，以全奴家之愿。"她的表情与其说是认真，不如说是虔诚。

"如此，少不得要烦劳娘子了。"他说。

"唱什么呢？"她问。

"就唱那首《定风波》吧。自春来、惨绿愁红……"他笑了一笑。

"自春来、惨绿愁红，芳心是事可可。"她敛笑蹙眉，很快进入了词曲的情境。

春天的到来，对于刚刚经受了严冬酷寒的人们而言，是惊喜，是感动，是久违了的欢笑与希望的萌动。然而，对她来说却不是这样。人人眼中的娇红嫩绿，在她的眼中却是惨绿愁红。这怎么可能呢？她明眸善睐，怎会产生这种视觉故障？

曾经有个名叫武媚娘的女子，被驱赶到感业寺出家，仅仅是因为先帝在世时给了她一个才人的名分，而她却要为了这个如食鸡肋的名分为其持贞守节。流尽红泪、销断柔肠，在那些日坐愁城的艰难岁月中，武媚娘愈发依恋起那个人的好处，那个人不是逝去的他，而是初登皇位的新帝——先帝的儿子，她的情人。在道德君子的眼中，这是难以启齿的不伦之恋。但她，却非寻常女子，她的眼光与选择，岂能以常理度之？如今情人身披龙袍、君临天下，而自己却穿上了缁衣，青灯古佛、了此残生。很难说，是出于浓烈的爱情，还是出于对自由的渴求，抑或这两者兼而有之，她为他写下了一首诗，一首惊世骇俗的《如意娘》：

> 看朱成碧思纷纷，憔悴支离为忆君。
>
> 不信比来长下泪，开箱验取石榴裙。

终日泪眼朦胧、神思昏乱，总是把红色错认为绿色；形销骨立，只为忆君之故。你若不信我为你相思成病、泪流成河，何不立即回到我的身边？打开衣箱取出我日常所穿的那条石榴裙，请你亲自验看。罗裙有没有被我的泪痕洗褪深红，是否还能鲜妍如初？

在武媚娘看来，眼前的春景是"看朱成碧"；在她看来，却是"惨绿愁红"。目之所见为何会与现状风光形成如此强烈的反差呢？无他，这都是一个"情"字在作祟。因情自缚，再是明亮热闹的娇红嫩绿也不免变质为惨绿愁红。

孤单的心总是空落落的。一切可有可无，再没有什么事被认为是重要的、值得关注的了。阳光已照上花梢，飞莺从柳枝间穿过。日暖莺啼，尽管早已了无睡意，可她仍然拥被不起。消瘦了柔美的娇躯，松垂着丰丽的秀发，天天如此，日日无非，似乎将梳妆一事给彻底忘记了。

《西厢记·长亭送别》一折曾道：

> 见安排着车儿、马儿，不由人熬熬煎煎的气；有甚么心情花儿、靥儿，打扮得娇娇滴滴的媚；准备着被儿、枕儿，则索昏昏沉沉的睡；从今后衫儿、袖儿，都揾作重重叠叠的泪。

崔莺莺与张生离别在即，对梳妆打扮完全失去了兴趣。而《定风波》中的这位女郎又何尝不是呢？"终日厌厌倦梳裹"，情人不见，纵有如花之貌，她为谁梳妆，又为谁明媚呢？

揽镜自照，不由得自怜自惜。容颜憔悴至此，这都是为何人所害？不是没听到周围那些真真假假的劝告，青春有限，何必浪费在负心人的身上？也曾试图不再想他，但这却是徒劳无益。

也许，这就是《红楼梦》中所谓"不是冤家不聚头"。既没有办法不爱他，也没有办法不恨他。他就是她命中注定的那个人，但对他而言，她却未必命中注定。她这里望穿秋水、锦书频寄，他那里却音沉海底、了无声息。

早知如此，悔不当初。是后悔当初与他相识吗？不，这一点她永不后悔，她所后悔的，是没有将他的宝马雕车上锁，凭他怎么软语哄劝，当初就该置之不理，绝不对他放行。这样的话，他就会老老实实地待在书房里。而她呢，会精心为他准备五彩笺纸、象牙笔管之类的文具，供他吟诗作文、挥洒才情。她和他就可以时时相伴、彼此倾注，一心一意地生活在只属于他们的时空中。

她这一生中最幸福的时光，用"针线闲拈伴伊坐"一句足以囊括尽矣。那是多么美好的一天，绿窗春昼、花光明迷，他俯首书桌前，时而朗吟，时而挥毫。她呢，则在一旁做着针线活儿。他每次抬头，都会看到她含笑的双眸。

"有你在，我怎么还能分得出心思来读书写字呢？我的年少光阴，全都用在研究你的一颦一笑了。"他向她伸了伸舌头。这种孩子气的、带点儿撒娇神气的情态其实最让她心动。

"有我在，你还需要那些四书五经作甚？傻瓜，你知道吗？年少光阴，从来都是用来相亲相爱的。"她理直气壮地答道。但她没有告诉他，有他在，她也无心穿针引线，是他妨碍了她的绣活儿。

"七郎，我唱得好不好？"眼前的歌女欲笑还颦，似怨似喜。

"好，怎么不好？你这一唱，我都分不清了。究竟你是《定风波》中'针线闲拈伴伊坐'的那位佳人呢，还是《定风波》中的佳人原本就是你？这如有其人、如有其事竟成了实有其人、实有其事。"他向她笑道。

"对我而言，这是极大的恭维。不过，本来就是实有其人、实有其事嘛。每次唱到你的词，总会惹起我的一腔心事。"她幽幽地叹了口气，"镇相随、莫抛躲，针线闲拈伴伊坐。难道这样的心愿也算过分？上天对我们这样身份的人，真是何其悭吝！"

"上天对所有的痴心女子都很悭吝，无论她是什么身份。"他不无同情地点头道，"生于今世，一个男子是不能为了画眉之乐而放弃其他追求的。为了前程，为了仕途，或是为了上天才知道的别的那些理由，他必须离开。"

"未必所有的男子尽皆如此吧，至少你柳七郎就不是这种人！"她抗声道。

"我……我可不像你想得那样好。说到底，我也是一个男子，一个负心的男子。受名利的役使，我也辜负过别人。"他目光一闪，苦笑道。

"是啊，你也是个男子。你们都一样！"她怅然一笑。

几个世纪后，一个名为张爱玲的女作家不无讽刺地感叹道："女人一辈子，讲的是男人，念的是男人，怨的是男人，永远永远。"

但她也许忘了，在电影《尼罗河上的惨案》中，神探赫尔克里·波洛背诵过的那句至理名言："女人最大的心愿，是有人爱她。"

迷仙引

才过笄年，初绾云鬟，便学歌舞。席上尊前，王孙随分相许。算等闲、酬一笑，便千金慵觑。常只恐、容易蒣华偷换，光阴虚度。

已受君恩顾，好与花为主。万里丹霄，何妨携手同归去。永弃却、烟花伴侣。免教人见妾，朝云暮雨。

明代话本小说中有位名叫莘瑶琴的姑娘，是米店老板的独生女，也算是小家碧玉，自幼多才多艺，被父母视作掌上明珠。靖康之乱，瑶琴与父母失散，被人拐卖到娼家，改名王美，人称其为美娘。美娘被骗失身后羞愤交加，日夜痛哭。鸨母恐生意外，找了个能说会道的同行刘四妈对其进行开导。刘四妈瞧出美娘从良心切，正好"对症下药"，就从良一事侃侃而谈。根据刘四妈的经验之谈，从良有以下几类情状：

大凡才子必须佳人，佳人必须才子，方成佳配。然而好事多磨，往往求之不得。幸然两下相逢，你贪我爱，割舍不下。一个愿讨，一个愿嫁。好像捉对的蚕蛾，死也不放。这个谓之真从良。

子弟爱着小娘，小娘却不爱那子弟。只把个"嫁"字哄他心热，撒漫使钱。比及成交，却又推故不就。又有一等痴心子弟，偏要娶她回去。勉强进门，故意不守家规。人家容留不得，依旧放她出来，为娼接客。这个谓之假从良。

子弟爱小娘，小娘不爱那子弟，却被他以势凌之。做小娘的，身不由己，含泪而行。一入侯门，如海之深，家法又严，抬头不得。半妾半婢，忍死度日。这个谓之苦从良。

做小娘的，正当择人之际，偶然相交个子弟。见他情性温和，家道富足，又且大娘子乐善，无男无女，一旦过门生育，就有主母之分。以此嫁他，图个日前安逸，日后出身。这个谓之乐从良。

做小娘的，风花雪月，受用已够，拣择个十分满意的嫁他，急流勇退，及早回头。这个谓之趁好的从良。

做小娘的，原无从良之意，或因官司逼迫，或因强横欺瞒，又或因负债太多，不论好歹，得嫁便嫁。这个谓之没奈何的从良。

小娘半老之际，风波历尽，刚好遇到个老成的孤老，两下志同道合，收绳卷索，白头到老。这个谓之了从良。

你贪我爱，却是一时之兴。或者尊长不容、大娘妒忌，闹了几场，发回妈家，追取原价。又或家道凋零，养她不活，苦守不过，依旧出来重操旧业。这个谓之不了的从良。

综上所述，简而言之，从良有真心实意的，也有虚情假意的；有年貌相当的，也有草草将就的；有心满意足的，也有无可奈何的。

应当说，刘四妈所言，亦并非"从良大全"。无论古今中外，一个姑娘若是身陷烟花之地，其所面临的复杂凶险远非这几种选项所能概括。但对年轻单纯的美娘而言，除了"真从良"外，便有再多的选项，她也视若不见。"佳人才子，方成佳配"，这是美娘矢志不移的诉求。

　　然而，这只是美娘的一厢情愿。在外场上，美娘虽博得了"花魁娘子"的艳称，可花魁娘子却始终难觅"真从良"的对象。独有那个身份微贱的卖油郎秦重，在美娘酒醉时对其悉心照料，美娘感其志诚之意，"几番待放下思量也，又不觉思量起"（这一句，分明是化用了柳永的"一日不思量，也攒眉千度"）。被临安城的恶少吴八公子欺凌作践后，美娘痛然醒悟："相处的虽多，都是豪华之辈、酒色之徒，但知买笑追欢的乐意，哪有怜香惜玉的真心。"落难之际，幸得秦重再次对她伸出援手。美娘至此下了决心，向秦重表白"我要嫁你"。故事的结尾，美娘自赎其身，不仅嫁给了秦重，且找回了失散多年的父母。"堪爱豪家多子弟，风流不及卖油人。"在一片喜庆里，落下了大团圆的帷幕。

　　而柳永的这首《迷仙引》，同样以一个风尘中人为抒写对象。这个姑娘会不会比花魁娘子幸运呢？

　　"才过笄年，初绾云鬟"，这是一个刚刚步入青春妙龄的姑娘。笄年即及笄之年。在古代，女子通常在十五岁时用簪子将头发束起来。笄，也就是束发的簪子。笄礼是古代女子的成人仪式，及笄之后，一团天真、满脸稚气的小姑娘就变成了云鬟花颜、宜婚宜嫁的大姑娘。这时候，一家人就要为她的未来而操心了。媒人会争相上门，父母长辈会忧喜交加，对她所将要出嫁的子弟、所嫁入的家庭，会反复比较、仔细挑选、各种考量。

　　但《迷仙引》中的姑娘却不是这样。她的及笄之年既没有笄礼，也没有家人的祝福与期待。绾起了云鬟并非意味着她待字闺中，而是意味着她即将展开"枝迎南北鸟，叶送往来风"的生涯。而歌舞之技，将在很大程度上决定她的这种生涯是否成功。为此，她开始勤学歌、苦练舞，以她的聪慧，很快便成了其中翘楚。

这时的她，就像一件被包装得尽善尽美的产品，实现了预想中的市场价值。而所谓的市场，无非是那些侍宴侑酒的场合。在那样的场合，五陵年少、王孙公子比比皆是。她正值芳龄，颜如桃李、歌舞俱妙，王孙公子对她的这些优点岂会有目不识？于是便有了珠玉买歌笑，有了黄金酬舞袖。朝为生张，暮成熟魏。为了她，曾有多少个王孙公子意乱神迷、心摇意动？曾有多少个纨绔子弟摆阔夸富、醋海生波？那些中意于她者总以为她是有意为之，以为这就叫作两情相悦。王孙公子们往往自视甚高，他们如何能够相信，这个年轻美丽的歌舞伎从来就不曾把他们放在心上。她对他们的每一次微笑、每一次应答，都只是程式化的重复。对他们半真半假、逢场作戏所施予的情意，她亦从未当真，还之以若即若离的"随分相许"。但在内心深处，她的人格与自尊仍傲然伫立。她的歌、她的舞，以及她戴上面具的笑，可以待价而沽；但她的情意、真正令她心有所动的欢笑，却是千金难换的。自从明白她的职业、她的处境之日起，她就从未真正地笑过。

她不是一个冷漠无情的人。沦落风尘的她，有着超乎年龄的清醒。她很清楚，王孙公子之所以肯对她一掷千金，只是出于一种寻芳猎艳、取悦于感觉器官的需要。声色之欢，聊供人生行乐而已。这种需要，从来都不是源自什么高尚的目的。而当芳馨摇落、艳质飘零，那些寻芳猎艳的目光就会毫不留恋地弃之而去，所有似是而非的柔情蜜意都会荡然无存。这种命运就发生在许多比她年长的"同行"们身上，这是血泪写就的教训，她看在眼里，也记在心上。

年方及笄的她，恰似一朵含露待放的木槿花。在诗歌中，木槿有一个更雅致的花名——舜华，也被称作蕣华。《诗经》中的《有女同车》便曾说道：

> 有女同车，颜如舜华。
>
> 将翱将翔，佩玉琼琚。

一位颜如舜华的窈窕淑女，被一位德才俱佳的君子以香车绣毂迎娶。骏马奔如流星，他们的笑声在晨风中一路飞扬，他们衣衫上的佩玉在晓日下铿锵鸣响。

然而，若那个颜如舜华的姑娘在最美的时节不能遇上那个与她有缘的君子呢？木槿朝开暮落，颜如舜华终将凋如舜华。连善感的诗人亦为之悲叹："君不见槿华不终朝，须臾奄冉零落销。"未必总要经过风雨消磨，只在俯仰之间、一个转身，已是花落水流、美人迟暮。

"舜华偷换，光阴虚度"，每一个姑娘都会为此不寒而栗。对她而言，更是如此。禁不起年华蹉跎，容不得青春闪失。"在我和他相遇之前，请别让我老去；在我找到未来之前，请别让我老去。"她曾千百遍地向上天求祈，在灯火阑珊的一角，当繁华落尽的时刻。

谁说上天冥顽不灵呢？也许，上天听到了她的心声，被她的诚意与执着所打动，终于对她展现了超乎寻常的慈悲，向她露出了不无赞许的笑容。他是上天派来的护花人。他的守护、他的眷爱，有如春阳雨露，照亮了她灰暗的生命，唤醒了她青春的憧憬。他是她的知音、她的恋人，人间天上，无可代替。

如果说接受那些王孙公子对她赠金买笑是情非得已，那么接受他的感情与恩赐则是满怀欣喜。还记得落入风尘之前，当她还是个小姑娘时，所看到的青楼之外的天空。晴空如洗，碧如明镜；天路朗阔，霞光万里。还能回到那个时候吧，还会回到那个时候吗？还能，还会！

这是因为，她有了他。有女同车，将翱将翔。试想有朝一日，能够与他同车共载，驶入丹霄深处，那是何等称心，何等快意！

"他会带我走的，他会带我走的。"她对此深信不疑。她很庆幸，是由他而不是由别人来决定她的爱情，来改变她的命运。谁说烟花女子就不能拥有一颗最纯净、最专一的心？这颗心与千万个世间女儿一样，钟情又坚定，其所渴求者，亦只是"愿得一人心，白首不相离"。

"带我走吧，带我远走高飞，永远离开这里。带我走吧，总有一片天空能容纳一对相爱的夫妻。偕我归去，让我成为一个全新的自我；偕我归去，让我将过去彻底埋葬，不再看到也不再想起那些朝三暮四的烟花伴侣。"

她有没有达成愿望呢？对于风尘之人，"真从良"简直难于上青天。固然，花魁娘子成功地嫁给了卖油郎，但风尘中更多的传奇却以悲剧收梢。一个人若是读过《杜十娘怒沉百宝箱》，读过《胭脂扣》，读过《茶花女》，也许就不会抱有那么乐观的想法了。杜十娘被自己深爱的李甲无情出卖，如花独赴九泉、十二少丢下她苟活人间，而玛格丽特与阿尔芒纵然情深不移，在世俗与命运的围攻下，仍不得不生离死别。情天不结善果，光明只如昙花一现。

花魁娘子娴于应酬，颇有积蓄。当其从良时，凭着私下的积蓄，几乎可以轻而易举地为自己赎身。而这位《迷仙引》的姑娘似乎"资历"尚浅，积蓄无多，单从"已受君恩顾，好与花为主"之句，不难看出对于她所心仪之人，她所寄托的期望除了情感之外也有经济的因素，要脱离娼门，她必须借助对方的力量。以此看来，她应当有着比花魁娘子更为强烈的依赖性。而她的希望一旦落空，其所带来的打击则不堪设想。不堪设想却不得不想。假如她所托非人呢？毕竟，她年纪太轻、经验不足，而恋爱中的姑娘都是盲目的，就连久历情场的杜十娘尚且看走了眼，将卑怯懦弱的李甲错选为终身之伴，才过笄年的她，其识人之明竟会胜于十娘？又或者，她没有看错人，可那个人想要勇敢地爱她，想要光明正大地带她远走高飞，能够毫无阻碍地办到吗？这一次，世俗的压力可会对她网开一面？这一次，命运残酷的手掌可会将她轻轻放过？

"万里丹霄，何妨携手同归去。"这恐怕又是一场镜花水月的美梦吧，又是一个心比天高，命比纸薄的青楼女子。即使她想埋葬过去，想与她的烟花生涯和烟花伴侣诀别。但过去真能入土为安吗？即使她能忘掉，他与世人又能否像她一样地忘掉并不再计较？

通常之下，这样的爱情应当是像《敦煌曲子词》中的那首《抛球乐》，以深自痛悔告终：

> 珠泪纷纷湿绮罗，少年公子负恩多。
>
> 当初姊姊分明道，莫把真心过与他。
>
> 子细思量着，淡薄知闻解好么？

很久以后，或许她还记得那一幕。华堂锦席之上，王孙济济、公子满堂，她虽等闲一笑，却无所属意。但忽然之间，仿佛是来自天意，她看到了他，他也看到了她，彼此脉脉相视，心魂暗通。"不识庐山真面目，只缘身在此山中。"如今看来，她竟从未看清过他。原来，他也有多种面目，而那时的她，只看到了她想看到、她愿意看到的那一种。说到底，他也是那许许多多王孙公子中的一个呀，不然又怎得到此与她相见？拒绝了那么多的王孙公子，偏偏对他另眼相待。这样的错误，一生中也许只会犯一次。而这样的错误一旦犯下，便足以伤心断肠、粉身碎骨。

珠玑置怀袖，
似见千娇面

凤衔杯

有美瑶卿能染翰。千里寄、小诗长简。想初襞苔笺，旋挥翠管红窗畔。渐玉箸、银钩满。

锦囊收，犀轴卷。常珍重、小斋吟玩。更宝若珠玑，置之怀袖时时看。似频见、千娇面。

让我们先来温习一遍《古诗十九首·孟冬寒气至》中的一段情节：

客从远方来，遗我一书札。

上言长相思，下言久离别。

置书怀袖中，三岁字不灭。

一心抱区区，惧君不识察。

女主人公的家里有远客上门，给她带来了一封书信。而书信的主人，则是她日思夜想的夫君。夫君虽与她遥隔两地，两人的感情却如胶似漆、浓不可分。在书信中，夫君除了对她诉说相思之情，就是感喟离期太长。对她来说，又何尝不是如此？

一日不见，如三秋兮。在彼此的凝望中，时光过去了三年。三年以来，她把那封信置之怀抱、随身携带，就如夫君仍然陪伴着自己一般。那封信的每字每句，她早已读了又读、看了又看，熟悉到闭着眼睛都能找到每个字句所排列的位置。但她还是会忍不住打开它，从字迹上辨认着夫君的声容，猜度着夫君的心情。

这封信陪她走过了三年的时光。自那之后，她再没收到过他的来信。不能想象，他已不再想她。无法相信，他已变心移情。"一心抱区区，惧君不识察。"如果世上有这么一个人，把你写给他（她）的信悄悄藏起来，数年如一日地期待着与你重逢的时刻。就像张爱玲所说："你这个人嗄，我恨不得把你包包起，像个香袋儿，密密的针线缝缝好，放在衣箱藏藏好。"你会被他（她）的心意打动吗？他（她）是那样在意你，而你，是否在意，是否珍惜？又是否会在多年之后，和别人一起时，用漫不经心的语气提起他（她）："那个人真是死心眼儿，但他（她）越是这样，我越是觉得莫名其妙。总是念着一个人、一件事，他（她）不觉得怪闷的吗？所以说啊，做人不可自作多情。自作多情的都是偏执狂。"

现代人大抵已与多情无缘了。现代人的精明虽未必"后无来者"，但肯定是"前无古人"。情场如战场，对于情感的付出，现代人是斤斤计较的，是讲求成本的，不会"但问耕耘，不问收获"，他们更乐意做到的，是小投入、大收获。至于不劳而获，那就更加不错。玩笑归玩笑，现代人自然也不可一概而论。相信再是日新月异的社会，也一定会有罗密欧与朱丽叶的容身之地，也一定会有比肩于梁祝的绝美爱情。然而，对于书信，那些一笔一画、手工制成的书信的延续，笔者就较为悲观了。爱情未必会绝迹，手书却极有可能。在未来的岁月，那些坠入情网的人还会以手书来表达他们心中的思慕与牵念吗？每个人都渴望能在第一时间得到爱恋者的消息与回应，而当代的网络技术已毫不为难地为人们提供了这种便利。有了电话、电邮、QQ、微博等渠道的即时交流，谁还愿意倒退到千百年前，"欲奏江南曲，贪封蓟北书"？日新月异的科学技术使时空的距离不再成为距离，令相思的心路被极大地缩短。手书退出历史舞台，似乎已是不可挽回亦不必挽回的趋势。

然而，无论我们怎样畅享网络在人际交流中所创造的优势与妙用，且不说在艺术上，一蹴而就、一敲即成的电邮难以媲美字斟句酌、精心构思的手书；在情感上，电邮似也不及手书来得更浓醇亲厚。电子字体是冰冷的、千篇一律的，而手书则变化无穷、极富个性。电子字体虽然美观端正，但它的美，是闻不见香气的虚拟的花；而手书的笔迹即使稚拙难看，只要那是出自一个你在意的人，它就像那漫山遍野、不讲章法的山花一样，会以最朴素、最生动的姿态让你倾心不已。

电邮有如快餐速食，而手书则是细煲慢炖，其烹制功夫不同，我们从中品出的滋味也自是不同。也许有人会说，我就是喜欢速食，因为它痛快又随意，至于那些衣必正冠、拘谨而又冗长的正餐，我觉得大可废弃。真是这样吗？如果你每日每餐都速战速决，你还会这样想？你会不会也想调整一下生活的节奏，改换一下口味与环境？因为你开始意识到，太多的健步如飞会令人心累，生活中也需要浅斟缓酌的时刻。

"故人千里寄书来。快些开，慢些开，不知书中安否费疑猜。"这样的意境似乎只有手书才能营造出来。因为只有在盛行手书的时代，才有真正的等待，才有那些如同谜语般富于悬疑色彩的猜测，令人忧喜交集、激荡沉醉。有时候，唾手可得的事物反倒失去了吸引力。"烽火连三月，家书抵万金"，谁人不知老杜的这句名言？但家书若是换作了瞬息可达的电邮，它在老杜的心中还能价值万金吗？

我爱宋清如，风流天下闻；红颜不爱酒，秀颊易生气。冷雨孤山路，凄风苏小坟；香车安可即，徒此抱清芬。我爱宋清如，诗名天下闻；无心谈恋爱，埋首写论文。夜怕贼来又，晓嫌信到频；怜余魂梦阻，旦暮仰孤芳。我爱宋清如，温柔我独云；三生应存约，一笑忆前盟。莫道缘逢偶，信到梦有痕；寸心怀凤好，常艺瓣香芬。

昨夜一夜我都在听着雨声中度过。要是我们两人一同在雨声里做梦，那境界是如何不同；或者一同在雨声里失眠，那也是何等有味。

以上两段文字，是民国翻译大师朱生豪先生写给爱妻宋清如的情书。这样情意绵绵、文采飞扬的书信是手书魅力最好的佐证。他所倾吐的那些真诚炽烈的情愫还能找到比手书更为优美鲜活的载体吗？倘若这样的书信以电邮写成，我们还能有缘窥见一代大师的心灵秘密吗？

而在古代，由于大多数的女子鲜有接受教育，她们即使收到书信，既不能读，也不会写，就只能请人读信并代笔回书。胸中纵有万千情意，当着代笔之人又怎能倾诉自如呢？这样一来，代笔者便很难尽得其情，回书往往会流于枯淡，这对给她们写信的那个男子来说，则不免感到遗憾。若是遗憾加上失望，时间一长，也许就会出现《古诗十九首·孟冬寒气至》中的情形。女主人公对夫君的书信"置书怀袖中，三岁字不灭"，可夫君的来信却总也盼不到了。

这样看来，读写一事还真是非常重要。古代的女子若有读写技能，则她的命运又自与众不同。比如明代的柳如是，曾以一篇语惊四座的《男洛神赋》令她心目中的男神陈子龙大为倾倒，才子佳人自此展开了一段羡煞众生的蜜月：

> 独起凭栏对晓风，满溪春水小桥东。
> 始知昨夜红楼梦，身在桃花万树中。

　　尽管陈子龙后来在家庭的压力下不得不与柳如是分手，但柳如是还是凭着其出尘拔俗的文才与胆识，令另一位追求者——名重一时的江南文宗钱谦益甘冒天下之大不韪而以正室之礼聘娶。文字不但令柳如是扬眉吐气，且改写了她的一生。

　　本词中的女主人公亦是一位文采了得的才女。词人称其为"美瑶卿"，她天生丽质，其容颜仪态，可用李白的诗句来加以形容：若非群玉山头见，会向瑶台月下逢。这位姑娘不但容光照人，且极擅文墨，无论小诗还是长简，都写得别有韵味。因此每次收到她的书信，既是惊喜，也是享受。

　　他似乎看到她折好信纸、倚窗静坐，时而奋笔疾书，时而托腮沉吟。桃花人面映于红窗之下，风流妩媚、嫣然入画。而她所使用的那种信纸亦是他所熟悉的苔笺——一种以苔藻为原料的纸笺。这种纸笺有着纵横交错的纹理，据说最初为南越的贡纸，其特点在于"以海苔为之，质坚而腻，世不轻有"，苔笺以此受到骚人墨客的青睐。纸上苔痕掩映，一如书写者若明若暗、若隐若现的心迹。

　　不仅苔笺是他所熟悉的，就连她写信时所用的那支笔，他也并不陌生。那是一支饰有翠羽的毛笔，他曾亲眼观赏她挥毫染翰的风采，风袖微动、皓腕妙转，好一个潇洒俊丽的女书生。她在书法上造诣极高，既能写一手玉箸般典丽工整的小篆，且写得一手银钩般气韵不俗的草书。

这样的手书简直就是无与伦比的艺术品。她字如珠玑，而他亦给了她的字迹珠玑般的珍爱。她的每一封来信，他不是用锦囊收藏，便是以犀轴卷存，独在书斋时，更是反复吟赏、细细玩味，置之怀袖、时时凝观。似乎每与她的手书相见一次，就和她相见了一次。天天、月月、年年，只愿与那张千娇百媚的面容耳鬓厮磨，与那些玉箸银钩的笔迹相依相伴。

让我们再次回到《凤衔杯》的篇首吧。"有美瑶卿能染翰"，这位雅擅翰墨的美瑶卿是真有之，还是虚构之？我以为是真有之。因为柳永的《乐章集》里还另有一首《燕归梁》，似是《凤衔杯》的续篇：

织锦裁篇写意深，字值千金。一回披玩一愁吟。肠成结、泪盈襟。

幽欢已散前期远，无憀赖、是而今。密凭归雁寄芳音。恐冷落、旧时心。

从《燕归梁》中，又依稀见到了那位苫笺临稿、草篆俱妙的女郎。然而，"幽欢已散前期远"，比起《凤衔杯》中的小斋吟玩、此情可待，到《燕归梁》时，则有一种相见无期、唯余芳信的惆怅了。若说《凤衔杯》中的感情是虚构的、拟想的，又何必再虚构出一篇《燕归梁》呢？二者一脉相通、互为映衬，看来是真有其人了。

然而，若说真有其人，这位美瑶卿又是何人呢？是词人的妻室吗？仿佛说不通。"美瑶卿""千娇面"，对于古人而言，夫妻之道讲求的是"相敬如宾"，即使风流倜傥如柳永，以这样亲昵的称呼献赠给正室夫人，不但自己叫不出口，就连夫人，也会觉得这是一种拟之不当的冒犯。那么除了妻室之外，谁能与他自由通信、尺素频寄呢？只能是风尘知己。柳永眼中的"她"，不仅"银烛下、细看俱好"，更难得的是"心性温柔，品流高雅，不称在风尘"。对这样的女子，柳永既敬且爱，将她的书信"宝若珠玑"，妥为珍藏。但迫于世俗的压力，他们的恋情终究是风吹云散。

无论如何，他曾一心一意地爱过她。也许不止曾经爱过，至今也仍眷眷于怀。原来，"置书怀袖中，三岁字不灭"的不仅是那些"菟丝附女萝"的古代美人，一个真情的男儿，至少那个名叫柳永的大宋才子，同样也能做到。

不管岁月怎样流逝，世人作何评判，她辞采清妙的小诗长简，她卓然不群的书法，她拈笔舞文的风姿，她浅笑盈盈的神韵……惊艳如初，寸心永铭。就像开在庭院的那树紫薇花，娇颜四面、无言自芳。独坐黄昏谁是伴，紫薇花对紫薇郎。

谁唱孤凤怨，
新声动少年

凤栖梧

帘内清歌帘外宴。虽爱新声，不见如花面。牙板数敲珠一串，梁尘暗落琉璃盏。

桐树花深孤凤怨。渐遏遥天，不放行云散。坐上少年听不惯，玉山未倒肠先断。

西汉文学家刘向在《说苑·尊贤》一书中讲述了这样一个故事：

伯牙子鼓琴，其友钟子期听之。方鼓而志在太山，钟子期曰："善哉乎鼓琴，巍巍乎若太山！"少选之间，而志在流水，钟子期复曰："善哉乎鼓琴，汤汤乎若流水！"钟子期死，伯牙破琴绝弦，终生不复鼓琴，以为世无足为鼓琴者。

高山流水，千古美谈，在华人世界，这个故事有着极高的知名度。西汉时，刘向为之增加了伯牙破琴绝弦的情节。而到了明代，冯梦龙更是以伯牙破琴绝弦的情节为高潮，将此故事扩写成一部小说《俞伯牙摔琴谢知音》。在小说中，冯梦龙将伯牙子更名为俞伯牙，且给了他一个晋国上大夫的身份。对钟子期，冯梦龙为他构造的身份是，楚国樵夫。俞伯牙虽为晋国上大夫，却是楚人，且奉晋主之命前往楚国。于中秋之夜泊舟山崖，抚琴一曲，与樵夫钟子期不期而遇。子期对伯牙曲中之意竟然了如指掌，二人相谈甚欢，俱忘记彼此的身份，以兄弟相称。回到晋国后，伯牙仍对子期思之难忘。第二年的中秋，他再次来到与子期相会之处，明月在天，重抚旧琴，然而高山流水之间却再也不见故人的踪影。伯牙心知不祥，第二天又专程寻访子期，得到的却是子期已经亡故的噩耗。伯牙摔琴痛哭，慨然有叹：

> 摔碎瑶琴凤尾寒，子期不在对谁弹！
> 春风满面皆朋友，欲觅知音难上难。

知音所知者，何止是音乐？知音所贵者，乃在于知人，乃在于知心。不由得想起了一部老电影《英国病人》。在炙热而又荒凉的撒哈拉沙漠，几位皇家地理学会成员组成了一个考古队，桀骜浪漫的艾玛殊便是其中的一员。有一天，考古队迎来了他们的新同事，杰佛与凯瑟琳夫妇。在暗黑的夜幕下，灿亮的火焰旁，每个人都必须表演一个节目。而凯瑟琳的自选节目是，为全体成员讲个故事。艾玛殊眼睛望向别处，眼神却是那样深不可测，因为他已堕入对凯瑟琳深不可测的爱恋之中。"那一夜，他爱上了一个声音，从此再也不想听到别的声音了。"艾玛殊与凯瑟琳之恋终于酿成了一场大悲剧。杰佛在发现妻子的隐情后，企图以坠机方式令当事的三人同归于尽。但结果是，杰佛自己当场死亡，而艾玛殊则将身受重伤的凯瑟琳背入了他俩曾共同发现的秘密山洞，并向她允诺，会为她寻来援助。当艾玛殊历尽艰险、付出惨痛的代价重返山洞时，凯瑟琳的生命早已逝去。艾玛殊读到爱人在山洞中所写的遗书，抱着爱人已完全冷却的身体，他的耳畔仿佛又回荡起了凯瑟琳的声音，那个令他一听倾情、能够为之放弃世界并忽视一切的声音：我知道你会回来的，把我抱起，迎风屹立。我别无所求，只想与你漫步天国，与好友们去一个没有地图的乐土。

声音犹如我们灵魂的面容，有着魔法般的神奇力量。清代王坦在《琴旨》中说："声音之道，感人至微，以性情会之，自得其趣，原不系乎词也。"在王坦看来，声音不必以词歌之，自能怡人性情。然而，谁能否认呢，美丽的词句若能与声音水乳相融，那就是性灵之光了，会使得声音的魔力如虎添翼。而柳永的这首《凤栖梧》，说到底，也是一个关于声音的故事。

楼阁玲珑，绮窗尽开。玉堂深处，却有罗幕垂地，将帘内帘外，分隔成两个世界。帘外宾朋满座、冠裳风流，帘内则隐约可见一个手持牙板、风姿楚楚的身影，有如来自山林的晨岚，又似一枝寂寞的绿萼梅开在喧嚣的春光中。"今日良宴会，欢乐难具陈。"她的身份，是这场宴会上弹唱助兴的歌女。而他的身份，却是那满座宾朋中的一个。

不像宴会上别的宾朋，他应该是第一次来到这样的场合。已经有人在猜想他的来历。因为，他看起来既生涩又腼腆，是宴会上的新面孔，既不能谈笑自若，更谈不上什么潇洒放恣，倒像是偶然逃课、从书卷中带梦走来的独行客。总而言之，他给人的感觉是格格不入，是落落寡合。然而，如果说有人对这张新面孔产生了好奇，这种好奇却是转瞬即逝。盛宴之上，"主称千金寿，宾奉万年酬"，人们不是忙于应酬答谢便是忙于耳目之娱，很快便对他失去了求知的兴趣。

而他的求知之心却愈发浓烈起来，不是为着那些对他有过转瞬即逝兴趣的宾朋，而是为着她，为着那个隔帘而歌的倩影。随着她素手轻叩，象牙拍板敲击出珠玉不足喻其精美的音韵，而她的歌声，则是那串珠玉中最璀璨之所在。他从未听到过如此奇丽的歌声，清歌解语，一声声仿佛灵魂的诉说，像是一朵开在悬崖边的雪莲，芳郁的气息无可抵挡。其歌如斯，其人若何？那罗幕之后的面容，是清如绿萼还是洁若雪莲？人面娇如花，歌声可会不如她？

可恨一帘之阻，让他始终不能看清她的眉目神情，只能费尽思想。四座之人似乎对此毫无察觉。对那些人来说，有歌无歌都是一样，此歌彼歌也都没有分别。帘幕后的歌女，只是宴会的一个点缀而已。人人觥筹交错、醉笑颜酡，只有他滴酒不沾，无心饮宴。也许，他是这个宴会上唯一一个听歌顾曲之人，而别的人，其实一字一句都未听进去。醉里且贪欢笑，但这欢笑，却与罗幕之后的牙板与清歌全无关系。牙板渐急，音阶忽然拔高，如宿鸟惊飞，又如异峰突起，竟将梁柱上的尘灰纷纷震落，落入琉璃盏中。惹得那班酒徒皱眉抱怨："这是怎么回事？尘灰竟会无风自落，污了这杯好酒，真是扫兴！"没人意识到，"梁尘暗落琉璃盏"是因为歌声高妙、穿透力极强，连梁尘也为其感动，因其坠落，可在座之人却不以为意，他们所要做的，无非是换盏重饮，继续行乐。

但那歌声分明不是欢乐之声。在他听来，那是梧桐树上失伴孤凤所发出的咏唱，凄切、哀婉，但却不失凤凰的孤傲与气节，而非人间凡鸟的乞怜邀宠、无病呻吟。《诗经》有云："凤凰鸣矣，于彼高冈。梧桐生矣，于彼朝阳。"挺拔的梧桐立于高冈，只有这样的地点、这样的方位，才能吸引住心高气傲的凤凰。凤凰从不懂得媚俗，凤歌从来曲高和寡。这只失伴独飞的孤凤，声音越来越高，逼近苍穹，直唱得片片流云凝滞不动，唯恐错过了它的每一声叹息、每一个音节。

除了天上的流云，在人间，在这酒气氤氲、目迷五色的宴席上，还有一个人，他什么也看不见，什么也听不到，却一心一意地沉浸于桐树凤歌，如痴如醉，忽而泪流满面。他的失态终于被人们发觉了。

"这个少年是何方人氏啊，怎会哭成了这样？是不是饮多了酒，玉山将倒，也是难得一见的风景。"

"少年人怕是勾起了什么伤心事吧？他一直坐在我的身边，没见他饮过什么酒，我还当他酒量不胜蕉叶呢。玉山将倒，想是另有缘故。"

人们对他又产生了新的兴趣，交头接耳地猜个不停。

"你家在哪里？"

"要不要送你回去？"

他们不合时宜的关切令他难以忍受，连连摇头，仓促起身，在众人惊讶的目光中退席而去。但在离去之前，他的目光却向着帘内的身影投下深深的、最后的一瞥。

她的心声即是他的心声。他为她而泣，是为知音而泣。然而，可能终其一生，她都不会知道，在仅仅与她一帘之隔的地方，曾经有过那样一个少年，被她的歌声深深打动，并以未能亲睹她的芳容、未能与她结识而深以为憾。

"那一夜，因为你的歌声，我或许爱上了你。可我不知道你是谁，你也不知道在这世上，有我这个人的存在。"年轻的心感伤着他的不幸，但这也是她的不幸吗？知音不得相见，在那样的年代、那样的人生背景之下，究竟是不幸，还是幸运？

说段题外话吧，李斯特与肖邦的一段佳话。那是一个音乐之夜，李斯特的钢琴独奏被灯光熄灭所打断。而在场的人们并未慌乱，仍旧饶有兴味地在黑暗中听完了演奏。当灯光再次点亮时，李斯特已奏完最后一曲。全场掌声雷动，为李斯特的妙曲新声激动不已。然而从演奏席上站起来谢幕的，却并不是李斯特本人，而是年轻的钢琴家肖邦。原来，成名已久的李斯特为了将乐坛新星肖邦引荐给世人，故意在演奏时熄灯让肖邦取代自己登场，而肖邦果然不负所望、一鸣惊人。可以想见，在灯烛辉煌的幕布下，有着少女般秀雅容颜的肖邦向着众人微笑致意时，人们会是何等震撼、何等惊喜。

垂帘之后的面容真的如他想象中的那样美丽吗？会不会像肖邦征服世人一样，在掀起帘幕的那一刻，她的歌与她的人合为一体，又一次地令他潸然泪下？但这一次，是喜极而泣的泪，是梦想成真的泪。

还能遇上那个如绿萼般寂寞、雪莲般幽香、凤歌般难求的姑娘吗？他策马而去，在这个月色如霜的夜晚，回首之处，楼台明灭而垂帘未卷。

妙舞章台柳，
盈盈昭阳燕

柳腰轻

英英妙舞腰肢软。章台柳、昭阳燕。锦衣冠盖，绮堂筵会，是处千金争选。顾香砌、丝管初调，倚轻风、佩环微颤。

乍入霓裳促遍。逞盈盈、渐催檀板。慢垂霞袖，急趋莲步，进退奇容千变。算何止、倾国倾城，暂回眸、万人断肠。

词牌"柳腰轻"为柳永首创。《全宋词》中，调名《柳腰轻》的词作仅此一首。这并非是个别现象。《全宋词》中，署名柳永，而别的作者却从未使用过的词牌还有许多，弄得一些后世的研究者不得不加以注释：此调唯耆卿枚举有之，他无可考。试举几例，以证所言非虚。譬如《曲玉管》："陇首云飞，江边日晚，烟波满目凭阑久。"又如《婆罗门令》："昨宵里恁和衣睡，今宵里又恁和衣睡。"再如那首《迷仙引》："才过笄年，初绾云鬟，便学歌舞。"皆为世人耳熟能详的名篇。

然而，既是耳熟能详，在柳永的时代以及以后的朝代，却为何没有文士沿用柳永创制的词牌呢？清代李渔曾说："柳七词多，堪称曲祖。"刘熙载亦有赞言："耆卿词细密而妥溜，明白而家常，善于叙事，有过前人。"照理说，柳词朗朗上口广为流传，极易引发仿效跟风之作。柳永又没有向北宋政府注册版权并申请保护，"只要喜欢，就拿去用吧"，他只差没在公共场合慨然表态了。但他创制的新调却大多成了绝唱，这是为何？

也许，是因为柳词受到了最高统治者的抨击与抵制。咦，这可怪了。不是说宋仁宗是柳永的粉丝迷弟吗？既为粉丝迷弟，对偶像进行抨击抵制，他怎么下得了手啊？难道宋朝的皇帝有人格分裂症？不是这样的。事情总是在不停地发展变化，这正应了网络上的那句经典感慨"粉丝霎时转路人"，对于柳永，宋仁宗的心态变化虽不是在霎时完成，但他对柳永的喜爱逐渐变了质，从欣赏到厌弃，未必需要太长的时间。问题出在哪儿呢？据南宋学者吴曾《能改斋漫录》记载"仁宗留意儒雅，务本理道，深斥浮艳虚薄之文"，而"柳三变好为淫冶讴歌之曲，传播四方"。仁宗当年喜爱柳永，他所喜好者，应当是柳永极合"风、雅、颂"之意的那些词。然而，当他看到柳永的另一面，读到柳永贴近俚俗、轻艳荡逸之作后，加之多多少少听闻了柳永沉迷秦楼楚馆、纵情声色的行径，对柳永的好感与欣赏恐怕早就一扫而空了。

皇帝既对柳永多有鄙视，天下渴望上进的文士们又岂愿继其衣钵、步其后尘呢？再说了，柳永的风格与口味过于浓烈绚烂，而文士们却多以清隽娴雅为要务，故难以认同。就连刘熙载在对柳永的"明白家常"予以肯定之后，又不以为然地总结道："惟绮罗香泽之态，所在多有，故觉风期未上耳。"以传统文士的审美观看来，柳永是一个不宜提倡、不宜学习的对象。在有生之日，柳永虽未曾获得上层社会的欢心，无论宋仁宗，还是以宰相晏殊为代表的文化精英，均对柳永侧目相看、颇有微词，但柳永不应引以为憾。柳词的品位虽不是那么"高大上"，但却富于生活气息，用我们今天的话来说，是特别地接地气。纵然宋代的词人词作星罗棋布，但得民心者得天下，能传播四方者却非柳永的《乐章集》莫属，这是"留意儒雅"的宋仁宗所无法禁止的，也是自命清高的晏殊所不能企及的。

　　《乐章集》中有许多描写歌舞的词作，这首《柳腰轻》即其中之一。白居易有诗云："樱桃樊素口，杨柳小蛮腰。"如杨柳般轻盈婀娜的纤腰，对于一名出色的舞蹈家来说，是首要的必备条件。而柳永笔下这位名叫英英的姑娘，正是一个腰如杨柳的舞者。她腰肢细软，舞姿美妙，有如章台柳，又如昭阳燕。

　　章台原为秦宫台名。唐代韩翃曾有姬人柳氏，在安史之乱中失散。韩翃寄书柳氏，书云：

> 章台柳，章台柳，昔日青青今在否？
> 纵使长条似旧垂，也应攀折他人手。

　　而柳氏竟为番将沙叱利劫取，幸得侠士相助，终与韩翃团聚。柳氏的命运恰如其姓氏一般，随风飘转，不得自主。汉代长安则有章台街，为青楼女子聚居之地。"盈盈楼上女，皎皎当窗牖。娥娥红粉妆，纤纤出素手。"这些青楼女子虽妆容极妍，却似乎总难摆脱"昔为娼家女，今为荡子妇"的宿命。"荡子行不归，空床难独守。"青楼女子的命运与柳氏的命运皆是漂泊难定的，她们此生的情感难有归宿。

　　尽管韩翃寄书柳氏时，对其"章台柳"之称是为昵称，绝无贬斥之意。在韩翃的记忆中，柳氏就像故国宫苑的柳枝一样青青可爱、系人心怀，但后世所谓的"章台柳"却脱离了韩翃的本意。后世所谓的章台不再借指秦宫章台，却借指的是长安的章台街，那歌馆楼台、嬉游寻芳之地。后世所谓的柳，也不再是韩翃所属意之人柳氏，而是那些隶籍娼门、如柳絮般飘荡无根的女子。《敦煌曲子词》中有一首《望江南》，即是模仿青楼女子的口吻而作：

> 莫攀我，攀我太心偏。
>
> 我是曲江临池柳，
>
> 这人折了那人攀，
>
> 恩爱一时间。

词中人以"章台柳"自拟，欲爱不能，踌躇徘徊。章台柳是不能属于任何一个人的，她只是一件被公开"拍卖"的消遣品。消遣品是不能动真情的，一旦动了真情，那就违背了"拍卖"的原则，到头来不仅害了自己，也害了别人。

柳永此处以"章台柳"来称呼英英，则英英的身份已不言而喻。柳词中的"章台柳"可有轻薄之意吗？看来不是这样的，这里的章台柳，似乎纯以柳腰轻妙，正宜栽种章台为喻。他不仅将英英比作章台柳，更将其比作昭阳燕。

"昭阳燕"即赵飞燕。这个姓赵的小姑娘最初在阳阿公主家学习歌舞，很快被人忘记了本名，由于她轻灵如燕的舞姿，她有了一个新的称号——飞燕。阳阿公主的弟弟汉成帝刘骜一见到赵飞燕的舞姿容貌就魂不守舍，后来又将赵飞燕的妹妹也召入宫中，让赵氏姐妹居住在昭阳舍，也就是后世所说的昭阳殿。据《汉书》记载，昭阳舍"中庭彤朱，而殿上髹漆，切皆铜沓黄金涂，白玉阶，壁带往往为黄金釭，函蓝田璧，明珠、翠羽饰之，自后宫未尝有焉"。汉成帝为赵氏姐妹所建造的金屋靓宅，就视觉而言是美得逆天，可一想到它的耗资与成本，则不免要让人感叹穷奢极欲、罪过大矣。

不独有昭阳舍，民间传言，汉成帝还为赵飞燕修筑了一座避风台。因为赵飞燕是名副其实的身轻如燕，起风之际，罗裙飘飘，那纤薄的身子仿佛随时都有被风吹走的危险。这个时候，汉成帝就让宫女们紧紧地拉住赵飞燕的裙裳。拉住了也心有余悸，为了永远留住他的飞燕，在起风时也能高枕无忧，他又特地为她建造了避风台。

章台新柳、汉宫飞燕，一个舞者若能将这两种意象集于一身，其引人注目自不待言。那些锦衣如织、冠盖云集的场合，一旦缺少了她的点染就会黯然失色。那些绮丽的堂宇、华耀的宴会，不惜以千金之资选求姿容双绝的佳人，而她是每选必中、分身乏术。

上阕写到这里，但觉流丽已极，"是处千金争选"还略带一些喜感。

"英英姑娘，我家公子三天前就下了订礼，你可不能失约啊！"

"这是什么话？我家主人出价最高。英英姑娘，这是我家相公派来的车骑。白玉鞭、青骢马，你还犹豫什么呢？请吧，去我家啊！"

"英英姑娘，别听他们的。要说彩缎礼金，我家肯出的，至少是别家的双倍。若还请不动你，叫我回去如何交差啊？英英姑娘最是菩萨心肠，就当是可怜小人，怎么样，随我去一趟吧？"

眼前似乎出现了这样的画面。一群人围着英英又是拉扯劝诱，又是相互谩骂。奴仆们各为其主，为了争夺英英，从气急败坏的舌战发展到了手足并用的实战，他们所带来的金银彩礼则在揎拳撸袖中被掀落一地。而英英则哭笑不得、满面无奈。

若词人果真这样写下去的话，这喜感很快就会引发一场闹剧，而闹剧则近于俗滥了。柳永的词中，当然不会有此败笔。千金争选只是点到为止，其章台柳、昭阳燕之喻，虽圆熟工巧，却不够新奇。如何才能证明他所隆重推荐的英英并非言过其实，而是别有一番动人风采呢？且看柳郎的手笔：顾香砌、丝管初调，倚轻风、佩环微颤。

丝管的音阶已调试妥帖，英英也已准备就绪。此时的她，回首凝视落花纷飞、香气袭人的台阶，静美的姿态有如雕塑一般。轻风吹过，她裙裳上的佩环发出悦耳的颤音，仿佛在与丝竹之乐押韵。而她整个人，则如风中的柳枝，更加显得腰肢娇软、不盈一握。

当舞曲渐渐升起、步入高潮，英英这个看起来如同柳枝一样弱不禁风的姑娘，却舞得酣畅淋漓、臻于至境。莫非这就是传说中的霓裳羽衣舞吗？动作繁复、难度极大，令人不禁为舞者担心，真能跳到位吗，她会不会跟不上节拍？檀板越敲越急，她却舞得越发从容舒展。时而缓缓垂下如满天彩霞般的罗袖，时而转动着如水上芙蓉般飘逸轻捷的步履。她脸上的表情，也随着步履的各种变化而瞬息万变。

面对这样一个横绝一时的佳人，不惜搜尽枯肠，你若只能想到"倾国倾城"一词，那你可就太差劲了。她的佳妙之处，人人都体会得出，但却无人能形容得出。而曲终舞罢，当她回眸一笑时，才是引燃全场的沸点。据保守估计，起码有万人以上为她沉醉痴迷，不知置身何处。

"暂回眸、万人断肠。"柳永何尝不是善于变化呢。在上篇"帘内清歌帘外宴"中，那是"坐上少年听不惯，玉山未倒肠先断"，彼处的"断肠"应作伤心感泣解释。而同样是"断肠"，此处的"断肠"却是销魂荡魄。

读柳词，我亦常有"梦里不知身是客"之感。如果我是一个时光的旅人，以最不可能的方式回到柳永的时代，当导游问我"需要观看一场地地道道的汴城千古情吗"，我想我会回答"来场英英姑娘的独舞吧"。我毫不怀疑，今夜的汴京，定会因为英英的舞袖而全民痴狂。而我，也必将成为"万人断肠"中的一个。

离别难

　　花谢水流倏忽，嗟年少光阴。有天然、蕙质兰心。美韶容、何啻值千金。便因甚、翠弱红衰，缠绵香体，都不胜任。算神仙、五色灵丹无验，中路委瓶簪。

　　人悄悄，夜沉沉。闭香闺、永弃鸳衾。想娇魂媚魄非远，纵洪都方士也难寻。最苦是、好景良天，尊前歌笑，空想遗音。望断处，杳杳巫峰十二，千古暮云深。

　　南宋文人罗烨在《醉翁谈录》里说道："柳永居京华，闲暇时遍游妓馆。所到之处，妓者爱其有词名，能移宫换羽，一经品题，声价十倍。妓者多以金、物资给之。"由于《醉翁谈录》不是史书，而是笔记小说，以理性的目光视之，它所记载的内容，其真实性自然要大打折扣。然而，柳永长年累月地流连于烟花之地，是其本人从不避讳的事实。不仅不避讳，且引以为傲。柳永有词为证"且恁偎红翠，风流事、平生畅"，而那些风尘中人也总是格外地投他的眼缘，合他的心缘，他对她们的品貌一向褒饰有加、赞不绝口"好雍容、东山妓女，堪笑傲、北海尊垒"。"妓女"一词，无论在哪里看到都觉得刺眼，唯由柳永说来，却是高贵从容，映衬得携妓出游的地方官也别有风情、别具雅量。

在《乐章集》中有《传花枝》一曲，算是作者的自述：

平生自负，风流才调。口儿里、道知张陈赵。唱新词，改难令，总知颠倒。解刷扮，能唝嗽，表里都峭。每遇着、饮席歌筵，人人尽道。可惜许老了。

阎罗大伯曾教来，道人生、但不须烦恼。遇良辰，当美景，追欢买笑。剩活取百十年，只恁厮好。若限满、鬼使来追，待倩个、淹通着到。

在柳永的自我感觉中，他天生就是一个风流才子。吃喝玩乐无不精通，雅也雅得，俗也俗得，口齿伶俐、衣着时尚、外表俊俏，走到哪里都会有鲜花与笑脸相迎，这日子过得可真是舒心惬意。可惜光阴如流水，一去不再回。风流才子也逃不过时光横扫的镰刀，风流才子也有年华迟暮之时。人们提起他来便会摇头："知道平康巷的第一红人柳七郎吗？从前就跟神仙下凡似的，既得意又倜傥。今儿个一见，可是老多了，像朵霜打了的菊花。亏他还像往日一样不知检点、欢蹦乱跳！成日家混迹于脂香粉艳之地，不知何时才能洗心革面、归于正道……"

如果有人在背地里这样议论你，而你碰巧听到了这种议论，那真是一件无比沮丧的事。但柳永并不沮丧，他乐呵呵地说，老了也没什么可怕的，因为那可亲可敬的阎罗大伯曾教导他，人的生命不过几十年，一百年就算上限了。既然人生这么短暂，何必把有限的生命用于作茧自缚、自寻烦恼呢？只要精力允许，不妨像个小青年一样追欢买笑，尽情享受良辰美景。活出品位，活出质量。一旦大限到来，倒也不必惊慌失措、扭扭捏捏，只消跟阎罗大伯打个招呼，请他老人家多加关照，派来一个通达人情世故的小鬼，这就说说笑笑、潇潇洒洒地上路。

《传花枝》以谐趣豁达的语言道出了柳永对人生、对生死的态度。他是一个热忱的享乐主义者，他所向往与追求的，是一种无拘无束、听从身心自然需求的生活，"人生得意须尽欢，莫使金樽空对月"。活好每一天，让每一天都得到快乐与满足。他热爱人生、留恋人生，但对于死亡，却也看得十分洒脱。既然在有生之日得到了你想要的一切，当死神来临时，也就无怨无憾了。生命总是要付出代价的。有借有还，有得有失。对柳永来说，这是一场公平的交易，他很乐意与阎罗大伯做成这笔交易。

但是，如果一个美人在她正值芳年时被阎罗大伯带走，这还是不是一场公平的交易呢？唐传奇中的霍小玉为负心人相思成疾、仅存一息时曾说："我为女子，薄命如斯！君是丈夫，负心若此！韶颜稚齿，饮恨而终；慈母在堂，不能供养；绮罗弦管，从此永休。征痛黄泉，皆君所致。"这一字一句，皆是血泪凝成。

《茶花女》中的玛格丽特，在病床上给远离她的阿尔芒写信，信中说："重返健康的希望只不过是一场梦。我又躺倒了，身上涂满了灼人的膏药。从前人们曾为了这具躯体而一掷千金，若在今天出售却是一钱不值了！"

一个美人，如果出自官宦之家，纵然体弱多病，必会得到百般疼护。捧在手里怕摔了，含在口里怕化了。可是一个风尘女子，生病之后会是怎样呢？

玛格丽特不无心酸地写道："购买爱情的男人们在选货之前是要仔细察看货色的，在巴黎有的是比我更健康、更丰腴的女人，大家差不多把我忘了。"

她还说过："让我保重自己，我会死的。我是靠现在的狂热生活支撑着。保养，对有家庭、有朋友的上流社会的妇女是好事，但是我们，一旦不能为我们情人的虚荣和乐趣派上用场时，就会被抛弃，漫长的白天之后接着就是漫长的夜晚。这我知道得很清楚，我曾在床上躺了两个月，三个星期后，就没有人再来看我了。"

锥心痛诉，令人不胜唏嘘。西施人人爱，然而病西施——不是捧心蹙眉、偶患小疾的西施，而是病入膏肓的西施，眼看她的生命一点一滴地流逝，除了挚爱的家人亲朋，谁会为之哀痛呢？更何况，这个病入膏肓的西施是一个以声色为业的女子。这样的女子是没有家人亲朋的，她们的"终生事业"便在于为情人的虚荣与乐趣派上用场，以此获取名利。名气越大，则利益越为可观。为了迅速提升知名度，按照罗烨的说法，她们有时甚至会求助于像柳永一样久负盛名的词人，只因"一经品题，声价十倍"。而柳永的品题推广可不是免费午餐，她们往往会支付高额的润笔。

又回到篇首的那个问题上，此事难道只是空穴来风的谣传？柳永虽为宦门子弟，但他数年来游历京师，且不说"长安百物贵，居大不易"，何况柳永岂止是一般性地居住，他在京师，结交的是"烟花妙部""风月名班"，必定所费不赀。这一笔开支，难道能在家族的户头上逐月报销？以笔者看来，柳永为风尘女子写词，并接受她们赠予他的钱物，这是极有可能的。"羊毛出在羊身上"，有了这些润笔费，柳永方能维系其酒楼听歌、画堂观舞的生涯。这对柳永与那些风尘女子来说，是两厢情愿的。当然，使得风尘女子甘愿对其高价相酬的，也不单是柳永的文名与才华。既然连柳永都认为自己"风流才调""表里都俏"，一个有情调、好心肠的帅小伙子，岂能不入美人之眼？除了对他给予物质上的报酬，在情感上，她们亦难以不为其吸引。也许，这也是柳永所希望、所渴求的回馈。

但是这首《离别难》，却是为逝者所写。也就是说，逝者永远不能付给柳永润笔费，柳永绝不可能从她那儿得到任何物质或非物质的回馈了。但柳永还是写下了这首词，足以见得他对逝者情真意重。一曲《离别难》，愿君细细听。

窗外的春花已经开谢，一江碧水仍在日夜不停地奔流。那些年少的光阴都到哪儿去了呢？是与春花一样地开谢了呢，还是如一江碧水流向不可知的去处，再也不会回头？

我年轻时代的恋人啊，你的品质如香蕙一样清雅高洁，你的心灵如幽兰一样含芳待吐。你举止天然、容颜秀美，正像书中所说的那样，千金易得，佳丽难求。那年春花初绽，轻舟碧水将我带到了你的妆楼。你临水照花，嫣然一笑；我船头小立，魂飞意动。你说，你喜欢我那天所穿的淡青色襕衫，喜欢我举目远望的神气……而我，只这第一面已永远记得你的模样、你的声音，以及你比春花还要鲜媚的笑颜。你我正当青春，目成心许，良辰若梦，欢情无限。

美中不足的是，你虽有一副倾城倾国貌，却又生就一个多愁多病身。人在风尘，更有许多无可言说的苦处与难处。即使对着我，你也不能尽吐真言。不知道是不是那些沉重的心事压垮了你，你开始一天天地缠绵病床，如饱受风雨欺凌的翠叶红花一样，失去了生机与活力。就算有神医开出的五色灵丹，也已为时太晚、回天乏力。白居易有诗云："井底引银瓶，银瓶欲上丝绳绝。石上磨玉簪，玉簪欲成中央折。

瓶沉簪折知奈何？似妾今朝与君别。"你就像那被断绝的丝绳抛落井底的银瓶，就像一支在磨石上被不慎折断的玉簪，稀世之美毁于一旦。你我从此幽明异路，站在生死的两端。

人去楼空，长夜沉沉。你生前所居之处，似乎仍有暗香袭来，那是你举手投足间所散发的气息。而绣床上的鸳鸯锦被，却再也等不到那对知心合意的有情人罗衾共展、缱绻同眠。人亡物在，你的娇魂媚魄应当还没有离开太远吧？不知怎么就想起了《长恨歌》来。"鸳鸯瓦冷霜华重，翡翠衾寒谁与共。悠悠生死别经年，魂魄不曾来入梦。临邛道士鸿都客，能以精诚致魂魄。为感君王辗转思，遂教方士殷勤觅。"据说唐明皇为了寻找杨贵妃的魂魄，曾派遣一个法术高超的鸿都方士上天入地地搜求。然而，生死茫茫，隔世之人真的还能相见吗？虽然我对你的思忆并不亚于唐明皇之于杨贵妃，可是自你逝世之后，我就失去了关于你的所有音信。

从前每逢好景良天，与美酒清歌为伴，是我最大的快乐，但对如今的我，却是残酷的折磨。因为越是这样的场景，越会让我想起你的莺声妙语。思量复思量，唯余遗音，却再难还原那个活色生香的你。

含泪遥望，那个楼头初逢的日子又重现于眼前。但我望见的，却不是你临水照花的笑靥，而是云环雾绕的一带远山。那就是传说中的十二座巫峰吗？是楚襄王与神女的相会之处？神女在临别之际告诉襄王："妾在巫山之阳，高丘之阻，旦为朝云，暮为行雨。朝朝暮暮，阳台之下。"你我的缘分，莫非也仅止于此？忽然间，我若有所悟，难怪我总是寻不到你的魂魄。其实你就云游在巫山之顶，朝朝暮暮，千古不散。

就这首词而言，虽非柳永的经典之作，可它的难得之处便在于，它让我们见识了一个至情至性的柳永。其中的"人悄悄，夜沉沉。闭香闺、永弃鸳衾""最苦是、好景良天，尊前歌笑，空想遗音"诸句，可联想起孔尚任《桃花扇》中的《倾杯序》：

寻遍，立东风渐午天，那一去人难见。看纸破窗棂，纱裂帘幔。裹残罗帕，戴过花钿，旧笙箫无一件。红鸳衾尽卷，翠菱花放扁。锁寒烟，好花枝不照丽人眠。

孔尚任的铺陈自是更上一层楼，但其创意仍来自柳永。而除了这首《离别难》，《乐章集》中，还有一首《秋蕊香引》，也是一首悼亡词。其所悼念者，莫不也是《离别难》中的这位薄命姑娘？

留不得。光阴催促，奈芳兰歇，好花谢，惟顷刻。彩云易散琉璃脆，验前事端的。

风月夜，几处前踪旧迹。忍思忆。这回望断，永作终天隔。向仙岛，归冥路，两无消息。

《茶花女》中的玛格丽特虽然感叹生病三个星期之后，就被全世界忘了，但至少有一个名叫阿尔芒的年轻人，在她生病的每一天，都来探询她的病情。而这位《离别难》中的姑娘，虽与玛格丽特一样青春早逝，但她也曾有过生命中的阿尔芒，在她去世后，她的阿尔芒仍对她思慕不已。沦落风尘固是最大的不幸，但当风尘之人得到了一段不随时光枯萎变质的爱情，她的华年早逝就不再成为人生的遗憾与残缺。还能希望得到比这更为完美的结局吗，活在所爱者的心中，一如巫山烟云凄美空灵，又如香蕙幽兰郁郁青青。

集贤宾

小楼深巷狂游遍，罗绮成丛。就中堪人属意，最是虫虫。有画难描雅态，无花可比芳容。几回饮散良宵永，鸳衾暖、凤枕香浓。算得人间天上，惟有两心同。

近来云雨忽西东，诮恼损情惊。纵然偷期暗会，长是匆匆。争似和鸣偕老，免教敛翠啼红。眼前时、暂疏欢宴，盟言在、更莫忡忡。待作真个宅院，方信有初终。

大概是受到柳永《传花枝》"平生自负"一词的启发，关汉卿也写过一段自述《一枝花·不伏老》：

我是个普天下郎君领袖，盖世界浪子班头。愿朱颜不改常依旧，花中消遣，酒内忘忧。分茶撷竹，打马藏阄；通五音六律滑熟，甚闲愁到我心头……你道我老也，暂休。占排场风月功名首，更玲珑又剔透。

这几句若被柳永见了，定当满心舒坦，引为同道。但关汉卿自号"我是个普天下郎君领袖，盖世界浪子班头"，痛快至极却不免失于轻佻，对柳永，更恰当的称号是"风流领袖，辞章班头"。虽说柳永与关汉卿皆以猖狂自居，但关汉卿的"狂"，是为"狂夫之狂"；而柳永之狂，却是"狂士之狂"。柳永虽是读书人中的另类，但终究是生于"衣冠簪缨"之族的另类，在其另类的生涯中，始终未能忘情于科举仕进。而关汉卿是生活于元代的汉人，被当朝者视作贱民之列，其思想行为较之柳永，自然更为"激进"。

且社会背景也截然不同。在北宋的都城，按照孟元老《东京梦华录》的记载：

大抵都城左近，皆是园圃，百里之内，并无闲地。次第春容满野，暖律暄晴，万花争出，粉墙细柳，斜笼绮陌，香轮暖辗，芳草如茵，骏骑骄嘶，杏花如绣，莺啼芳树，燕舞晴空，红妆按乐于宝榭层楼，白面行歌近画桥流水，举目则秋千巧笑，触处则蹴鞠疏狂，寻芳选胜，花絮时坠，金樽折翠簪红，蜂蝶暗随归骑，于是相继清明节矣。

元代的大都，岂能有此风流鼎盛气象？在青年柳永的眼中，帝都东京绝对是个一等一的令人着迷的地方，盛世美颜，怎不令人乐不思归？其《长寿乐》云：

繁红嫩翠。艳阳景，妆点神州明媚。是处楼台，朱门院落，弦管新声腾沸。恣游人、无限驰骤，娇马车如水。竞寻芳选胜，归来向晚，起通衢近远，香尘细细。

太平世，少年时，忍把韶光轻弃。况有红妆，楚腰越艳，一笑千金何啻。向尊前、舞袖飘雪，歌响行云止。愿长绳、且把飞乌系，任好从容痛饮，谁能惜醉？

在这里，他度过了生命中最难忘的时光。在这里，他找到了最能展现才华的舞台，而这个舞台也慷慨地回报了他，"柳陌花衢，歌姬舞女凡吟咏讴唱，莫不以柳七官人为美谈"。也是在这里，他遇到了一生中最为心动的一个恋人、风尘中的第一知己——虫虫。

在《乐章集》中，有一组《木兰花》，分别写了四名歌姬舞女：

其一

心娘自小能歌舞，举意动容皆济楚。解教天上念奴羞，不怕掌中飞燕妒。

玲珑绣扇花藏语，宛转香茵云衬步。王孙若拟赠千金，只在画楼东畔住。

其二

佳娘捧板花钿簇，唱出新声群艳伏。金鹅扇掩调累累，文杏梁高尘簌簌。

鸾吟凤啸清相续，管裂弦焦争可逐。何当夜召入连昌，飞上九天歌一曲。

其三

虫娘举措皆温润，每到婆娑偏恃俊。香檀敲缓玉纤迟，画鼓声催莲步紧。

贪为顾盼夸风韵，往往曲终情未尽。坐中年少暗消魂，争问青鸾家远近。

其四

酥娘一搦腰肢袅，回雪萦尘皆尽妙。几多狎客看无厌，一辈舞童功不到。

星眸顾指精神峭，罗袖迎风身段小。而今长大懒婆娑，只要千金酬一笑。

写心娘的那篇，看起来是不是有些眼熟？"不怕掌中飞燕妒""王孙若拟赠千金"，这与《柳腰轻》中的"章台柳、昭阳燕""是处千金争选"相差有几呢？

写佳娘的那篇，"文杏梁高尘簌簌""鸾吟凤啸清相续"，则与《凤栖梧》中的"梁尘暗落琉璃盏""桐树花深孤凤怨"语意相若。

而虫娘篇，"画鼓声催莲步紧"，分明是有《柳腰轻》中"急趋莲步"的痕迹，"坐中年少暗消魂"，则又有似《凤栖梧》曲终之时"坐上少年听不惯，玉山未倒肠先断"的滋味了。

酥娘篇则更无新意可言。"而今长大懒婆娑，只要千金酬一笑。"很容易会令人想起《迷仙引》中的"算等闲、酬一笑，便千金慵觑"。

发现柳永特别爱使用"千金"一词。"是处千金争选""美韶容、何啻值千金""楚腰越艳，一笑千金何啻""王孙若拟赠千金""只要千金酬一笑""佳人巧笑值千金""又争似、却返瑶京，重买千金笑""算赠笑千金，酬歌百琲，尽成轻负"……但也不能就此断定，柳永是一个拜金主义者。不过事实就摆在那儿，帝京行乐，朝欢暮宴，动辄便是千金散尽的高消费。柳永是一个高产的词人，他的高产究竟是自觉自发所成就，还是因为必须以此谋生而成就？

我们可以设想这样一种情形。心娘、佳娘、虫娘、酥娘、英英……都对柳永赠以重金，而柳永，则对她们心领意会、有求必应。他依据各人的特点，为她们制作新词，让她们成为流行歌中所传唱的主角，这就大大增添了她们一举成名的希望。然而，她们的特点时相重叠，他的词意亦不免时有重复。"文案体"的广告语写得多了,从这组《木兰花》中所流露出的,则更多的是技巧之美,而不是情感之美。

虫娘只是《木兰花》中的四美图之一。柳永予以四美均等的赞叹,难道四美给了柳永一个团购价吗,价格公道、费用分摊?请原谅笔者"邪恶"的想象力。总之,在《木兰花》中,柳永毫无厚此薄彼的倾向,虫娘的形象在《木兰花》中未见特殊。

这个时候的柳永应当没有爱上虫娘。"贪为顾盼夸风韵",在他眼中,虫娘只是那许多自负技艺的歌姬舞女中的一个,"坐中年少暗消魂,争问青鸾家远近",这里的"坐中年少"也不是柳永的自画像,柳永用轻快的、戏谑的语气写道:一曲歌舞之后,那在座的多情少年无不暗自消魂,争相打听这位人间仙子家住何处。

一个热恋中的人是不会这样打趣自己的爱人的。热恋之人往往有种孩子气的自私,又极易产生嫉妒之心,唯恐他人横刀夺爱。倘使真有人打探起所爱者的住处,哪里还会安坐如故?

假如我们非要从《木兰花》中找出端倪,找到柳永倾心于虫娘的"蛛丝马迹",或许,这端倪便在于"虫娘举措皆温润"。在柳永的词作中,"温润"是个独一无二的形容词,它只在写到虫娘时出现过一次。温润之美,不是初见时的"琼枝玉树相倚,暖日明霞光烂",温润之美乃在于"明月松间照,清泉石上流",须得相处日久后方能感受到。

好了,我们来看这首《集贤宾》吧。"小楼深巷狂游遍,罗绮成丛。就中堪人属意,最是虫虫。"词之开篇,柳永坦诚相告,他对虫娘的感情,并非一见钟情式的,如我们现代人所唱"只是因为在人群中多看了你一眼,再也没能忘掉你的容颜"。柳永花了很长的时间才爱上虫娘,而这种爱,是在访遍青楼、阅尽群芳后才确认的爱,真正是来之不易。

在那个年代，别说有自由恋爱的理念，即使是自由恋爱的说法，也已骇人听闻。而作为一名从不甘于规行矩步的叛逆青年，柳永想要寻找自己的爱情，其唯一可能的地方便是风月场合。只有那种场合，才能给青年男女的自由交往提供便利。可那种场合不会上演我们今天的《非诚勿扰》节目，其"主营业务"从来都是欲望而不是爱情。它所标榜的情义是以女子的声容、男子的钱帛作为交换条件的，不是才子佳人的结合而是"财子佳人"的结合。佳人所佳者，未必德馨，只以声容为上。柳永恐怕经历了不止一次的失望，罗绮满目、曾迷歌笑，但在梦醒之时，身边却并无一个知心解意之人。纵然侥幸得遇可心之人，又有命运作梗，有的人芳年早逝，有的人琵琶别嫁，俱已成为往事堪哀的过往。对虫娘来说，又何尝不是？"坐中少年暗消魂"，但那些人为之消魂的，只是她的容貌、她的歌喉舞姿罢了。"以色事他人，能得几时好。"虫娘的手中，握不住锦绣流年。

冒辟疆说董小宛"在风尘虽有艳名，非其本色"。董小宛的本色，需要冒辟疆来发现，而虫娘的本色，却是为柳永所发现。"看取莲花净，方知不染心。"本色是一个人的质地，珠玉之质，置之泥垢之中亦不改清辉。不知是从哪一天起，他把她与百千佳丽区别了开来，他改变了对她的称呼，"虫娘"成了"虫虫"，而心娘仍是心娘，佳娘仍是佳娘，酥娘仍是酥娘……

"看来，柳七官人对虫娘的情分真是非同一般呢！"从姐妹们羡慕的目光中，她第一次懂得了自己的价值。要在一个行走于花街柳巷的男子心里占据一席之地，而这个男子，还是天下知名的柳七，这真是既令人惊异，又令人感动。

惊异之余，她亦曾问过他："你究竟喜欢我哪一点呢？"

"你觉得自己好在哪里呢？"他反问道，双目灼灼。

"我怎么知道？"在他的注视下，她不觉羞涩起来。

"我的虫虫这么没自信啊？"他越发侧过身去看她。

"七郎，你坏！你这是取笑于我！"她以袖遮面，嗔道。

"让我告诉你，虫虫，"拉下了她遮面的那只手，他怡然一笑，"我喜欢你，是因为你的清姿雅态难描难画，你的芳容玉颜胜过世间所有怒放的鲜花。我赠你一句词吧，只为你一人而作——有画难描雅态，无花可比芳容。"

"这算什么理由？"她摇了摇头，"比我美的人多了去。院里的姐妹，谁人不是'有画难描雅态，无花可比芳容'？"

"你没听过一句话吗——情人眼里出西施。在我眼里，只有你，能当此形容。"

"不，这不是理由。"她坚称，"你可不许敷衍我。"

"好吧，"他略一沉思，又道，"几回饮散良宵永，鸳衾暖、凤枕香浓。这是不是个理由？"

她的脸忽地红透了："浓词艳赋，没一点儿正经的。我懒得再理你！"

"我说的都是大实话嘛，我很感激你对我的照顾。我每次心绪不佳，喝醉了酒，都是你替我掖好被子，一枕香梦，烦愁全消。当然我的心情也不是每天都很糟糕，还记得那些花好月圆的夜晚吗？你我二人，对饮月下、私语花间，鸳鸯同宿、衾暖情浓，难道这也不是理由？"

"不是。"她转过头，低声道，"你说的这些，在你遇见我之前，已经有人为你做过；而我，在遇见你之前，也曾为别人做过。七郎，你我为何不在彼此最初的时光相知相遇呢？"

"我不在乎。相知相遇何必恨晚？无论是在什么时间相知相遇，总要胜于未曾相知相遇，尤其是那些一生相守的人。"他慰藉道。

"可我……我在乎。想起以前，我总觉得对不起你。命运对我开了多大的玩笑！我是你的什么人呢？从前不是，将来也不可能是。我只想抓住现在，我怕去想，有朝一日，我终究还是会失去你。"

"你没有对不起我，我也没有对不起你。也许这是命，但命也是会改变的。你想啊，既有女娲补天、精卫填海，那么一切皆有可能。"

"一切皆有可能，是在哪一年的哪一天？"她强笑道，"或许我已所求过奢了。不敢对着将来许愿，只想让当前的时光过得慢些，再慢一些。七郎，你是真心喜欢我？请给我一个理由，一个真切的理由。"

"好的，这理由就是——人间天上，惟有两心同。这样说，你该相信了吧？"他手指着心口道，"你也许不是最美的，我也许不是最好的。然而无论人间还是天上，没有谁比你更懂我、更怜惜我，也没谁比我更懂你、更怜惜你。虫虫，虫虫，愿生生世世，你都是柳七的虫虫；更愿生生世世，柳七都只是虫虫的柳七。"他一脸郑重。

"七郎！"她动容地唤道。

然而，他们之间不总是有着温情脉脉的一幕。柳永对虫虫的依恋虽日胜一日，两人见面的次数反倒日渐稀少起来。他们之间，亦增长着烦恼与不睦。柳永不敢去见虫虫，是因为自己以填词为生，并无固定收入，每当陷入囊空如洗的窘境时，则不再成为青楼的贵客了。在这种情况下，他就只能提心吊胆，与虫虫偷期暗会，而这种事情一旦被人察觉，虫虫的日子可就不好过了。

《玉堂春落难逢夫》，这是冯梦龙的一篇话本小说。尚书之子王景隆黄金买笑，与一个名唤玉堂春的青楼女子情好绸缪。而一旦金尽，老鸨张口即骂："有钱便是本司院，无钱便是养济院。王公子没钱了，还留在此作甚？哪曾见本司院举了节妇，你却呆守那穷鬼作甚！"见玉堂春不肯赶走王公子，按着玉堂春便是一顿乱打，把一个"雅淡梳妆偏有韵，不施脂粉自多姿"的俏佳人直打得"髻偏发乱，血泪交流"。

而在另一篇小说《杜十娘怒沉百宝箱》中，同为富贵公子的李甲与杜十娘也是恩爱非常。当李甲囊箧空虚、手不应心之时，鸨母也变了脸色，痛骂杜十娘："自从那李甲在此，混账一年有余，莫说新客，连旧主顾都断了。分明接了个钟馗老，连小鬼也没得上门。弄得老娘一家人家，有气无烟，成什么模样！"

为将王景隆、李甲这样财源断尽的过气买主逐出娼门，玉堂春与杜十娘的鸨母是各出狠招。王景隆流落到孤老院中讨饭，而李甲虽在杜十娘的庇护下得以保全，但杜十娘却是秃髻旧衫、狼狈不堪地被"清理出户"。

虫虫是否亦面临过相似的压力呢？心力交瘁地周全于柳永与鸨母之间，岂能不愁损了雅态，消瘦了芳容？看到虫虫眉黛敛翠、罗袖啼红，柳永大为心痛。

"你为我受苦了，虫虫。我只想与你鸾凤和鸣，只想与你偕老白首，无奈事与愿违。为今之计，为了避人眼目，我们只好暂不相见。我要离开你一段时间，离开那些聚会游宴。"他长叹一声道。

"不，我不能失去你！七郎，你答应过我，生生世世都不离开我！"她已泣不成声。

"别难过，我会回来的，回来兑现我对你许下的那些诺言。而我如果不走，你我就只能日坐愁城，纵使日坐愁城还是会被人拆散。与其如此，不如忍一时之苦，为长远之策。这么娟丽的一双蛾眉愁得变了样实在太可惜了，虫虫，我喜欢看你展眉欢笑的模样，你肯为我笑一下吗？"他又拿出了屡试不爽的黏人的伎俩。

明知是故技重施，到底拗不过他，她终于破涕为笑，纤指戳向他的额头道："冤家！"

"我会回来娶你的，虫虫。待作真个宅院，方信有初终。"他重申盟言，而她，这才真正地笑逐颜开、容光焕发。

在宋人的口头语中，宅院即"妾室"之意。能将虫虫娶回家中做妾，这是柳永与虫虫所能期待的最好的结局了，正如王景隆与玉堂春的那段爱情传奇。可天下有多少如愿以偿的王景隆与玉堂春呢？世家公子与烟花女子的传奇，更多的是以始乱终弃收场。而柳永竟想与虫虫和鸣偕老、有始有终，这是不是一个"傻白甜"的梦想呢？

柳永还为虫虫写过一首《征部乐》：

雅欢幽会，良辰可惜虚抛掷。每追念、狂踪旧迹。长只恁、愁闷朝夕。凭谁去、花衢觅。细说此中端的。道向我、转觉厌厌，役梦劳魂苦相忆。

须知最有，风前月下，心事始终难得。但愿我、虫虫心下，把人看待，长似初相识。况渐逢春色，便是有、举场消息。待这回、好好怜伊，更不轻离拆。

这不是"傻白甜"的梦想，而是一段"役梦劳魂苦相忆"的相思。柳永暂别虫虫，很可能是去科场应试了。他认为，只要登第有望，他与虫虫就有了出路。然而，真是这样吗？一第遮"百丑"，社会与他的家人会因为他的科名而接纳虫虫的出身，从而默许抑或祝福他与虫虫的结合？且别说这一想法太过天真，即使能够成立，柳永的登第难道可以手到擒来吗？范进中举已年过五旬，而这一年龄，在科考取士的年代并非异数，连唐人都说"五十少进士"，这个"少"，是"少年"的"少"而不是"少数"的"少"，意思是五十岁中了进士，还算是年轻有为呢。虫虫身在风尘，即使她本人愿意有始有终地等待柳永登第，"便等他三年，便等他十年，便等他一百年"，她的愿望会得到尊重与许可吗？在封建礼法的天罗地网之下，柳永与虫虫难有栖身之所。

也许有读者会问，他们还有后来吗，虫虫后来到哪里去了？哦，别再问了，哪里还会有什么后来。尽管笔者对此也是一片茫然，但我相信，写这首词时，柳永是带着一种"空有相怜意，未有相怜计"的心情。虽说他的心灵深处仍萌动着希望的光焰，可这光焰毕竟越来越弱，直至被幽暗湮没。关于柳永与虫虫的结局，还是用一句柳词来加以推测吧——系我一生心，负你千行泪。

蝶恋花

伫倚危楼风细细，望极春愁，黯黯生天际。草色烟光残照里，无言谁会凭阑意。

拟把疏狂图一醉，对酒当歌，强乐还无味。衣带渐宽终不悔，为伊消得人憔悴。

杜丽娘在《牡丹亭》中唱道："最撩人春色是今年，少甚么低就高来粉画垣，元来春心无处不飞悬。睡荼蘼抓住裙钗线，恰便是花似人心向好处牵。"

而崔莺莺则在《西厢记》中唱道："落红成阵，风飘万点正愁人。池塘梦晓，阑槛辞春；蝶粉轻沾飞絮雪，燕泥香惹落花尘；系春心情短柳丝长，隔花阴人远天涯近。香消了六朝金粉，清减了三楚精神。"

杜丽娘眼中的春色，当是春光极盛之时；而崔莺莺所见的春色，却是春光迟暮之时。杜丽娘的春心，是为感春；崔莺莺的春心，是为伤春。感春、伤春，在古典诗词中却不只为闺阁女儿所垄断，本篇《蝶恋花》，便吐露的是一位北宋才子的感春心绪、伤春情结。

柳永曾写下过许多关于春天的辞章，在那些辞章里，春天总是与青春同行，与欢乐为伴。其《抛球乐》云：

晓来天气浓淡，微雨轻洒。近清明，风絮巷陌，烟草池塘，尽堪图画。艳杏暖、妆脸匀开，弱柳困、宫腰低亚。是处丽质盈盈，巧笑嬉嬉，争簇秋千架。戏彩球罗绶，金鸡芥羽，少年驰骋，芳郊绿野。占断五陵游，奏脆管、繁弦声和雅。

向名园深处，争泥画轮，竞羁宝马。取次罗列杯盘，就芳树、绿阴红影下。舞婆娑，歌宛转，仿佛莺娇燕姹。寸珠片玉，争似此、浓欢无价。任他美酒，十千一斗，饮竭仍解金貂赊。恣幕天席地，陶陶尽醉太平，且乐唐虞景化。须信艳阳天，看未足、已觉莺花谢。对绿蚁翠蛾，怎忍轻舍。

春晓初起，又是一个浓也可爱、淡也可喜的好天气。推开窗户，嗅一嗅微雨中的花香。目随清风软絮，飘过小巷曲陌，飘过烟明草绿的池塘。朵朵艳杏巧施晨妆，脂光盈盈、粉面含笑；纤纤柳枝莫不因为春困而娇慵委地，一搦细腰犹带楚宫风韵。

来吧，跟上春天的脚步，到春光深处来。秋千架前丽人戏，五陵原上少年游。罗绶结彩球，芥羽斗金鸡（古人将芥末撒在鸡羽上，芥末味辣，借以让对方的斗鸡辣出眼泪从而取胜，看来古代的赌徒不仅不择手段，脑子还特别灵光）。繁弦多和雅，画轮赴名园。春日宴，以天为幕，以地为席。金貂换酒，一斗十千。莺歌燕舞，尽绕芳树；盛世良辰，花下醉眠。相看未足，莺花已谢。春天啊春天，你怎忍弃人而去？怎舍得绿蚁酒空、浓欢尽散？怎舍得美人迟暮、蛾眉不展？

郁达夫在《故都的秋》中写道：秋天，这北国的秋天，若留得住的话，我愿把寿命的三分之二折去，换得一个三分之一的零头。而对于柳永，这句话似乎应当改写为：春天，这故都的春天，若留得住的话，我愿把寿命的三分之二折去，换得一个三分之一的零头。按照柳永的想法，行乐须及春。如果你不曾拥有多姿多彩的生活、鲜灵动人的青春，你就像是一条不曾荡漾起浪花的河流，简直是白活了。然而，在春天里，也有一些特别的时刻，令柳永背弃了"浓欢无价"的宴游。比如此时，比如这首《蝶恋花》所透露出的心绪。

这是一个晴和佳美的春日，一寸春光一寸金。熏风细细，吹在倚楼人的身上，带有一种温柔的关切、隐约的怜悯。这个人已在这儿站了很久，只有熏风陪他沉默。在这本当呼朋引伴、欢会雅聚之时，为何会有这么一个人，似与春光绝缘，却甘愿成为孤独与忧伤的化身。

多可惜啊，还未来得及好好消遣，美好的春日即将被残阳斜晖带走。多可惜啊，这个楼头伫立的身影，"处处踏青斗草，人人眷红偎翠"，他却独自向隅、郁郁不乐。他为何长吁短叹，又为何在草色烟光中模糊了泪眼？难道他没有朋友？莫非他无处行乐？不是，都不是。这一切，是因春愁而起。这片春愁，可如杜丽娘所唱"最撩人春色是今年""元来春心无处不飞悬"？这片春愁，可如崔莺莺所言"系春心情短柳丝长，隔花阴人远天涯近"？

普天之下，就找不到一个可以倾诉春愁的对象吗？独倚楼头、默然凭栏，原来，他是特意选择了这样一个幽寂之处来躲开众人的盘诘，来深藏他的心事。但他躲开了众人，却躲不开春光。面对春光的魅惑，他还做不到心如止水。既然春愁无可治愈，那就索性讳疾忌医，忘了自己患有严重的春愁困扰症吧。何不重新投入人流，对酒当歌、放旷随喜，醺然一醉、忘却烦恼？刚产生这个念头，就立即被理智否定了。

罢了，这有用吗？以前又不是不曾试过。一次次地对酒当歌，在别人的欢乐里索要自己的欢乐，但你得到欢乐了吗？没有，从来都没有。与别人同度一天，却不如在你身边度过一个瞬间。"出其东门，有女如云。虽则如云，匪我思存。"在茫茫人海中强颜欢笑实在是无味至极。一个人如果需要的是一滴甘露，就不该在万顷火云中寻寻觅觅。

有人看到他在宴会上不是低头痛饮，便是答非所问，察觉出了他的异样。

"你到底是怎么了，难不成遇到了什么烦心事？每次见到你都像是三魂去了六魄，究竟是为何？"人们的好奇心终于没有放过他。

"别瞎猜乱想，我什么事都没有。"他仍不肯承认。

"什么事都没有？你呀，都瘦脱形了，亏你还不自觉。是为了一件值得的事，还是一个值得的人？为它，还是为她，你变成了这样？"

是为了值得的事或者值得的人吗？这便是春愁的根源，它已深植于心、枝繁叶茂，删之不能、除之不去。南朝文学家沈约与友人书，感叹自己"百日数旬，革带常应移孔；以手握臂，率计月小半分，以此推算，岂能支久"。孔位数移、衣带渐宽，对沈约而言，这是年老多病所致，而对《蝶恋花》中的伫倚危楼者来说，却是春愁所致。

这片春愁，是最深沉、最热烈的相思。不问值不值得，但知为伊之故、身心憔悴却决然无悔。

温庭筠的《南歌子》，写的是一个女子的相思：

倭堕低梳髻，连娟细扫眉。终日两相思。为君憔悴尽，百花时。

而赵令畤的《清平乐》，写的是一个男子的相思：

春风依旧，着意隋堤柳。搓得鹅儿黄欲就，天气清明时候。

去年紫陌青门，今宵雨魄云魂。断送一生憔悴，只消几个黄昏？

温、赵二人均已写透相思之苦，写尽相思之态。但他们二人，却未曾如柳永一样一语道破相思的真谛，这真谛便在于即使相思得不到任何回应，也勇于付出、不悔初心。

而这种勇往直前的精神、坚韧不拔的品性，正是王静安先生所极为称道的"三大境界"之一，是古今之成大事业、大学问者的必经之境。"衣带渐宽终不悔，为伊消得人憔悴。"以静安先生富于哲思的目光看来，柳永笔下的"伊人"可用来指代理想之境。若想成就理想，你要付出的可不只是三分钟的热度，而是一生的狂热、一生的耐心、一生的痴迷。持之以恒、锲而不舍，总有一天，你所追求的理想终将华枝春满，而你所眷恋的伊人亦会倾心相许。

引驾行

红尘紫陌，斜阳暮草，长安道，是离人。断魂处，迢迢匹马西征。新晴。韶光明媚，轻烟淡薄和气暖，望花村。路隐映，摇鞭时过长亭。愁生。伤凤城仙子，别来千里重行行。又记得、临歧泪眼，湿莲脸盈盈。

消凝。花朝月夕，最苦冷落银屏。想媚容、耿耿无眠，屈指已算回程。相萦。空万般思忆，争如归去睹倾城。向绣帏、深处并枕，说如此牵情。

刘禹锡写过一首诗，名字也许太长了一些——《元和十年自朗州至京戏赠看花诸君子》：

紫陌红尘拂面来，无人不道看花回。

玄都观里桃千树，尽是刘郎去后栽。

诗中的讽刺意味太明显了，这"戏赠"二字，未免令受赠者过于难堪。十年前，永贞革新失败，背负着"挟邪乱政"的罪名，监察御史刘禹锡被逐出长安，贬为朗州司马。十年以来，虽远在穷山恶水之间，他却无时无刻不牵念着京都与帝君。一朝召回，原以为会有一个全新的天地，会有一番全新的事业，但现实却和他开了个残酷的玩笑。京都仍是权贵们的天堂，社会风貌一切如故，"紫陌红尘拂面来"，既不见帝君励精图治，也不见弊政根除的迹象。唯一的变化是，"玄都观里桃千树"，权贵们又换了一茬。"长江后浪推前浪，前浪死在沙滩上。"刘禹锡感叹道：死在沙滩上的，是我这个不识时务的刘郎，而你们这些风光无限的后浪，你们这些媚态横生的桃花，都是趁着我离开之际而扶摇直上的吧？

因"诗语讥忿"，刘禹锡再次被逐出京都，这一次，他与紫陌红尘的长安分别了十四年。十四年后奉召还京，他又有了新发现。十四年前对他恨得牙痒痒的权贵们此时已销声匿迹了，而玄都观里的桃花千树已为满地的菜花取代。刘郎的尖刻与幽默感却一如从前，他又写了一首诗《再游玄都观》：

> 百亩庭中半是苔，桃花净尽菜花开。
>
> 种桃道士归何处，前度刘郎今又来。

一切都是浮云，刘郎笑到了最后。一个人能在紫陌红尘中不迷惘，坚守素心与本性，这是极大的考验。"莫见长安行乐处，空令岁月易蹉跎"，另一位唐代诗人李颀，在送别即将入京的朋友时，曾经语重心长地劝告。

但对年轻的柳永而言，刘禹锡对"紫陌红尘"的冷眼相看很难令他感同身受，李颀对友人的忠告也殊不可解。如果说刘禹锡与李颀是以过来人的清醒与戒备审视着帝都生活的反面，柳永却是以初恋者惊喜渴慕、毫不设防的目光探看着帝都生活的正面。年轻的柳永不需要故作高冷，不需要愤世嫉俗，自从走进帝都的第一天，他就有一种强烈的感觉，再没有一座城市能比这里更值得托付他的大好年华。他迫不及待地投入了新鲜奇异的生活，为那"三千珠履，十二金钗"的盛景丽致而心醉神迷。

美梦正酣，倘若有人大声地在你耳边喊叫起来"别做梦了，干正事去吧"，这是何等的扫兴？柳永写这首词时，大概就是出于这种扫兴的、极不情愿的心情。

"红尘紫陌，斜阳暮草，长安道，是离人。断魂处，迢迢匹马西征。"柳永以唐都长安借指北宋的都城汴京，他太留恋这座宜古宜今、既有悠久历史又富于时尚气息的皇城了。请到名都汴京来，四季风光皆可观。但柳永最爱的，却是汴京的清晨与春暮。其《满朝欢》云：

花隔铜壶，露晞金掌，都门十二清晓。帝里风光烂漫，偏爱春杪。烟轻昼永，引莺啭上林，鱼游灵沼。巷陌乍晴，香尘染惹，垂杨芳草。

时光的细沙顺着雕花漏斗滴落于铜壶，细沙滴尽，夜色也走到了尽头。立于承露盘上的仙人摊开金掌，掌上的玉露在第一缕阳光升起时神秘地消失了。十二座都门次第打开，发出庄重悦耳的声响。帝都的春暮，就像花中的荼蘼，味最醇，意最厚，情在惺忪醉梦中。怎能忘记那些日长烟轻的时光，莺啭上林苑，鱼游灵沼池。怎能忘记那些雨后新晴的巷陌，马踏飞尘落花香，垂杨芳草用它们最柔情的姿态、最美丽的颜色来取悦春天、挽留春华。

今天却是不同。同样是春暮，但今天将要送别的，却不是春天，而是自己。在离别之前，他忍不住又看了一眼他曾如此熟悉、如此热爱过的紫陌红尘。此时的紫陌红尘，是斜阳低徊、绿草萋萋。别了，那些怡情开颜的岁月；别了，那些光照都门的风华；别了，那些与我青春做伴的姑娘。你们是我一生的软肋、一生的牵绕、一生的眷恋。然而，离别的时候来到了。道不尽的珍重消失在马嘶风鸣中。一个人，一匹马，我踏着落霞、踏着芳草，离开你一路西行。

不知走了多远，也不知到了哪里。孤馆凉夜，无非风弦雨调，拨乱愁人心绪。但凉夜之后，却是好一个晴天丽日。轻烟舞动、繁花掩映，马蹄所过之处，眼前的一个个村庄都被春光装点得如梦如画。谁能想到，在这远离帝京的一隅，春光非但毫不逊色，且别有一番意趣。如果你也在这里，我将为你簪花整鬓，我将与你携手游赏。我忽然怀疑，令我难舍难分的，其实不是紫陌红尘，不是别的那些人、那些事，而仅仅是你。我所想的，只是和你在一起。只要和你在一起，何时不见韶光明媚，何处没有繁花相随？

可你不在。我一次次地挥鞭催马，借此摆脱春光的刺激与旅途的寂寥。一座座长亭被我抛到了身后，长亭里时有离人话别的场面。他们是不是也如我们一般？如我们一般即将被斜阳暮草隔断，如我们一般终将站在天涯的两岸？离语不堪听，离泪不忍看。挥鞭有何益？我无法挥别离愁，无法挥别那个时隐时现、妍若莲花的容颜，以及那双盈盈欲诉的泪眼。那是你的脸，那是你的眼。"吹箫引凤，只恐从今不可期矣！"泪眼迷离中，你在向我泣诉。

吹箫引凤，一个让人百听不厌的神话传说。秦穆公的爱女弄玉善吹笙，嫁给一位名叫萧史的年轻人，而萧史所长，乃在于吹箫。两人笙箫合鸣，引动凤凰来仪。秦穆公为此筑起凤台，供这对佳儿佳婿居住。数年后弄玉与萧史成仙得道，乘龙跨凤而去，帝京由此留下了"凤城"美名。当我遇到你时，是那样喜不自禁。时常以弄玉萧史比况于你我，以为你我之间的合契，不减神仙眷属。你是我的弄玉，我是你的萧史，但愿与你凤箫婉转、欢情永继。

神话毕竟不总是降临在人间。在神话中，弄玉萧史乘龙跨凤而去；而现实中的你我，却无此荣幸。你滞留京都、寸步难行，京都空负"凤城"之名，天空中却找不到一片凤凰的羽翼来助你脱离困境。而我呢，更是无龙可乘，被一些牵强可笑的理由所羁绊，不得不远离凤城，不得不与你分开。

临别之际，你曾在我耳畔低吟：

> 行行重行行，与君生别离。
>
> 相去万余里，各在天一涯。
>
> 道路阻且长，会面安可知。
>
> 胡马依北风，越鸟巢南枝。
>
> 相去日已远，衣带日已缓。
>
> 浮云蔽白日，游子不顾返。
>
> 思君令人老，岁月忽已晚。
>
> 弃捐勿复道，努力加餐饭。

一路上，我每念及此，总是神伤魂黯，不知身之所在。"行行重行行"，要知道，我每一次挥鞭疾驰都加大了你我之间的距离，而随着距离的加大，别离的时间也在不断地更新长度。最难过的就是那些花朝月夜，人家和和美美、欢天喜地，你却独对银屏、冷冷清清。听着窗下的双双笑语，你会不会又想起我来？但见你挑灯枯坐、玉容惨淡，敛眉屈指，像是在计算着什么。忽地灯花跃起、若翔若舞，你眸光闪亮，媚如芳春。是什么能让你破愁为笑、转忧为喜，如此迅捷、如此奇妙？再没有别的，再没有别的，从你敛眉屈指的神态中我已猜知你的心事，你必是已算出我归期临近，才会重展欢颜。

你待我情深如此，叫我如何不魂梦相萦、万般思忆呢？与你分别之后，我虽有许多打算，有的是自我的打算，有的却是人心世道逼我做出的打算。但哪一种打算能比踏上归程，早日与你相见更为必须、更加重要？"道路阻且长"，阻断我们的其实并不是马蹄急驱的道路，并不是一座座山、一重重水，以及那数不清的长亭短亭，而是世人的耳目、生活的磨难、道德的评判。

可我们为什么非得在乎那些呢？为什么定要让那些身外之物来干预我们的人生，来毁坏相知相守的幸福？"思君令人老，岁月忽已晚"，一个人若是过于瞻前顾后，不必等到岁月已晚就会永失所爱。人生最合理的打算是交给心灵来感知，交给心灵来决定。一万种现实的考虑都不如发自本性、出自本心的考虑。在这种考虑之下，我要做出的决定是，抛弃原定的所有想法，立即扔下眼前的一切，跨上那匹曾经将我带离你身边的骏马，向着京都一路飞奔，向着春光一路飞奔，向着那张妍如莲花的容颜与盈盈欲诉的泪眼飞奔……不如归去，不如归去，归去探访我的青春所在，归去继续我的倾城之恋。

在那个快乐得令人战栗、幸福得令人怀疑的时刻，我会向你供认我突然归来的秘密。那是一个简单的秘密，它唯一的动机就是：我想你，想你，再也忍受不了与你片刻的分离。而你，可会笑话我的任意妄为、不计后果？不会的，一定不会！你会含笑相迎、欣喜无比。今夜绣帏低垂、花好月圆，只愿与你娓娓昵语、并枕而眠。诉说在彼此分别的那段时间，心里那些千回百转的相思与柔情。

夜半乐

冻云黯淡天气，扁舟一叶，乘兴离江渚。渡万壑千岩，越溪深处。怒涛渐息，樵风乍起，更闻商旅相呼，片帆高举。泛画鹢、翩翩过南浦。

望中酒旆闪闪，一簇烟村，数行霜树。残日下，渔人鸣榔归去。败荷零落，衰杨掩映，岸边两两三三，浣纱游女。避行客、含羞笑相语。

到此因念，绣阁轻抛，浪萍难驻。叹后约丁宁竟何据。惨离怀，空恨岁晚归期阻。凝泪眼、杳杳神京路，断鸿声远长天暮。

《夜半乐》为唐教坊曲，柳永借此曲名另制新声。不同于常见的慢词结构，常见的慢词仅以上、下阕划分，而《夜半乐》却有上、中、下三阕。像这种"上、中、下"的结构，在柳永的《乐章集》中不为孤本。《乐章集》中最长的一首词乃是《戚氏·晚秋天》，共有两百一十二字，全词亦分为三段。

平心而论，在对慢词的贡献上，柳宋不但是北宋第一人，也是千古第一人。《乐章集》中的慢词较之小令，不但在数量上具有压倒性的优势，其质量也明显优于小令。这是因为，从唐五代以来至北宋初期，真正以词为业、以词为生的，唯柳永一人而已。柳永是为词而生的，也许更为准确的表述是，柳永是为慢词而生。慢词选择了柳永作为其代言人，是基于柳永不同于士大夫阶层的气质特性与功利追求。

北宋的建立结束了五代十国的动荡局面，城市的兴起是北宋区别于历朝历代的新气象、大手笔之一。在北宋之前，城市的住宅区与商业区是分开设立的，住宅区称为"坊"，商业区称为"市"。坊与市以高墙隔离，实行封闭式管理，且有宵禁之令，禁止人们夜间活动。即使是在唐都长安，像开元、天宝那样的盛世，人们也必须恪守宵禁，除非是遇到重大的节日，比如元宵节，"金吾不禁夜，玉漏莫相催"，是极为难得的万民狂欢之夜。

而北宋却打破了"坊"与"市"的界线，取消宵禁，设晓、夜二市，随时满足人们购物的需求，极大地刺激了消费增长，社会经济蒸蒸日上。北宋的商业区，除了形形色色的商铺、客栈之外，还出现了一个新型的休闲游乐场所"瓦肆"，其名取自"来时瓦合，去时瓦解"之意，是"率性而为"一词最好的注释。瓦肆中酒楼林立、茶馆遍布、"勾栏"映目，以栏杆、布幔分隔出场地，里面有歌舞、杂耍、说书等各项表演。瓦肆的出现对推动北宋文化娱乐方式向着多元化方向发展可谓功莫大焉。就期望观赏一场专业演出的人们来说，单听一首小令未免太不过瘾，既然有大把的休闲时间，就理当从容自在地享受慢词与慢生活。由于字数的限制，一首短曲很难在专业演出中给人留下深刻的印象，而演出者也会由于上场时间的限制，未能充分展示其表演功底与才华。正是在这种形势下，一直惨淡经营、为小令的光环所完全盖过的慢词终于找到了上升空间。

当晏殊、欧阳修诸公的小令在"五星"级的盛宴上受到小众追捧时，柳永的慢词早已传遍五湖四海，甚至泽及胡夷之地。柳永成就了慢词，慢词亦成就了柳永。当牙板响起、清歌曼调如流水月光般浸润着耳膜的那一刻，台下的柳永是否会像观众一样如痴似醉，浑然忘却了在仕途上的挫折与失意，忘却了被主流社会所轻视、所摒弃的种种无奈与辛酸？

商业演出并不是柳永创作慢词的唯一目的。柳永的慢词，有相当大的一部分是用于抒发羁旅情怀。而这首《夜半乐》就是柳永羁旅词中的"阳关三叠"，层层进透、曲尽其致。现在，且让我们从此词的上阕入手，进入《夜半乐》的意境。

阴云凝结、日色昏暗，柳永却忽发游兴，乘舟离岸。小舟渡过万壑千岩，直抵越溪深处。美与刺激并存，或许，这正是柳永所想尝试、所想体验的一次出游，欲借这样一次出游来消除现实生活中的千愁百虑。一路饱览险峻的风光，但真正的危险，却来自惊涛怒啸、船只颠荡，寒冷的江水扑上身来，直欲将人吞没之时。在那个可怕的时刻，脑子变得一片空白，眼前却是一片漆黑。然而，就在他以为一切都已结束的时候，却听到了同船人的欢呼。定睛一看，风暴已经消失，此际波平如镜、行船无恙，目光所到之处，尽是转危为安的笑颜。

而邻船上也是欢声动地，看来在那惊魂一刻，这片水域并不是只有柳永所乘的扁舟身罹险境。经验老到的船夫一脸云淡风轻，沧桑的眉目间不露些许后怕与怯意，像是在用沉默来证明自己的见多识广与镇定自若。走南闯北的商人则较为健谈，对适才的经历大发感慨。于庆幸之余，他们不禁要嗟叹经商的辛苦、出门的不易以及命运的不测、人世的坎坷。但不管怎么说，毫发无损终归令人心喜。就连周遭的怪壑巨岩，也不觉其险象丛生了。清风徐来，山巅隐隐有歌声在回旋。什么人会在那上面唱歌呢？除非是山上的樵夫，简单的歌调竟似天籁般悦耳。毕竟是劫后余生，听到任何音乐都有如仙音神曲一般。

上阕中写到风波忽起的情状，与范仲淹在《岳阳楼记》中的一段描述颇有神似之处：阴风怒号，浊浪排空；日星隐曜，山岳潜形；商旅不行，樯倾楫摧。范公的《岳阳楼记》作于庆历六年（1046），而柳永的这首《夜半乐》却不知作于何时。是范公的《岳阳楼记》在先，还是柳永的《夜半乐》在先呢？

柳永的生卒年虽至今成谜，但其出生之年，学界的推论似乎只倾向于984年、985年、987年这三种可能。即使以最后的那个数字，987年为基础计算，到1046年，柳永也应当年近六十岁了。而柳永登第是在1034年，其后入仕，于同年出任睦州（今杭州淳安）团练推官，第二年又赴余杭任县令。词中所写"渡万壑千岩，越溪深处"，与柳永的任职之地浙江杭州高度吻合，此词也许就作于柳永在睦州或余杭任职期间。以笔者之私见，如果此词的上阕与《岳阳楼记》确有联系的话，应当是此词在先，《岳阳楼记》在后，是范公读到这首《夜半乐》中写景状物之句时心有戚戚，才有了"阴风怒号，浊浪排空；日星隐曜，山岳潜形；商旅不行，樯倾楫摧"诸语。

风波与乌云线后，带给人们的是如释重负的喜悦。波光潋滟的水面上，一艘艘绘有鹢鸟的船只风帆高举。在古书中，"鹢"是一种似鹭的水鸟，古人喜欢将鹢鸟绘于船头，取其平安吉行之意。难道真是鹢鸟显灵了吗，行船至此一路顺风，翩翩然已过南岸。

上阕之后继以中阕。如果说上阕的主旋律是"大弦嘈嘈如急雨"，进入中阕后，却变为"小弦切切如私语"了。上阕写的是江上之景，词人置身其中。而中阕却写的是临岸之景，词人置身其外。他是这么写的：凝望南岸，岸上酒旗招展，寒烟勾勒出远村的轮廓，蒙着清霜的数行老树有着苍润的姿容。斜日西下，渔船就要靠岸了。渔人手持长木敲击船舷，难道想以击舷之声惊起跳鱼入网，好为他一天的收成增加最后一笔财富，或是在向家人传递自己已平安返回的信号？盛夏的荷花早已开过，只剩一池残枝败叶。而与荷花一样风华销尽的，是临岸枯条委地的杨柳。岸边三三两两的姑娘聚在一起浣洗衣裳，捣衣之声与击舷之音相应相和，似在合奏一曲归家乐。收拾起洗好的衣裳，姑娘们也到了离岸之时。一个个提桶携篮，笑如银铃，语若金莺。晚风吹偏了她们的螺髻，彩霞染红了她们的裙裾。岸边的行客，不知是被她们的活泼美丽所吸引，还是被她们鲜亮的服色扰得心神不定，有冒失者上前搭讪，也有人从旁打听，还有几个既大胆又羞怯的少年郎在不住地回头痴看。

"又是这个人，你说巧不巧，昨天也是这个时候。"

"是吗，我倒没有留意到。你说'又是'是什么意思，难道你认识他？"

"我哪认识他。问你呢，你想不想认识他？我看他对你，像是有些意思。"

"胡说，他对你才有意思呢！"

"谁有意思，谁没意思，你们说的是谁呀？是不是他？哟，站在那儿生了根似的，也不知到底是为了你们中的谁，真是好笑。"

"说不定这个'谁'就是你呢，还分什么你们、我们的，你也算是一个！"

浣纱女星眸烁动，相互试探、相互打趣。有人笑如弯月，有人羞容满面。越是这样，越是引起了行客的注意与好奇。更多的行客聚而观之，观之忘行。呀，这可怎生是好？就像下山饮水的麋鹿意识到潜在的危险，就连她们中最大方的姑娘也慌乱起来，大家不约而同地加快步履，侧身穿过那些低垂的杨枝柳叶，灵妙得如同一群借着藻类掩藏行踪的游鱼，趁着合围的目光编织成牢不可破的陷阱之前，终于成功地实现了各个击破、集体逃离。

中阕是一幅江南水乡风情图。由岸上的酒旗、霜烟中的村落、落日的余晖、渔人的鸣榔、荒芜的荷田、枯柳掩映的小径、浣纱女与行客之间的微妙互动婉转写来，将归家之喜织入萧索的景物，将朦胧的心事点缀在若明若暗之间。这与上阕相比，仿佛来到了另一个世界。

而正是这个充满了人世情味的世界，令词人从开始时的离心如箭变作了归心如箭，辞章也由此进入了下阕。

也许是因为猎猎的酒旗想起了很久以前自己曾饮下的那杯酒，彼时的心情温暖芬芳；也许是因为凄美的落日想起了远在天边的故乡，自己竟不能像渔人一样登上归航；也许是因为残荷枯柳想起了又一年的韶光轻负；也许是因为那许许多多的浣纱女中，有一个姑娘，她低眉而笑的神韵，和她像极了……不该呀，不该把韶光轻负，但最不该的，是负了她的锦心玉容，负了她的殷殷寄望，负了她的雁书千行。他这一生中最幸福、最满足的时光，其实早已锁入她的绣阁芳闺。自他离开她的那一刻起，所有的幸福便已离他而去。可叹从此之后，他就像是一叶浮萍，被风吹着，被雨打着，再也回不到最初的地方，再也不能兑现临别的许诺与约定。

就如立于小径的少年不住回望浣纱女的背影，此时的他，透过交互缠绕的柳丝间隙，似乎想要看清自己的平生行迹。可他的视线已被泪雨遮断，哪里还能望见那条曾经将他引向她、引向京都的如虹大道？鸿雁声声，啼乱了他的心绪。长天暮景，催老了山河岁月。似水流年，怆然一惊。一时间，他不胜悲恸，只因他已明了，无论曾经怎样深心互许，今生今世，他都不会收到她的只字片语了，她也亦然。当鸿雁最后的啼鸣消失在耳际，全词也进入到尾音，顺着他黯然的眼神坠落在寂寞的江心。

我读这首《夜半乐》时，总是将它视作《引驾行》的续篇。在《引驾行》中，柳永写道："伤凤城仙子，别来千里重行行。"而在《夜半乐》里，他又写道："凝泪眼、杳杳神京路。"其实像这种与京城、与京城恋人相关的词句还曾出现在他的《曲玉管》里："杳杳神京，盈盈仙子，别来锦字终难偶。断雁无凭，冉冉飞下汀洲。"可见柳永确系心有所思，且思入骨髓，否则不会一而再，再而三地诉诸笔墨。"相萦。空万般思忆，争如归去睹倾城。向绣帏、深处并枕，说如此牵情。"这是他在《引驾行》中的句子。看来，这只是他的一个拟想罢了，而这个拟想并未实现。原以为只是与她数月暂别，结果却是用了一生的时间，使他在每一个有生之日都在追忆、都在悔恨。

英国作家高尔斯华绥有篇小说名为《苹果树》，它讲述了一个有些平淡却极其哀婉动人的故事。年轻的大学生艾舍斯特在远离都市喧嚣的农庄，与乡间姑娘梅根一见倾心，因恋情受阻，二人决意私奔。但在私奔前夕，纠结于各类世俗的顾虑，更由于眼前出现的新机会，艾舍斯特终于不辞而别，离开了深爱他的姑娘。若干年后，早已定居都市、成家立业的艾舍斯特与妻子来到郊外共度银婚纪念日，发现那个地方竟然是他与梅根的邂逅之处。此时他才知道，在他离开后，梅根因心碎而自杀，她的遗愿是，将她埋葬在他俩初相识时的苹果树下，她要在那儿继续等他。在故事的结尾，艾舍斯特门当户对的妻子向他展示了一幅刚刚完成的乡村风景速写。

"画得对吗？"面对妻子的询问，艾舍斯特的感觉却是"似乎缺少了些什么"。缺了什么呢？对他而言，缺的是生活的另一面，浓烈馥郁、真实绽放的那一面。缺了什么呢？"哦，那苹果树，那歌唱，那黄金。"

古今中外，这样的故事几乎每天都在不同的地点以不同的方式重复着。我们时常因为各种不得已而忍痛割爱，也许不得已只是一个太软弱的理由，却让我们为之做出了违心的取舍。每个人都有他（她）所珍视的苹果树与歌唱，一旦将之遗弃，生命的活力便丧失了大半。就柳永而言，杳杳神京、盈盈仙子，那就是他心目中的苹果树与歌唱，是他黄金时代的见证。对于步入暮年仍宦游于外的他，京都与留在京都的恋人仍然闪耀着理想生活的光环，尽管这种光环就像回光返照的落日一样，只可凭吊，不会复升。

冷落清秋节，
杨柳歌残月

雨霖铃

寒蝉凄切，对长亭晚，骤雨初歇。都门帐饮无绪，留恋处，兰舟催发。执手相看泪眼，竟无语凝噎。念去去，千里烟波，暮霭沉沉楚天阔。

多情自古伤离别，更那堪冷落清秋节！今宵酒醒何处？杨柳岸，晓风残月。此去经年，应是良辰好景虚设。便纵有千种风情，更与何人说？

"行宫见月伤心色，夜雨闻铃肠断声"，这是《长恨歌》中的句子。安史之乱、鼙鼓惊梦，唐玄宗仓皇出逃，而在逃亡途中，将士哗变、六军不前，为息众怒，唐玄宗不仅听任将士杀死了误国奸臣杨国忠，且将杨国忠之妹——曾以"后宫第一人"的身份陪伴他达十二年之久的杨玉环赐死。事出无奈却是锥心之痛。"君王掩面救不得，回看血泪相和流。"唐玄宗一路上触景生情，不断想起杨贵妃，大好的月色也让他伤心难言，夜雨中的铃声更是令他肝肠寸断。相传这就是唐乐《雨霖铃》的由来，夜雨闻铃启发了唐玄宗的音乐天赋与才情。柳永是北宋人，与安史之乱大约相隔了两百余年，就这时间而言，说长不长，说短不短。我们可以据此推想，尽管唐玄宗的原作早已失传，但柳永创制《雨霖铃》时，或许还能根据同名唐乐或唐乐残调来谱写新词。

夜雨闻铃，会令人联想起什么呢？须知那雨可不是老杜笔下的"好雨知时节，当春乃发生"，而是绵绵无尽的大雨，如曹植如言"霖雨泥我涂，流潦浩纵横"。对于冒雨行进、孑然一身的行人而言，那一阵阵不断撕裂又不断缝合的凌乱雨声简直就是世上最悲凉、最不堪忍受的声音。而那声音中，细细听去，又有幽微的风铃，宛如那人的言笑、那人的佩环。可当你努力想要找到她时，却发现这永不可能了。你所能找到的，只是记忆中的温存，但你若是贪恋这点儿温存，就会像饮鸩止渴一般，最终失去了生活的方向与希望。这是唐乐《雨霖铃》中的离别，是唐玄宗与杨玉环的生离死别。而柳永的这首同名词牌，虽同为离别而作，这里却没有生离死别，而是一段经典永恒、充满中国古典气息的离别。

《雨霖铃》是柳永最负盛名的作品，不仅曾经，到今天也是。如果说今天的人们未必能背出一首柳永完整的词作，可只要一提及柳永这个名字，脑子里条件反射地就会出现七个字——杨柳岸，晓风残月。这几乎就像一句无人不晓的广告词，与柳永的形象融为一体。而产生出这种绝妙广告效应的，却是南宋俞文豹所撰写的一本书《吹剑录》。

书中有一段苏东坡与一名幕士的对谈。苏东坡问："我词何如柳七？"幕士答："柳郎中词，只合十七八女郎，执红牙板，歌'杨柳岸，晓风残月'；学士词须关西大汉，铜琵琶、铁绰板，歌'大江东去'。"东坡一听，开心得不行。想来东坡在世之日，民间仍流行着"凡有井水处，即能歌柳词"的说法。东坡知道自己的词作在世人心目中的地位，他单挑的对象就只能是柳七而不是别人。那位幕士也颇能迎合东坡的心思,将柳永的代表作《雨霖铃》与东坡最得意的作品《念奴娇·赤壁怀古》相提并论。看似相提并论,却是明扬暗贬。明扬的是东坡。你想啊,这"大江东去"得关西大汉配着铜琵琶、铁绰板来演唱,该多有气场。暗贬的却是柳永。尽管"杨柳岸,晓风残月"极尽缠绵之意,可其格局终是小了,演绎儿女之情是十七八岁小歌女的专长。

这名能说会道的幕士固然令东坡找回了心里的平衡,但从另一个侧面,也反映出了柳永在流行乐坛上的地位——柳永稳坐第一把交椅,连东坡都没得抢。虽说由于风格的限定,关西大汉难以对柳永的作品来电,可无论古代的流行乐坛还是当今的流行乐坛,占主导地位的不都是婉美软糯的抒情性音乐吗?如果在格莱美奖的领奖台上,清一色地站着踌躇满志的关西大汉,真不知道会不会给人一种异样之感?

即以东坡的扛鼎之作《念奴娇·赤壁怀古》来说,亦有受益于柳永处。且看"乱石穿空,惊涛拍岸,卷起千堆雪"一句,有没有"云树绕堤沙,怒涛卷霜雪,天堑无涯"的底影?东坡还有一首人气极旺的词,这首词,其实也不宜付与关西大汉,只须十七八岁的女郎以红牙檀口唱之,那就是《蝶恋花·春景》一篇。中有"墙里秋千墙外道。墙外行人,墙里佳人笑"一句,与柳永《凤栖梧》的"帘内清歌帘外宴。虽爱新声,不见如花面"相比,又是何其神似。东坡比柳永晚生约半个世纪,可见他也曾向这位词坛前辈取经。不但取经于彼,且将柳永视作实力强劲的对手。东坡所问"我词何如柳七",比起晏殊的"殊虽作曲子,不曾道'彩线慵掇伴伊坐'"可要礼貌多了。晏殊明显带有一种羞与柳永为伍的心态,而东坡关心的却是,我与柳永谁更厉害?

萝卜青菜,各有所爱。对于这个问题,关西大汉与十七八女郎的回答是截然不同的。以此问天下之人,那么答案也许就不止两种。因为对有的人来说,无论东坡也好,柳七也罢,都不是他们想要选择的萝卜青菜。也就是说，东坡与柳永都不合他们的口味。然而，若是这个问题摆在了笔者的面前，笔者会选谁呢？这个……似乎还真是陷我于两难之境矣。红牙板我所欲也，铜琵琶亦我所欲也。流行乐、交响乐，虽风格各异，在心灵的天平上却难分高低。对于东坡 VS 柳永的结果，我所做出的推测是——平局。

刚才说到东坡作为后起之秀，曾在前辈柳永的作品中汲取养分。而柳永也曾从他的前辈词人那里汲取养分。借鉴之功，真的不容小觑。在这首《雨霖铃》之前，五代词人徐昌图写过一首《临江仙》，其词如下：

饮散离亭西去，浮生常恨飘蓬。回头烟柳渐重重。淡云孤雁远，寒日暮天红。

今夜画船何处？潮平淮月朦胧。酒醒人静奈愁浓。残灯孤枕梦，轻浪五更风。

乍一看去，是不是觉得眼熟？而细加品味，则"饮散""离亭""烟柳""暮天"等语，与柳永《雨霖铃》中的意象无不交叠重合。尤其是"今夜画船何处""酒醒人静奈愁浓"二句，在《雨霖铃》中，不就浓缩成了"今宵酒醒何处"吗？徐昌图的原作虽说笔力亦不弱，却是匠人之笔，而非才人之笔，渲染画面中规中矩，惜无过人之处。但柳永这一翻唱，其中的格调意境就焕然一新了，精华毕现，令人称奇。借鉴是文学创作中的优良传统。若借鉴得好，不但"青出于蓝而胜于蓝"，且起到化死灰为锦绣的美化功能。我们今天，有川流山积的前人之作可资借鉴，却无法令中华诗词的辉煌在这个时代得以重现，这真是良可叹惋。难道诗词只是古人的荣耀专属吗？而现代人，间或还能背诗诵词以佐风雅之兴，可要他们即席而作、搦管操觚，却是彷徨无策、难以为继了。

哎，时代不同了，这个话题还是莫要深入吧。真要深入的话，岂止是诗词之道，就连一般的文字，不用与古时比，只以民国为对照，我们恐怕也是差之甚远、追之莫及。现代社会真的发生了太多的改变。当细嚼慢咽的阅读渐渐被快餐式的网读所取代，我们对文字之美的欣赏似乎是走上了一条下坡路，我们的文字水平也因此每况愈下。而要改变这种现状，我的建议是，养成良好的读书习性，与"周末瘫"一刀两断，带上一本纸质的书，而不是打开你的手机或电脑，来到户外，与大自然亲近，与花草鱼鸟互动，与天光水色为邻，用一颗纯粹的心，一颗静定的心来展开阅读，沉浸其中而不是浅尝辄止。我们的脸需要美颜，我们的心也需要美颜。如果说优质的护肤品能改善我们的颜值，那么优质的阅读则能提升我们的心值。就此打住吧，且让我们回到柳永的《雨霖铃》。

《雨霖铃》是这样开始的：京都郊外，长亭古道，刚刚下过一场雨，这是秋天的雨，正所谓一场秋雨一场凉。树上传来一阵凄切的蝉声，这是秋蝉在哀歌，难以抵挡的寒意已令秋蝉的歌喉大为减色，完全没有了夏日那股得意嘹亮的劲头。蝉之将死，其鸣也哀。秋蝉是以哀歌在向秋天求饶吗，想让生命尽量地延长。

亭边话别的那对情侣也像寒蝉似的哀怨满怀，也想尽量地延长那即将始于足下的漫漫行期。

"但愿这场秋雨永远下不完。这样的话，我也许就能留住你了。"她这样告诉他。

"是啊，我也这么想。或者，这也是一种天意。如果雨还继续下，我们不如回去吧。"他露出犹豫的神色，看了看雨，又看了看她。

"此话当真，我们这就回去？"她眼中闪过难以置信的惊喜，但这惊喜的光簇却很快暗了下去。又何必否认呢，他的为难、他的苦恼，让她短暂的惊喜只能是自欺欺人。她知道，这是不可能的事，行期不可更改。世上没有下不完的雨，长亭边的迎来送往从来都不会因为雨声、蝉声而中断。

"还是再等等看吧。就算你今天走不成，那么明天呢？罢了，这只是我的痴心梦想，多留你一天是一天，多留你一刻是一刻。但这对你又有什么好处？我不能让人说，是我误了你的前程。真要是毁了你的前程，我的罪过可就大了。"她苦涩地笑道。

"这是什么话？这不是在变相地骂我不成器吗？世人可以骂我不成器，你却不能。我们俩要好，又与世人有什么相干？各人自扫门前雪，莫管他人瓦上霜。我早就知道你离不开我，我呢，也是一万个的不舍得。回去就回去，今天不走了，明天也不走，我说到做到。"他赌气道。

"柳郎且勿这般。"她反倒劝起他来，"长痛不如短痛，你……你还是就此走吧！其实你走了，我纵然这一时半会儿有些难受，终归是欢喜的。我不是个糊涂人，也不愿你净说这种糊涂话。你与其沉沦此间志气难伸，倒不如走得远远的。麒麟岂是池中物？以你的才华，必会大放异彩，必有一番作为。那时即使你我已相见无缘，即使你已将我忘怀，这对我而言，也是最好的一种结果。不枉你我相识一场，能看到你有所成就，哪怕是在天涯的另一头得到你的消息，对我来说，也于心足矣！柳郎，请再饮一杯。"

临时搭起的帷帐中，依然张罗了一桌丰盛的别筵。

"有劳费心。"他目不转睛地望着那双为他提壶斟酒的皓腕素手，不由得怔怔地说了一句莫名其妙的客气话。

"你在外面要多加小心，这天寒日短了，衣裳饮食定要留意。至于这酒，今后可要少饮。"递杯之际，她却按住了他的手。十指交扣，恋恋不已。

"知道呢，就你啰唆。"他抬起手来，食指与中指从她的螺黛山眉间轻轻滑过。说什么前程？他宁愿自己的前程只是徜徉于那双螺黛山眉之间，除此之外，寸心不往。

雨，终于还是停住了。醉不成欢惨将别，她陪他走向江岸。船夫已在那里招呼行客，她与他，自是姗姗来迟。

"哎，这位公子与娘子，你们这是谁送谁啊？如果话说够了，这就开船啦！"船夫搔了搔首道，"要不，先把行李送上来……是公子的行李还是娘子的行李？"

挑夫依言登船置放行李，口中却道："大哥你好没眼色，自然是公子的行李。哪有小娘子孤身上路的道理？"

船夫又道："娘子且请宽心，吉人天佑，公子这一去啊，定当一帆风顺的。行程本来就是满打满算的，偏生又被这雨扰了一场。时候不早了，又不能让一船的人干等着公子。"

"你……你还是走吧。"她幽幽地叹了口气，眼圈已是红透。

"你要等我的消息。我明白你的难处……如果不能等，我也不会怪你。无论如何，只要你好好的，我也就安心了。"他的眼中，也有泪意涌动。

"走吧，别让人看笑话。"她狠下心来推了他一把，他却将她拉得更紧了。

"哟，这是怎么着？娘子你口口声声地催公子走，却只管拉着他的手不放。你让公子怎么走得成啊？"船上有人起哄道。

"不是娘子拉着公子的手不放，是公子拉着娘子的手不放。看这两个人难分难舍的，莫不是新婚夫妇？新婚之别，少不得要多说几句体己话。就别太计较啦，都是出门人，也体谅一下人家。"又有人不无同情地劝止道。

他的手、她的手，不约而同地还是从对方的掌心里抽离了出来。泪眼相望，彼此仍翕动着嘴唇，却是只闻哭声，再也说不出一句完整的话。

拖着似已失去知觉的脚步，他神思恍惚地登上了船头。这是一只制作精良的船，是诗人眼中的兰舟，却不为离人所喜。一支长篙点开了水面，兰舟似脱缰之马离岸而去。兰舟何太急，去去伤客心。再三回首中，岸不见了，她也不见了，宛如春梦不留痕迹。转身向前，前面却是千里烟波，浩浩荡荡，漫无际涯。他要去的地方在楚地，一个多么遥远而又陌生的地方。暮霭沉沉，楚天空阔，而他匆匆奔赴的未来，就像这江上的寒烟、沉沉的暮霭、空阔的长天一样，看不到一丝亮色。楚地，那是三闾大夫屈原的殒身之所。"袅袅兮秋风，洞庭波兮木叶下。"思及屈原的一生，怀芳抱洁却含冤自沉，怎能不令人潸然泪下？

他的眼前，浮现出了一组画面，那是屈原在《涉江》中的行吟画面："乘鄂渚而反顾兮，欸秋冬之绪风。步余马兮山皋，邸余车兮方林。乘舲船余上沅兮，齐吴榜以击汰。船容与而不进兮，淹回水而凝滞。朝发枉渚兮，夕宿辰阳。苟余心之端直兮，虽僻远其何伤？"

但他却不是被贬的逐客，他之所伤，不是因为忠言直行反遭摈弃流离，而是更近于南朝文士江淹所言："黯然销魂者，唯别而已矣。"在江郎笔下，春日之别，是那"春草碧色，春水渌波，送君南浦，伤如之何"；秋日之别，则是"秋露如珠，秋月如圭，明月白露，光阴往来，与子之别，思心徘徊"。春日之别与秋日之别堪称势均力敌。世间的离别，无论在什么季节、以何种方式、发生在何等人的身上，无不令人"意夺神骇，心折骨惊"。

而柳永却说："多情自古伤离别，更那堪冷落清秋节！"在柳郎看来，秋日之别方是离情的极致。与其他季节相比，清秋最冷落、最萧索，而这个季节的人心，最是脆弱多愁。如果在这个季节与自己所喜爱、所依恋的人分开，他（她）所感到的孤寂比起"千山鸟飞绝，万径人踪灭"其实更为深邃。因为真要到了冰天雪地的寒冬，久已习惯失望，人心就会变得无欲无求、波澜不起，曾经伤筋动骨的痛苦也已结疤，也已麻木。而春夏之季，离别之后，人们还可以借助路途的良辰美景来缓解离愁，纵然心绪不佳，一路所见的蓬勃景象至少会给人以希望。只有这清秋的离别，不仅要忍受风物的凄楚，且要承担内心的巨大失落。既看不到希望的所在，又不甘就此绝望。张恨水的小说《金粉世家》，里面女主角的名字便叫作冷清秋。人如其名，"冷清秋"三字，不正出自"更那堪冷落清秋节"嘛！清秋清秋，秋之奈人何？清秋清秋，人之奈秋何？

屈原道："日月忽其不淹兮，春与秋其代序。惟草木之零落兮，恐美人之迟暮。"而屈原的学生宋玉则说："悲哉秋之为气也！萧瑟兮草木摇落而变衰。憭栗兮若在远行；登山临水兮送将归。"宋玉开启了中国文人的悲秋模式，没有哪个季节能比清秋更易勾动文人的离思。"说是寂寞的秋的清愁，说是辽远的海的相思。"而柳永的许多词、许多离思，都把背景设定在清秋。

如《玉蝴蝶》中的：

望处雨收云断，凭阑悄悄，目送秋光。晚景萧疏，堪动宋玉悲凉。水风轻、蘋花渐老，月露冷、梧叶飘黄。遣情伤。故人何在，烟水茫茫。

又如《戚氏》中的：

晚秋天，一霎微雨洒庭轩。槛菊萧疏，井梧零乱，惹残烟。凄然，望江关，飞云黯淡夕阳间。当时宋玉悲感，向此临水与登山。

再如《曲玉管》中的：

陇首云飞，江边日晚，烟波满目凭阑久。一望关河萧索，千里清秋，忍凝眸？

忒煞愁浓，无可消解，唯有图得一醉，以求片时的忘怀。在大醉之前，他的眼前耳际，仍萦绕着她在临别时的款款细语"酒，今后可要少饮"。他闭上了眼睛，两行热泪倏然滑落。失去了她的照拂、她的问候，这今后的日子，该是怎样的索然无味呵！而当一梦醒来、酒意全消之时，这只船会把他载往何处呢？也许船已靠岸，但此岸非彼岸。岸上不会再有那个与他依依话别之人，迎接他的，是那低舞的杨柳、朦胧的残月，以及千里烟波般冷然生寒的晓风。而她，却真的隔在天涯的另一头了。

她曾问过他，这一去，要到何时才能重聚？

这是个他无法回答的问题。身不由己，人生，从来都没有定数。无法回答，但却不能回避。"长则一年，也许……会更长。"在她清澈的目光中，他终究决定以直言相告。

"更长？更长是多长呢？三年五载？十年？还是一辈子？"她叹息着，目光有些黯淡了。

是啊，更长是多长，他也想知道，却又害怕知道。人的一生，比起餐风饮露、抱树而吟的蝉的一生，似乎也未见得会得到太多。但人的一生，却肯定要比夏生秋死的寒蝉失去得更多。人的痛苦，也要远深于蝉的痛苦。人生几何，能有幸领略良辰，消受美景。纵有良辰美景，倘若不能与所爱者共同流连，这良辰美景也就成了个有名无实的摆设。对于天涯相望的他与她，所有的良辰美景却抵不过见面时的一席倾诉。

满腔心事，付与何人？千种风情，说与何人？一曲《雨霖铃》，万古相思意。词中的悲凄、词中的无奈、词中的眷恋，胜于一千个掷地有声的山盟海誓。唯其无法承诺、命运难期，才越发地执于情、专于心。比如临海的山崖，在风晴日丽时只是一座与任何地点的山崖十分相似的山崖，安然伫立，无甚特别之处；但当风起云涌、波掀浪卷之时，临海的山崖受到猛烈的冲击，反倒有了一种动魄惊心之美，使它与别处的山崖区分开来。同样的，正是由于有了泪眼相看、无语凝噎的一幕，有了兰舟飘荡、醉酒伤秋的感怀，有了晓风残月、柳岸独上的经历，使得他与她的情感与世上无数个他与她的情感区分开来。

在天的另一头、海的另一方，如果她能听到这曲为她而作的《雨霖铃》，那么，他又怎会听不到她的心声，听不到她的吟唱呢？似见她启绛唇，似见她展珠袖，欲近还远，似远又近。凝思一晌，挥笔成章，继《雨霖铃》之后，他又为她写下了一首《倾杯乐》：

皓月初圆，暮云飘散，分明夜色如晴昼。渐消尽、醺醺残酒。危阁迥、凉生襟袖。追旧事、一晌凭阑久。如何媚容艳态，抵死孤欢偶。朝思暮想，自家空恁添清瘦。

算到头、谁与伸剖。向道我别来，为伊牵系，度岁经年，偷眼觑、也不忍觑花柳。可惜恁、好景良宵，未曾略展双眉暂开口。问甚时与你，深怜痛惜还依旧。

八声甘州

对潇潇暮雨洒江天，一番洗清秋。渐霜风凄紧，关河冷落，残照当楼。是处红衰翠减，苒苒物华休。惟有长江水，无语东流。

不忍登高临远，望故乡渺邈，归思难收。叹年来踪迹，何事苦淹留。想佳人妆楼颙望，误几回、天际识归舟。争知我，倚阑干处，正恁凝愁！

甘州，即今甘肃省张掖市。张骞出使西域，开通丝绸之路，西汉朝廷取"张国臂掖，以通西域"之意，置张掖郡。南北朝时期，北魏因张掖位在凉州之西，将其改称为"西凉州"。北魏分裂为东魏、西魏后，西魏以西凉州盛产甘泉，遂将西凉州改称"甘州"。至唐代，教坊大曲中有《甘州》曲目。唐曲《甘州》，应当是那种富于西域风情的乐曲。元稹曾有《琵琶》一诗：

学语胡儿撼玉玲，甘州破里最星星。

使君自恨常多事，不得工夫夜夜听。

　　元稹堪称是个"甘州控"，与"柘枝癫"寇准有的一比。"甘州"一词，不仅让人如闻胡儿之语，还会让人想起边城古道、黄沙驼铃。对于"万里赴戎机"的将士来说，那是十足的异乡之音，最易引发对故土亲人的思忆。但唐曲《甘州》理当是欢乐而又豪放，这才是西域音乐的特色。对于身处西域之人来说，这里就是他们的故土，耳闻目睹，无不如甘泉一般鲜活可喜。

　　柳永此词因改自唐曲《甘州》，且用了八韵，就唤作《八声甘州》，以此区别于唐曲。我们来看它的起句——对潇潇暮雨洒江天，一番洗清秋。

　　一场暮雨，潇潇而下。江天之间，洗尽喧嚣繁华。雨后的江天明净澄澈，好一派清秋的景致，但这景致却是不耐细看。清秋之清，沁人肌骨；清秋之清，感人意绪。

　　"渐霜风凄紧，关河冷落，残照当楼。"这一句，堪称《八声甘州》的"词魂"。就连东坡当年读到此处，都佩服得不行。"我词何如柳七？"与柳七一决雌雄之心早已"溜之大吉"，取而代之的，是公然对柳永大开赞口："人皆言柳耆卿曲俗，然如'渐霜风凄紧，关河冷落，残照当楼'，唐人高处，不过如此。"唐人高处，指的是唐诗中精彩绝伦之处。看来宋人也与我们一样，将"咳唾落九天，随风生珠玉"的唐人视作诗歌中的天王巨星。而唐人高处，意即天王巨星的巅峰之作。东坡此话，可是过誉之辞吗？

　　毫不过誉，恰如其分。"渐霜风凄紧，关河冷落，残照当楼"，这乃一流词家的凝练功夫。魏文帝《燕歌行》云："秋风萧瑟天气凉，草木摇落露为霜。"到了霜风凛冽之季，这秋天，就不再是玉簟新凉的初秋，也不再是桂华皎洁的中秋，而是步入深秋了。一个"渐"字，步步紧逼，霜风之疾言厉色、不肯通融，尽被"凄紧"一词涵盖。

关河，是河流山川以及关隘之地的总称。杜甫有诗云："草木岁月晚，关河霜雪清。"陶渊明则说："岂忘游心目，关河不可逾。""关河"一词，最是给人以寥廓邈远之感。大江上下、群山关塞，于暮雨之后备显萧条冷落。而偏于此时，一轮落日竟放出晴光。"天意怜幽草，人间重晚晴。"李商隐对于晚晴是格外喜爱的，他还有一句引用率极高的诗"夕阳无限好，只是近黄昏"。

但柳永却不是这样。与李商隐的"爱黄昏"相比，柳永可谓是"怕黄昏"的典型。比如这里的"残照当楼"，又如《卜算子慢》中的"楚客登临，正是暮秋天气，引疏砧，断续残阳里"。柳永笔下的黄昏以其萧飒、悲凉的色调而见称。至"残照当楼"，我们方才明白，原来，之所以能够体会霜风凄紧，之所以能够瞰视关河冷落，是因为柳永登楼临眺、居高望远。然落日放晴，不但未能驱散他心中的凄迷，反倒加重了凄迷。"当楼"一词中的"当"字，精辟之至。前面言"关河冷落"，是以开阔的视野；后面"残照当楼"，则是敛聚的手法。

静安先生《人间词话》云："诗人对宇宙人生，须入乎其内，又须出乎其外。入乎其内，故能写之；出乎其外，故能观之。入乎其内，故有生气；出乎其外，故有高致。"这"关河冷落"便是出乎其外，而"残照当楼"则是入乎其内。关河冷落易写，而残照当楼殊不易得。即以这首《八声甘州》而言，残照当楼似较关河冷落更有高致。将普天之下的落日之光集为一个聚光灯，全神贯注地打在词人所在的那座楼上。残照之下，词人除了看到关河冷落，他的眼中，还有什么发现呢？

目光所过之处，无一不是红芳衰飒、翠色飘零。秋日的一花一木，最禁不得风吹雨打。适才的一番暮雨，不知又夺去了多少佳花秀木的生机与活力。但秋雨就如霜风一样，步步紧逼，相煎何急。世间物华谁能抗拒盛极而衰的命运，谁曾见过落日之后会继之以紫气东来，谁曾见过深秋之时能够复兴群芳烂漫的花季？因此每到深秋，人们总是会惊叹于生命之匆促；每到深秋，人们才会突然发现生命中已错失了太多……想要挽回，想要更正，却已来不及了。自清秋开始，人就在不断地失去，直到生命的冬天将一切席卷而空。

"逝者如斯夫！"当孔子注视着足下的流水，不得不感慨于时光的飞逝。柳永亦有同感。楼下长江浩渺，无语东去，江水无情，人呢，能否做到如江水一样无动于衷？

《八声甘州》由此进入下阕。如果说上阕专注于写景，那么下阕则专注于抒情。于深秋之时登高望远，眼中的种种光景都在告诉自己，你早已不再年轻了，人生留给你的，更多的是频频回首而不是继续前行。"日暮乡关何处是？烟波江上使人愁。"登斯楼也，能目穷千里、一览关河；登斯楼也，却不能望到故乡之所在，惹得思乡之情欲罢不能、一发难收。《燕歌行》中还说："群燕辞归鹄南翔，念君客游思断肠。慊慊思归恋故乡，君何淹留寄他方？"深秋，是一个催人归家的季节。然而，"君何淹留寄他方"，连大雁尚且遵守逢秋南飞的规律，为什么有的人却久滞异乡呢？究竟是什么事、什么人，在阻止你收拾行囊？这些年来，你在为何事、何人而奔波不息？在远离故乡的那些日子，你过得是否称心如意？

想起故乡，心中不能没有愧疚。不但愧对故乡，更令他不能释怀的，是愧对了那位远在故乡的佳人。柳永词中，对女性素来不吝褒奖之词。佳人、佳丽之称，比比皆是。但此处的佳人，应当不同于其在风月场合结识的佳人。此处的佳人，既不是《玉女摇仙佩》中"取次梳妆，寻常言语，有得几多姝丽"的佳人，也不是《尾犯》中"记得当初，翦香云为约"的佳人，更不是《鹊桥仙》中"当媚景，算密意幽欢，尽成轻负"的佳人，亦不是《凤归云》中"尽天外行云，掌上飞燕"的佳人。她应当是柳永之妻，深闺寂寂，最大的精神寄托便是对于夫妻之间幸福往事的追忆以及对于丈夫还家之日的期待。在世人看来，不能将丈夫留在身边，如果这不能算作她的过失的话，也该算作极大的不幸。而她不时还会听到丈夫在九陌红尘的种种韵事，纵然这动摇不了她正妻的身份。但她一心所求的，并不是守着这个有名无实的身份寂寞终老，而是与他相敬相爱、执手相依……

不管旁人是讥笑还是怜悯，她对他，始终是相待如初。不能说，在漫长的等待中，她对他未曾有过怨怼。然而就她所生活的时代，以她所受到的教育，等待难道不是一个女子一生中最重要的事情吗？在她的心目中，他永远都是新婚时那个语笑春温的少年。无论他走到哪里，无论他得志还是落魄，她从未停止过对他的关注与爱恋。每天清晨，她都会用心梳妆，站在楼头凝望那些宛若从天边飘来的归舟，暗暗祈盼有一只是属于她的丈夫。从晓日初升直至落霞成绮，从春到夏，从夏到秋，此时此刻，她所凝望之处怕也是霜风凄紧、残照当楼吧？千帆过尽，有过多少的误认与失望，但在失望之后，却是永不言弃的等待。

结句"争知我，倚阑干处，正恁凝愁"，对于"误几回、天际识归舟"的闺人来说，也算得是一种既凄凉又真诚的回报了。只可惜，云山难度、江水隔断。这种两相思而两不知的情状，与徐志摩的诗《海边的梦》倒是颇有异曲同工之妙：

夕阳已在沉沉的淡化，

这黄昏的美，

有谁能描画？

莽莽的天涯，

哪里是我的家，

哪里是我的家？

爱人呀，我这般的想着你，

你那里可也有丝毫的牵挂？

是白衣卿相，换浅斟低唱

鹤冲天

黄金榜上，偶失龙头望。明代暂遗贤，如何向。未遂风云便，争不恣狂荡。何须论得丧？才子词人，自是白衣卿相。

烟花巷陌，依约丹青屏障。幸有意中人，堪寻访。且恁偎红倚翠，风流事，平生畅。青春都一饷。忍把浮名，换了浅斟低唱！

本篇文字，若是换用一个吸引眼球的标题，不如题作"落第才子与大宋天子之间不得不说的故事"。倘若"落第才子"仍不够醒目，也许还可以在"故事"之后加上一个意味深长的破折号，则题目又变成了：落第才子与大宋天子之间不得不说的故事——当柳永名叫柳三变的时候或奉旨填词柳三变自述。

但这样一来，题目会不会太长了？确实达到醒目的效果了，裹脚布又何尝不醒目呢，却没有人愿意再看第二眼。罢了，让我们不再纠结于题目，勉强维持现状吧。"是白衣卿相，换浅斟低唱"，这还真是柳大才子的一篇自述。

178

柳永排行第七，原名三变，他有两个哥哥，一名三复，一名三接（柳永之父柳宜对这个"三"字还真是情有独钟呵，儿子们见人有份，都放在了名字里头）。三复、三接、三变，柳氏三兄弟皆有文才，被时人号作"柳氏三绝"。呀，又是一个"三"字，当柳宜看到这个誉称时，一定会笑在眉头、喜在心头吧。

有道是"十年寒窗无人问，一举成名天下知"。在高鹗续写的《红楼梦》中，贾宝玉参加乡试后便从人间蒸发了，可把一家老小急坏了。后来得知宝玉高中第七名举人，宝玉的贴身小厮茗烟就此断言："一举成名天下闻。如今二爷走到哪里，哪里就知道的。谁敢不送来？"众人一听，觉得很有道理。举人是乡试的胜出者。只有取得了举人的资格，才有参加会试的资格。会试胜出后还得通过由皇帝主持的殿试，赢得进士之称，号作"天子门生"，那才是迈入了平步青云的精英圈。一举成名自然不如一进成名，进士比举人可要高贵多了、威风多了。混得不好的举人，是没有仕进希望的。而进士则不同，天子门生焉能不受到天子的重点栽培与照顾？

柳永当然是有过中举经历的，具体是在哪一年，就不得而知了。但作为举人的柳永，是极为有异于众的。据宋代叶梦得《避暑录话》记载："柳永为举子时，多游狭邪，善为歌辞。教坊乐工每得新腔，必使永为辞，始行于世，于是声传一时。""多游狭邪"，是说这个举子专爱光顾花街柳巷。中了举，不是一心一意地准备会试，而是与歌女乐工打成一片，可知这个举子混得真不怎么样。如此作为，不怕毁了自己的形象吗？他这举人资格到底是怎么回事，蒙来的还是作弊得来的呀？

柳永想向世人证明，他的举人资格是靠实战得来的，毫无弄虚作假的成分。他更加急于证明的是，一心两用对他来说绝非难事，他既可以胜任词坛的王侯，也可以成为科场的学霸。是啊，能不急吗？柳氏家族中，父亲柳宜是进士出身，三复、三接两位兄长也先后中了进士。看来柳家人个个都是考试的好手，无不将进士视为囊中之物。再不奋起直追，不是太没面子了吗？知耻而后勇，柳永再接再厉，屡次征战科场。结果呢，却是屡战屡败，一次次地乘兴而去，一次次地铩羽而归。按说到了这个时候，一般人所要怀疑的，首先就会是自身的实力。可柳永就是柳永，他不是一般人啊！欲要采访柳永落第后的心得体会，且听《鹤冲天》为你道来。

中国有句古话叫"久旱逢甘霖，他乡遇故知，洞房花烛夜，金榜题名时"，此为人生四大喜事。金榜题名虽居于四喜之末，但较之前面三喜，却最是难能可贵。金榜，亦称黄榜，是以黄纸书写的新科进士名录的官方布告。当自己的名字赫然显耀于金榜之上，对于中国古代的读书人来说，真可谓"唯此一刻，一生何求"。"玉殿传金榜，君恩赐状头。英雄三百辈，附我步瀛洲。"金榜的第一名，即为状元，又称状头。考生看榜，通常来说是从上往下看，一个不漏地仔细查找。但那些缺乏自信的考生，估计会反其道而行之，从下往上看。因为越是往上，越觉得自己没戏，倒不如从尾巴看起，靠后一些也不要紧，只要榜上有名，就算大功告成了。柳永看榜，却与众人不同。柳永的第一眼，是冲着那头一名的位置；第二眼，仍是冲着头一名的位置；至于这第三眼嘛，也是一样。

"柳兄，今年考得怎样，可中了不曾？"看榜的士子中，有人认出了他来。

"你呢，中了吗？"柳永问道。

那人赧颜道："可惜啊，全盘败北。想来是我才疏学浅，就连叨陪末座亦不可得。"

"叨陪末座？要那位置何用？"柳永笑了一声，殊为不屑。

"这么说，柳兄此次是高中了。但不知高中第几名？"那人登时肃然起敬。

"不幸之至，并不曾中。对我来说，只要不是状元，其余的排序又有何意义？"柳永言罢转身即去。

围观的士子听闻此语，竟将看榜的正事抛到了一边。有人问道："适才是谁大言不惭？如此狂生，天下少见。"

"也许人家确有傲视群侪的资本。若真是状元之选，何愁没有东山再起之时？"

"他呀，不过是发一句牢骚而已。"最初与柳永交谈的那人又开口道，"各位有所不知，适才说话的，就是那个专爱填词度曲的柳三变。这个人啊，名头是大大的有，传唱大江南北的'露花倒影'与'晓风残月'便是出于此人之手。可要说到状元之选，则非其所宜了。众所周知，作诗填词与考进士是两码事。李白、杜甫一为'诗仙'，一为'诗圣'，他们二人不也没能挣得一个进士出身？这柳三变啊，年纪也是老大不小了，词场得意，科场失意。我瞧他神色不对。这一科啊，休说什么状元，多半也是如我一般，又名落孙山矣！不信咱就从头看起，仔细找找有无'柳三变'三字。"

众人果然依其所言，且不急于查找自己的名字，反倒一团热心地在金榜上搜寻起了"柳三变"三字来。

难道柳永的眼睛，真的没有读遍金榜吗？他真的只盯着第一的位置，就像奥运会上的冲金赛手，对银牌、铜牌侧目而视？"偶失龙头望。"柳永冲着龙头之座而来，却是再度名落孙山，这就好比一个冲金选手不仅没能摘得桂冠，银牌、铜牌也未曾到手，他的比赛成绩根本就没有名次，这样的结果当然糟透了。柳永的心里能不失衡吗？

《尚书》有言，野无遗贤，万邦咸宁。意谓人才尽得其用，国家就会一统太平。天宝六年（747），唐玄宗诏求凡有一技之长的士人到长安应试备选，但复试的结果竟然是，无一人入选，"诗圣"杜甫也在落选之列。唐玄宗正纳闷儿不已，奸相李林甫的贺表却紧跟着呈上来了。贺表所引用的，正是《尚书》中的"野无遗贤"四个字。这等于在说，咱大唐王朝早已将天下人才收为己用，不怪这些人考不及格，因为这些人都是欺世盗名的骗子。皇上您所寻找的人才不就在您身边吗？除此之外，哪还有什么人才？

一看可知，这是糊弄人的鬼话。可一代明君唐玄宗还真被糊弄过去了，对李林甫的"野无遗贤"之说满意之至。这样的事，在唐代发生过，在其他朝代难道就不曾发生过吗？到了宋代，尽管沿用了前代的科举制度，且在沿用之时，又有创新。废除了公荐制，不再听信名人权贵的推荐；实施糊名制，将考生的姓名、籍贯及初试所得等次等内容用纸糊封盖，待到评卷完成后，才拆封公布姓名。可以说，比起前代，宋代的科举考试更为公平、公正。但考试的是人，评卷的也是人，文章的优劣、思想见解的高低，在我考尔评的世界里，真能做到绝对的公平、公正吗？

就柳永的感觉来说，这极不公平、极不公正。他一向自负其才，奈何就是入不了考官的法眼。难道考官们都如李林甫一样不学无术？别看李林甫用"野无遗贤"蒙过了唐玄宗，其实这家伙的肚子里根本就没有多少墨水。相传他给一个喜得贵子的亲戚写信道贺，竟将"弄璋之喜"写成了"弄麞之喜"。"麞"同"獐"，李林甫的道贺令人哭笑不得，自此得到了一个别号"弄獐宰相"。既有"弄獐宰相"，岂无"弄獐考官"？不怕货比货，就怕不识货。生于清明盛世，圣君求贤若渴，本想着借此良机一展风虎云龙的豪情壮志，谁知"东风不与周郎便"，又一次遇上了拿着红木当柴烧的考官，也只有自认倒霉了。不如刻就一颗"明代暂遗贤"的印章随身带着，聊以自慰。

话虽如此，柳永那高傲敏感的自尊心还是伤不起啊！如何来排遣这失意的情绪呢？唯有狂荡，不如狂荡！说什么成败得失，谁稀罕这蝇头功名？他有《西江月》一词为证：

腹内胎生异锦，笔端舌喷长江。纵教匹绢字难偿，不屑与人称量。
我不求人富贵，人须求我文章。风流才子占词场，真是白衣卿相。

试问白衣卿相与弄獐宰相，谁为瑰宝，谁为渣男？谁个人见人爱，谁个人见人弃？

要人见人爱其实绝无可能。所谓物以类聚、人以群分，被科场报以白眼的考生，难道就没有恰称怀抱、合于意愿的去处？而柳永的去处，则在于烟花巷陌。在那一座座妙笔绘成的屏风之后，有着一个个丽质天成、慧心解语的佳人，"不愿千黄金，愿得柳七心"，她们愿为柳七付出一切，而柳七也只愿与她们相濡以沫。天知道他为何要去博取功名，这不仅是为了他自己，不仅是为了他的家族，这里面，也寄放着他对她们的承诺。

"对天颜咫尺，定然魁甲登高第。待恁时、等着回来贺喜。好生地，剩与我儿利市。"他想象着一战而魁、穿戴状元的冠服出现在她眼前，听人们叫她一声"状元娘子"，为她带来前所未有的骄傲。花街柳巷，竟然能走出一个状元娘子，哪怕这个状元娘子只是一个妾室，已足以令青楼成为众目供奉的圣地，则千百年来加于风尘中人的诟辱，可以浣洗一清矣。

"但愿我、虫虫心下，把人看待，长似初相识。况渐逢春色。便是有、举场消息。待这回、好好怜伊，更不轻离拆。"退一步来说，即使中不了状元，榜单上有我也就认了。柳永是个聪明变通的人，不一定是要和"龙头"死磕的。说"偶失龙头望"，当然是句气话。其实柳永所求不高，也与别的考生一样，只要给他一个名次，就算实现了登第的初始目标。他相信，他与虫虫就能过上夫唱妇随的好日子了。

为了实现这一目标，他可没少吃苦。甚至为此冷落了佳人，在异乡孤馆刻苦攻读，几次三番欲要不管不顾地赶回去与她相聚。在这期间，他有过多少的动摇与抗拒啊！"念浮生、不满百。虽照人轩冕，润屋珠金，于身何益。一种劳心力。图利禄，殆非长策。除是恁、点检笙歌，访寻罗绮消得。"人生中若是缺少了笙歌与佳人，可真是富贵如土、荣禄如尘了。而要等到富贵入手、荣禄加身后再来追求笙歌佳人，早已是时不我待、鬓发苍苍。

既然如此，在行乐与求仕之间，就必须做出选择。而柳永的选择是，放弃功名，从心所愿地回到意中人的身边。他知道，她们是不会嫌弃他的，不会嫌弃他在落第之后的回归，也不会向他提及他赴试前的种种许诺。

"回来了就好，回来了就好。世上的进士可以有千千万万，但柳七，却只有一个。"那些久违的朱帘绣户，将再一次为他殷勤开启；那些黯然不欢的玉颜，将再一次对他盈盈而笑。他看看这个，又看看那个。每一个人，都是记忆中那么美，甚至比记忆中更美。对满室佳丽、红翠旖旎，如此乐事，令人焉得不喜？

"七郎重出江湖，事有可喜，事有可贺，事有可罚。"

珠围翠绕之中，柳永不禁笑容满面："哦？事有可罚，这是为什么？"

"还能为什么？因为你很久没有陪我们一起喝酒、唱曲了呀！你不在的时候，这酒也不香，曲也没味。你让大家栖栖惶惶、百无聊赖。你说，该不该罚？"

"该罚！"柳永一口应道，"柳七认罚。"

"罚他什么呢？"又有人问。

"罚他喝酒，罚他唱曲。七郎，这可公平吗，你意下如何？"

"公平，此乃天下第一公平之事。卿所愿也，吾所欲也。"柳永欣然答道。

　　"七郎，你今后还会离开我们吗？"

　　"不会了。"

　　"这么肯定？是不是受了什么刺激呀？"

　　"还真被你说中了，我是受了刺激，永世难愈的刺激。"柳永道，"去他的功名，去他的前程！我呀，我是什么都想开了。'天子呼来不上船，自称臣是酒中仙。'李白的这种做法，还不够彻悟。谁耐烦向他俯首称臣。照我说，最痛快的回答是——忍把浮名，换了浅斟低唱！"

　　在莺声燕语的喧笑中，落第的烦郁一扫而空。柳永衔杯痛饮，心中畅快。

　　写到这里，本篇是不是就该结束了呢？且慢，还记得篇首的另一个标题"落第才子与大宋天子之间不得不说的故事"吗？落第才子的故事倒是说完了，然而这个故事又与大宋天子有何相干呢？据吴曾《能改斋漫录》记载，这首《鹤冲天》传入了宋仁宗的耳中。仁宗"留意儒雅，务本理道，深斥浮艳虚薄之文"，以仁宗的审美情趣，不消说，《鹤冲天》中的词句几近不堪入耳、不堪入目。"忍把浮名，换了浅斟低唱！"这令仁宗尤为耿耿于怀。于是有一次，柳永好不容易考中了进士，到了放榜那天，仁宗却故意删去了他的名字，并扔下一句话："且去浅斟低唱，何要浮名！"

　　这一闷棍打来，如果换了别人，估计不被气得半疯，也得气得吐血。但柳永却是神情自若，自称"奉旨填词柳三变"。这种貌似恭顺、实为挑衅的态度有没有再次激怒大宋天子呢？而柳永的求仕之路，是否从此了断呢？这里姑且卖个关子，套用一句老话吧：欲知后事如何，且看下文分解。

柳初新

东郊向晓星杓亚。报帝里，春来也。柳抬烟眼，花匀露脸，渐觉绿娇红姹。妆点层台芳榭。运神功、丹青无价。

别有尧阶试罢。新郎君、成行如画。杏园风细，桃花浪暖，竞喜羽迁鳞化。遍九陌、相将游冶。骤香尘、宝鞍骄马。

袭用一首唐诗作为开场白：

公子王孙逐后尘，绿珠垂泪滴罗巾。

侯门一入深似海，从此萧郎是路人。

这首诗，为唐代崔郊所作。相传崔郊倾心于姑母家的一名婢女。婢女被转卖给某个达官贵人后，两人遂绝消息。但在寒食节那天，崔郊与婢女竟不期而遇，便写下了这首《赠婢》。

而用在这里，这首诗必须做些修改。倘若由"留意儒雅"的宋仁宗来写，不妨改写为：

> 不歌阳春唱巴人，枉费才调世绝伦。
>
> 绝伦却与我心异，从此柳郎是路人。

　　从每次饮酒必以柳词助兴到"何要浮名"的断然黜落，对于柳永，仁宗非但完成了"粉转路"的改变，且一不做二不休地完成了"路转黑"的过程。相信柳永写出《鹤冲天》时，图的亦只是一时的痛快。然而他不当真，仁宗皇帝却当真了，"何要浮名"，这声断喝犹若从头浇下的一桶冰水。虽说浮生不满百，但毕竟还有数十年的后半生哪！难道这后半生就只能捧着一个自封的"白衣卿相"名号过把瘾，在永无尽头的穷愁潦倒中作自我陶醉状？柳永不禁打了个哆嗦，再也得意不起来了。苍天可鉴，他说的可是"明代暂遗贤"啊，幽怨里仍然闪耀着理想主义的光芒，是要借此刷出存在感，让朝廷不得不引起重视。而皇帝的想法却是——既担了"遗贤"的骂名，那就一遗到底，彻底把他忘得一干二净。还不止于此呢，看样子，皇帝压根儿没把他当成一个"贤士"，只把他当成一个"浅斟低唱"的穷极无聊之徒，这让柳永着实咽不下这口气。

　　于是，根据民间的传说，"柳永"这个名字这才正式地应运而生了。而在此之前，我们的主人公其实一直使用的是"柳三变"这个唯一的大名。为了改变自己的命运，柳三变也是蛮拼的。也许在其改名之时，他的考虑是：换名怕什么，换个马甲而已！就让那个名叫柳三变的男子去奉旨填词、浅斟低唱吧，至于科场应试、显耀门楣的光荣任务，就交给柳永好了。

　　柳三变改名柳永后，终于又一次突出重围、杀进决赛。"仙禁春深，御炉香袅，临轩亲试"，一度是梦中的情景，如今真个兑现了。柳永取得了殿试的入场券。坐在金殿之上的仁宗微笑地注视着一个个或挥毫、或凝思的考生，他们是大宋帝国百里挑一的英才俊彦，更是帝国未来的将相之材。他的目光，有没有落到那个新近改名为柳永的考生身上？如果他事先知道这个考生的底细，如果他仍能记起那句"忍把浮名，换了浅斟低唱"的出处，他还会坐视柳永完篇交卷吗？而柳永呢，不管仁宗是否会注意到他，对他而言，是没有理由不去观察"天颜"的。柳永的心中，可会感慨万端？就是为了这个人的爱憎喜恶，他不得不改变已伴随自己大半生的名字。改名之后，会不会立竿见影，令自己的人生大有起色？纵然感慨万端，但柳永肯定无暇细想。定了定心神，他低下头去，专心致志地答起考卷来。

又到了放榜的那天。这一天，仍旧是"黄金榜上，偶失龙头望"。然而，虽说未能跃居龙头，两个乌黑发亮的大字"柳永"，居然清晰无误地占据了金榜的一角。中了，终于中了。命运也好，仁宗也罢，再不能与他作对，无缘无故地夺走他的高光时刻。势不可当，柳永成了新科进士。

"柳永先生，首先要祝贺您荣登高第，在殿试中赛出了风格、赛出了水平。其次嘛，您的粉丝遍布天涯海角，我可不可以代表粉丝们问您一个问题。请问高中进士后，您的心情如何？还会继续写词吗，下一步有什么计划？"让我们设想一下这样的一幕，当柳永看榜之时，一群早已守株待兔的媒体记者一拥而上，将柳永团团围住。

柳永会作何反应呢？是板着一张脸告诉大家："无可奉告，请勿打扰。"还是兴奋不已，瞬间变成话痨，"这真是人间天上第一件称心如意的事啊！这种好事怎会发生在咱家身上？这是在做梦吗，这是在做梦吗，这是在做梦吗？重要的事必须说三遍。"

这大概都不符合柳永的性格。与其让别人利用自己的商业价值，不如自营自销，那可要合算多了。当然，这只是笔者为柳永所做的打算，究竟柳永是不是也这么想，那就只有天知、地知、柳永知了。既然问天无言，问地不语，问柳永，柳永又不在，只好由笔者的想象代柳永作答了："下一步的计划，暂时还没想过，至于心情与写词事宜，敬请关注'新科柳某前身三变'的微信公众号。就此与诸位小别，后会有期。"

当好事者打开柳永留下的那个公众号，他们读到的是一首新词，它的名字是——《柳初新》。

宋代的殿试通常是在三月举行。而在早春二月，对一名进入了殿试名单的考生而言，内心的激动与期待便已按捺不住、呼之欲出了。"东郊向晓星杓亚"，"星杓"即"杓星"，也就是北斗星的斗柄，由玉衡、开阳、摇光三星组成。古语道"斗柄东指，天下皆春"。柳永的天文知识还是不错的，这里不仅以北斗星斗柄指向东郊确切地反映出季节时令的变化，同时又给人一种暗示。暗示着帝都的春天，正在向人们走来；暗示着人生的春天，正在向自己走来，此番应试，必传捷报。

看那初生的柳叶展开了蒙眬的眼眸，早起的花朵以晨露润饰粉面。好一片红情绿意，由浅而深，色彩的层次日臻丰饶。是上天在妙施神笔吗？几番勾勒点染，楼台亭榭已是芳姿如画。丹青如许，欲买春光无价。

此时的春光，已从早春二月过渡到了阳春三月。殿试已罢，金榜揭晓，得中者无不喜笑颜开，心里涌动着感激与豪情："我们的圣上，真是如尧舜一般的明主啊！能在殿试时亲近他的颜色声音，对读书人而言，这已是莫大的荣幸了。谁料竟还有逾于此。他好眼力、好气魄，承他不弃，取中了我的文章。能为他的朝廷效力，固所愿也，不敢请耳。"

这些志得意满的考生，应当称之为新科进士了，但世人却为他们想出了一个更为唯美的昵称——新郎君。在唐代，官方还会举行一次杏园宴，有资格赴此宴者，仅限于新郎君。杏园，名如其地，当以杏花为主题。杏园赐宴，在曲江之畔。有诗为证：

> 及第新春选胜游，杏园初宴曲江头。
> 紫毫粉壁题仙籍，柳色箫声拂御楼。

说的就是这新科登第的风流。还有一首诗，诗名干脆就叫《曲江红杏》，是以一名妙龄女郎的角度来赏进士、观杏花。诗云：

> 遮莫江头柳色遮，日浓莺睡一枝斜。
> 女郎折得殷勤看，道是春风及第花。

也许，这位女郎早已心有所属，她折下杏花，并非因为新科进士中有其心属之人，而是睹新科进士赴宴游园的风采让她想起了自己的意中人，拟待折杏相赠，博得一个好彩头，祝其来年登第。

杏花虽是宴会上的主题花，然而此时正当芳春三月，一如柳永所言"绿娇红姹"，杏花亦不能掠尽百花之美。"杏园宴"亦称"探花宴"，在宴会上，新科进士不仅要赏杏花，亦要赏百花。他们会选出两位最是年轻俊美的进士，唤作"探花使"，又称"探花郎"，遍游长安名园，采来奇花异卉供众人赏鉴。若是别的新科进士所折取的花朵比这两位探花使所挑中的花朵还要出色，两位探花使就会被罚，因其未能访春在前、胜任探花之职。

唐制，赐新科进士以绿袍，民间称为"绿衣郎"。瞧，又是新郎君，又是绿衣郎，生在唐代而中了进士，岂不是美得无法无天了？唐人固然风雅到了极致，但宋人又怎甘落后呢？我们来看一首北宋名相王安石写的诗：

> 临津艳艳花千树，夹径斜斜柳数行。
> 却忆金明池上路，红裙争看绿衣郎。

好一个"红裙争看绿衣郎"！这意思已经非常明显了，诗中的"红裙"，不再是唐人笔下那个心有所属、折杏相赠的女郎，"红裙"之中，必有许多情窦初开的少女。见到新科进士们成行如画地行进在金明池上的花衢柳径，把应有的矜持全都抛到了一旁。左看看、右望望，这一位仪容昳丽，那一位英姿出尘，一双双点漆清瞳、一颗颗如梦芳心既欢喜又忐忑。暗自猜想，他若年少未娶，可会对我稍加留意？

少女们固然失去了往日的矜持，她们的父辈也没闲着。无论在唐代还是宋代，与新科进士紧密相连的还有一个词——择婿车。五代文人王定保曾记载道："唐进士放榜，例于曲江亭设宴。其日，公卿家倾城纵观，高车宝马，于此选择佳婿。"而苏轼也曾写过一句诗，"眼乱行看择婿车"。候车择婿，是金粉世家的专利。他们老早就埋伏在新科进士的必经之路上，一旦相中了对象，就会跟踪尾随，与相中的对象展开洽谈，而洽谈的内容，自然是豪门千金的婚事。除非这位新科进士已有妻室，否则的话，管你乐意与否，又是威胁利诱，又是软磨硬缠，这哪里是在议亲，分明是在抢亲。摊上这样的飞来"艳祸"，竟像是唐僧落入了盘丝洞，要想逃出生天着实难了。金粉世家仗势择婿虽过于霸道，可也见得当时社会风气对于新科进士的重视。与其把女儿许给一个富二代或是新近发迹的暴发户，远不如结缘于一位前程似锦的新科进士。

柳永有没有受到"择婿车"的困扰呢？如果你因此而为他担忧，似乎无此必要。关于柳永荣升进士的时间，一种说法是景佑元年（1034），一种说法是景佑五年（1038），无论相信哪一种说法，柳永都到了"知天命"的年纪，是所谓"及第已老"。候车择婿的金粉世家会把这样一个半百之龄的新科进士看成亟待上钩的未婚青年吗？大概不会的。

做不成豪门显族的乘龙快婿，柳永却不必为此怅然若失。虽说时光之目无美人，岁月之眼无帅哥，但中了进士，无论是什么年纪，都是人生的赢家，有如羽化成仙、锦鱼化龙。新郎君者，可不比民间的新郎，而是皇朝的娇客，是三月的帝都最亮丽的风景。有道是"人逢喜事精神爽"，一个人只要跻身进士之阶，即使外表无法逆生长，心灵却立马减龄。唐朝有个名叫孟郊的诗人，即"慈母手中线，游子身上衣"的那位作者，与"僧敲月下门"的贾岛合称"郊寒岛瘦"。"郊寒"了大半生，眼看就快"奔五"了，孟郊也与柳永一样后发制人，竟然考中了进士，被新郎君俱乐部吸纳。往日的屈辱、苦楚、沮丧、愤懑那是一扫而空，一向循规蹈矩的孟郊作了一首诗，以耀武扬威的姿态向全世界晒出其满心欢悦：

昔日龌龊不足夸，今朝放荡思无涯。
春风得意马蹄疾，一日看尽长安花。

好大的口气，"一日看尽长安花"，敢情青春真是用来随意挥霍的呀？其实你早已不是年少轻狂的毛头小子了。真的要在一日之内完成看尽长安花的计划，这不是年少轻狂，是"老夫聊发少年狂"。一日观尽，你都看到了什么呢？囫囵吞枣，岂不浪费了长安的美色？

柳永胸中的燃点与兴奋度并不亚于孟郊，然而，与孟郊"一日看尽长安花"的酣畅淋漓相比，柳永则是婉媚和悦、优雅从容。只见他缓辔而行，沐浴在杏园的温风里，细细欣赏那万树桃花在煦日之下翻腾着千叠粉浪。光阴呵，你转动的节拍何必太急。技艺精湛的摄影师呵，请把一刻凝固成永恒：成行如画的新郎君宝鞍簇新、骄马神骏，一路香尘旖旎、欢声笑语。而这些人中，就有一个叫柳永的人。他虽不是新郎君中的探花使，可将所有新郎君的快乐加在一起，都不比他多。

歌酒旧情怀，应不似当年

透碧霄

月华边。万年芳树起祥烟。帝居壮丽，皇家熙盛，宝运当千。端门清昼，觚棱照日，双阙中天。太平时、朝野多欢。遍锦街香陌，钧天歌吹，阆苑神仙。

昔观光得意，狂游风景，再睹更精妍。傍柳阴，寻花径，空恁辔辔垂鞭。乐游雅戏，平康艳质，应也依然。仗何人、多谢婵娟。道宦途踪迹，歌酒情怀，不似当年。

名香萎逝、美人老去，是世间最可哀泣之事。现代人的感叹是：岁月是把杀猪刀。然而这把锋利可怕的刀，它所屠杀的，何止是似豕一般的蠢物，芳华丽质，也会被其屠得惨不忍睹。

美人老去，若只是老去了容颜，倘能保持心灵的洁美，倘能做到风仪胜前，则仍将赢得人们的尊重与赞许。而荡子呢，当荡子老去，老去的就不单是容颜吧？一个荡子若是有了自悲迟暮之感，他其实老去的并非是容颜，而是他的内心世界。火热的情感如寒灰般地冷却了、衰枯了。再没有什么事、什么人可以打动他的肺腑，激活他的脉跳。一个曾经生气勃勃的人，如今对一切都提不起兴致。而人们谈起他时，会用"自作自受"的评语给他下个结论。除此之外，他不能期待更多。这样看来，较之老去的美人，老去的荡子或许才是一无所恋、一无可恃。

在年轻时代，柳永是个不折不扣的荡子。就像胡兰成所说的，对岁月亦是，对故乡亦是。然而，对于岁月、对于故乡，他的心中却并非没有自责、没有挣扎、没有追悔。他的心态在悄悄发生变化，也许是自觉的，也许不自觉。是到了该了结荡子生涯之时了，人生，将走向下一个十字路口。

长安古道马迟迟，高柳乱蝉嘶。夕阳岛外，秋风原上，目断四天垂。
归云一去无踪迹，何处是前期？狎兴生疏，酒徒萧索，不似少年时。

柳永以一曲《少年游》致别曾经狂放豪宕的青春。但这致别辞中，却毫无惋惜、毫无留恋，只有彻头彻尾的厌倦。假如为它加上一个副标题——北宋第一风尘荡子忏悔录，则柳永很可能再次受到媒体关注。试问吃瓜群众对此有何观感？这样一篇忏悔录，将会赢来点赞无数呢，还是会换得嘘声一片？

想来是嘘声大于喝彩。

"这怎么行呢？别的荡子尽可痛改前非，但柳七一旦注册良民，柳七还能成为柳七吗？"

面对粉丝的咆哮与呵斥，柳永的经纪人一时没了辙。心急如焚地亲自出马，力劝柳永"收回成命"，但柳永却是置若罔闻。

"好吧，如果你继续固执得像块石头，那咱们就一拍两散！'狎兴生疏，酒徒萧索，不似少年时'，这是什么话？这是自毁形象，自掘坟墓！"

柳永却意态闲闲地告诉他："一拍两散就一拍两散。"

"一拍两散？"经纪人这下可是傻了眼，"我这些年来花在你身上的心血岂不都打水漂了？还有我借给你的那些酒钱、资助你的旅行费，这能一拍两散吗？大哥，你是成心要我血本无归啊！"

然而，不管经纪人如何磨破嘴皮子、好说歹说，柳永却是去意已定、不为所动。"我看，今天就聊到这里吧，时候不早了。"柳永瞄了一眼天边缓缓坠落的日头。

"拜托你，今晚回去构思一首新词。色彩要浓烈一些，就像前两天刚上市的那种奶茶，那广告上是怎么说的？甜炸少女心。"经纪人兴奋地一拍巴掌，"对，这就是我想要的效果。当然，还得动感十足，这个你最在行了。可以参照你从前写过的那首《笛家弄》'帝城当日，兰堂夜烛，百万呼卢，画阁春风，十千沽酒。未省、宴处能忘管弦，醉里不寻花柳'。多提神，多带劲！如今虽是二十一世纪了，不再流行掷卢豪赌。可当代彩民只要看到'兰堂夜烛，百万呼卢'这样饱含激情的句子，真比打了一剂强心针还要管用呢，肯定会大破悭囊、慨然出手。还有那'画阁春风，十千沽酒'，更是有力地助销了国酒系列，令洋酒市场一片萧条。柳三变啊柳三变，为了帝国的经济繁荣，你得坚守阵地、继续努力啊！"

"恐怕要让你失望了。我是要回去继续努力，但却不是坚守阵地，而是要改换阵地。"柳永冷然道。

"你的意思是？"经纪人暗道不妙。

"我要回去研读圣贤书，我已报名参加国家公务员笔试。至于别的事务，一概不想了。"

"什么？你怎么能这么做呢？连声招呼都不打就去胡乱报了名！

嚯，国家公务员，听上去倒是很高端、很正派，但你考得中吗？还是死了这条心吧，我的柳哥，我的柳爷。人家皇帝不待见你，纵然过了笔试你也过不了面试。走吧，跟我回去。且乐管弦、醉眠花柳，那才是你理想的去处！"经纪人急了，上前将柳永一把拖住。

柳永猛一甩手，声音中尽是疲乏："那种地方，我是不会再去了！你劝我死了这条心，你却不知，对于那些去处，我早已心死了。或者是因为我老了，当一个人老了，他的想法，跟年轻时就不大一样了。我走了，欠你的酒钱、欠你的旅行费，我会设法还上。"

"得，得，自家兄弟，何必为了区区几个闲钱伤了和气？这些算我无期借给你的，我还得指着你过日子不是？这样好了，你去应试我并不反对。若是考得中呢，你由专业作词转向业余作词，总得了你一个心愿不是？若是考不中，嘿嘿，不是我打击你，柳哥你的岁数横是摆在那里了，今后就安心做个倚声填词的白衣卿相吧。咱们一言为定。"经纪人用力地握着柳永的手，不容他反驳。

结果我们都已知道了，柳永考中进士，被授以睦州团练推官。从此真的完成了从专业词人到业余词客的转变。估计在柳永离京赴任前，经纪人肯定有一肚子的苦水要向柳永倾吐，然而，他们之间的合作却不得不结束了。一个成熟稳健、事业看涨的经纪人总不会为了一个业余词客而远离京都，跟他到异地他乡另谋出路吧。

就此打住吧，戏说的成分太多，会影响我们解词的进度与质量。这首《透碧霄》，我以为是柳永在历经宦游之后，重返京都所作，要不则是在异地他乡怀念京都生活所作。何以见得呢？因为柳永虽以进士之身步入了仕途，但长期只在江浙一带做着微官，柳永的心情，早已不再是《柳初新》中所形容的"羽迁鳞化"。或许只有在远离京都之后，他才能意识到京都对他的意义。京都岂止是狎游嬉赏之地？京都已成为他生命中不可分割的部分，在这个世界上，没有哪个地方比京都更像他的故乡。

没错，他是一个荡子，但荡子的心里也是有故乡的。荡子可以不思念他的出生之地，可以忽视与他有着血缘关系的亲人，但却不可以忘记他曾青春放歌的那片土地，不可以忽视那些曾与他同度青春的人们。年轻时所做的那些事，也许很傻，也许徒劳无获，也许在久而久之以后，让他也生出了怀疑与厌倦。于是，他"改邪归正""心无旁骛"，按照普通人们追求理想人生的方式，参加科考，且取得不俗的战绩。尽管官职低微，但在世人的眼中，也算是一个有体面、有尊严的成功人士了。但他要这体面、尊严何用？他的悔意一日深似一日。后悔不该自投罗网、名缰利锁，抛弃了适其本性的生活。他想回到京都，为此，他找上了大官晏殊。谁知晏殊对他成见颇深，"殊虽作曲子，不曾道'彩线慵拈伴伊坐'"。温文尔雅却是毫无转圈余地的回绝令他哑口无言。

这首《透碧霄》的创作时间，莫非就是在柳永留京期间拜谒晏殊的间隙？但我却觉得，这是一首虚实结合的作品，更像是梦忆之作。不管是以怎样的方式，总之，柳永回来了，回到了"名园芳树，烂漫莺花好"的京都，回到了"遍九陌罗绮，香风微度"的京都。这里既是柳七的京都，那个名为柳三变的年轻人梦想起航的发祥地；这里也是帝里，是神京，是大宋王朝的根脉所在，荣华所系。

有多久没有写过词了？甫一落笔，却是一气呵成，路数、章法、抒情方式，仍一丝不乱、娴熟至极。这首词的开头，与琼·芳登在电影《蝴蝶梦》中的开场道白颇有相似之处：昨夜，我梦见自己又回到了曼德利。对柳永则是：昨夜，我梦见自己又回到了汴京。半梦半醒之间，《蝴蝶梦》中的女主人公见到了月亮，但月亮却是诡异的，又很快被更为诡异的云层遮住，像是一只黑手蒙住了眼睛……同样是在半梦半醒之间，同样见到了月亮，但柳永的视觉与感观却是大为不同。柳永的笔触开始变得温情脉脉。明月近人，一棵硕美的桂树正在吉烟祥雾中吐艳含芳。壮丽的汴京，完全可以用这样一棵桂树作为它的形象大使。这里是大宋皇帝的家，万年基业，就植根于脚下的这片土地；国运熙盛、盛世容华，犹如明月下怒放如潮的奇蕊仙葩。

　　皇城的每一座宫门，就如天帝所居的紫微、太微两宫的端门一样庄严华穆，开启之时声动四方。最美的，当然要数宫阙转角处那些方角棱瓣的瓦脊，在日光的照耀下顾盼神飞，更有凤阁龙楼凌空而起、屹立相对。令人一见难忘，沛然而起爱悦之情。太平盛世，千载难遇。无论是朝中朱冠紫服的大臣贵戚，还是名不见经传的市井百姓，都沉酣于寻欢行乐，享受着多姿多彩的生活。长街如锦、曲巷如绣，习习香风奏响了钧天妙律，即使是阆苑神仙，也不比咱大宋的汴京人更为逍遥快活。

　　这是柳永第一次见到汴京时的印象。就是这第一印象，令柳永一醉数年，却认故乡为他乡。有一首歌中唱道：

这美丽的香格里拉

这可爱的香格里拉

我深深地爱上了它

你看这山偎水涯

你看这红墙绿瓦

仿佛是妆点着神话

妆点着神话

你看这柳枝参差

你看这花枝低芽

分明是一幅彩色的画

啊，还有那温暖的春风

更像是一袭轻纱

我们就在它的笼罩下

…………

香格里拉，在藏语中意即"心中的日月"。而在青年柳永看来，汴京就是他心中的日月。"我深深地爱上了它，我深深地爱上了它。"就像那个为了香格里拉而意似痴、情若迷的歌手一样，柳永的心中，也在反复地吟唱，唱他的汴京、他的日月、他的香格里拉。

"回来了，我回来了！"如同一个久别归来的情人，柳永用他温柔的眼神搜寻着往事的痕迹。那些他曾去过的地方，画阁水榭，似乎比记忆中更为精美、更为妍丽。又是一个芳菲时节，在柳荫下、花径中，他独自徘徊，手里摆弄着低垂的马鞭，想要快马加鞭吧，胸中却有万千犹豫。汴京之所以让他一生牵情，绝不仅仅是为着帝里的风光、皇都的景物。一次次地，他下定决心要离开她；一次次地，又被难以名状、不可解脱的相思之情给遣送回来。谁能说明白，此番回来，究竟是为了汴京、为了京中的故人友朋，还是为了她们，抑或只是为了她？

在她们之中，与她一起，他从前的日子是何等欣喜盈怀啊！那些俏皮风雅的游戏，他与她们的默契配合，总也回味不够、回味不尽。他猜度着与她们重逢的情状——珠帘揭起，一个个如花似玉的佳人讶然含笑、欠身相迎。

"这不是柳七郎吗？多年不见，可还认得我们这些姐妹？"

他一一望去。从她们之中走来的她，更是令他怦然心动。一颦一笑，宛如当年；眉梢眼角，有似初见。

别亦难，见亦难。终于相见了，他该与她们说些什么呢？而对于她，他又是否能够许下一个更为真诚、更加光明的承诺？怕是做不到吧！从前做不到的，今天依然阻碍重重。既然做不到，又何必再去打破她们的宁静呢？在即将扣响门环的那一刻，他缩回了手，无可奈何地收回了盼相见的意念。

一门之隔，天悬地殊。她们的身份一如往日，而他，却变成了朝廷的官员。科考求仕之路，是他自己选择的。自从选择了这条道路，他就应当知道，他与她、与她们，是后会无期了。白衣卿相柳三变，回不来了；那个"把酒顾美人，还歌邯郸词"的北宋第一荡子，回不来了。而今的他，只是一个情怀寥落、宦途奔波的微官俗吏。真若与她相见、与她们相见，与其说带来的是惊喜，不如说带来的是近乎幻灭的失望与更深的伤害。

一门之隔，门内的绿窗下，映着月桂般青春秀美的芳颜，而门外的台阶下，却站着一个满面风霜的男子。这咫尺之距，竟如沧海难渡。而隔开他们的，又岂止是薄薄的一扇门？礼法、声名以及无法逆转的光阴，令他失去了推门而入的勇气。

也许，该托人向她们致意，至少，该托人给她带个话。哪怕自己去不了，也总该让她明了，让她们知道，虽时迁岁移、情势两异，他胸中的感怀却从来不曾消失。这正是：忆君心似西江水，日夜东流无歇时。

如此一来，她们就会对他多有宽宥吗？还是别再为自己辩解了吧。连他自己都不能明了，又怎能企求她们明了？浪子回头，是所得大于失，还是所失大于得？是他从前错了，还是如今错了？

《乐章集》中还有一首《长相思》，与《透碧霄》有似姐妹篇：

画鼓喧街，兰灯满市，皎月初照严城。清都绛阙夜景，风传银箭，露暧金茎。巷陌纵横，过平康款辔，缓听歌声。凤烛荧荧，那人家、未掩香屏。

向罗绮丛中，认得依稀旧日，雅态轻盈。娇波艳冶，巧笑依然，有意相迎。墙头马上，漫迟留、难写深诚。又岂知、名宦拘检，年来减尽风情。

较之《透碧霄》，《长相思》中的梦忆色彩更为显著。"向罗绮丛中，认得依稀旧日，雅态轻盈"与"乐游雅戏，平康艳质，应也依然"是有所区别的。前者是四目相对时的场景，后者却是男主人公在独自料想。一别多年，竟能重逢雅态如旧、轻盈永驻的故人，除非对方是冻龄女神，要不则是遇到了一个和当年的她极为肖似之人，这在现实生活中几乎毫无可能，但在梦忆之中，却无所不能。

"名宦拘检"，随着身份的变化，柳永与他的青楼知己之间划开了一道无法逾越的鸿沟，彼此的生活，已难以交集。这对柳永来说，是无奈，也是遗憾。柳永的无奈与遗憾最终能换得她们的谅解吗？

在明代话本小说《众名姬春风吊柳七》中，名姬谢玉英终偿所愿，成了柳永的人生伴侣。不是虫虫而是玉英，这玉英只是小说家虚构的人名呢，还是真有所本，她会不会与"英英妙舞腰肢软"中的英英有所牵连？在小说的结尾，柳永死后，青楼中人为其聚资殡葬。"自葬后，每年清明左右，春风骀荡，诸名姬不约而同，各备祭礼，往柳七官人坟上，挂纸钱拜扫，唤作'吊柳七'，又唤作'上风流冢'。未曾'吊柳七''上风流冢'者，不敢到乐游原上踏青。"

能得众名姬洒泪而葬，这样的出殡方式，真可谓古今无二。然而，这个故事若真能成立，年年清明，在春风细雨之中来为柳七上坟的名姬还能风采依旧吗？须知柳永去世之时，已是七旬之人了。一群垂暮的美人相聚在高寿而卒的荡子之墓前闲话当年，此情此景，似乎欠缺了一种震撼人心的力量。

假如有人愿意拍一部关于柳永的传记片或是故事片，我的提议是，在影片的结尾，不妨考虑以故都汴京的红尘紫陌作为背景，以青年柳永的视线切入。怎样来展现青年柳永的歌酒情怀呢？莫若从李白的一首诗中搜寻灵感吧：

骏马骄行踏落花，垂鞭直拂五云车。
美人一笑褰珠箔，遥指红楼是妾家。

送征衣

过韶阳，璿枢电绕，华渚虹流，运应千载会昌。罄寰宇、荐殊祥。
吾皇。诞弥月，瑶图缵庆，玉叶腾芳。并景贶、三灵眷祐，挺英哲、
掩前王。遇年年、嘉节清和，颁率土称觞。

无间要荒华夏，尽万里、走梯航。彤庭舜张大乐，禹会群方。鹓
行。望上国，山呼鳌抃，遥爇炉香。竟就日、瞻云献寿，指南山、等
无疆。愿巍巍、宝历鸿基，齐天地遥长。

作诗填词，当以清新脱俗、别开生面为要务。可要是遇到那些屡
见不鲜的题材呢？比方说，宋代宫廷有道名菜唤作"蟹酿橙"。以蟹
肉塞入挖空的橙子中，再加之以调味，尔后放入箅子（旧时的蒸具）
上蒸制而成。我们来设想一下，假如宋徽宗赵佶在避难南渡途中，忽
然有一天，想起了这道菜来。环视左右不见御厨，却见柳永在旁。于
是徽宗发话了："柳三变，你既无所事事，何不为朕蒸制几只蟹酿橙？
卿一向不务正业，可知这蟹酿橙的做法？"

"这有何难？没吃过猪肉还没见过猪跑？"柳永从容言道，"蟹酿橙，顾名思义，须得有蟹又有橙。但不知鲜蟹在哪里，橙在哪里？"

徽宗悻悻然"哼"了一声："仓促之中，哪得备来？知卿头脑活络、长袖善舞，特将这样的差事赏你。怎么，连你也不能吗？"

"不能！"柳永一口回绝，"陛下偏安南渡，置天下苍生不顾，所念念不忘者，唯口腹之欲。臣窃为陛下羞之！无道之君，非臣所能侍奉！"

"大胆！你不过是一个无品无行的市井文人，竟敢对朕恶语诟詈。"徽宗拍案而起，"来人，将柳永叉出去！"

"不劳陛下着人来叉，柳永这就告退。"柳永毫不示怯。

眼看柳永昂首走了出去，徽宗反倒茫然若失："等等，你……你真的不能做吗？朕这腹内饥火烧肠，若无这道菜，只怕今晚不能安枕矣！万一明早追兵赶到，叫朕如何上马指挥？"

"果真如此？"柳永回过头来，"那就问题严重、后果严重了。陛下非得要臣操刀，臣不敢不从。请问做好后有什么好处？"

"好处？"徽宗笑拈龙须，"让朕想想看。如果朕没弄错的话，今年卿又落第了吧？这好处就是，朕特颁恩旨，赐你一个状元及第。"

"这不是臣想要的好处。"柳永摇了摇头。

"那么，你想要什么？你要什么，朕无有不许。"徽宗急了。

"臣所愿者，愿陛下站稳脚跟后重整旗鼓、挥师北伐，恢复山河，一洗靖康之耻！"

徽宗不语，许久才叹了一声："卿言良是，准奏！"

"成交！"柳永慨然撸袖，"臣这就为陛下做来！"

"但你怎么做呢？"徽宗不得不点醒他，"这里既无鲜蟹，亦无金橙。"

"鲜蟹没有，咸蛋也没有吗？金橙没有，酸果也没有吗？"柳永眨了眨眼，"翻陈出新，只要手法高超，不信鱼目不能混珠，滥竽不能充数。"

这个设想，当然并不靠谱。关羽战秦琼，人物与时间毫不沾边。柳永若能活到徽宗的年代，起码也得是个世纪老人了。徽宗南渡，怎会有柳永随行呢？柳永所遇上的，不是徽宗皇帝而是仁宗皇帝。而我们将要说到的《送征衣》，便是以翻陈出新的手法为仁宗皇帝所写的一首贺寿词。

贺寿词，受题材所限，要在滥觞无奇的称颂祝福中带给人切实的满足与欢欣，这真的是道难题。然而，翻陈出新，只要手法高超，即使手头只有咸蛋、酸果之类的普通食材，亦可重现宫廷名菜蟹酿橙的风味。烹饪如此，为文也不例外。

除了《送征衣》，柳永还写过一首《醉蓬莱》，虽不是贺寿之作，其进献的对象，却仍是仁宗皇帝。"醉蓬莱"这个名字听上去颇有羽化登仙之感，但在仁宗那里反倒碰了一头一脸的灰。这又是为何呢？我们先看其词：

渐亭皋叶下，陇首云飞，素秋新霁。华阙中天，锁葱葱佳气。嫩菊黄深，拒霜红浅，近宝阶香砌。玉宇无尘，金茎有露，碧天如水。

正值升平，万几多暇，夜色澄鲜，漏声迢递。南极星中，有老人呈瑞。此际宸游，凤辇何处，度管弦清脆。太液波翻，披香帘卷，月明风细。

——看去，没问题啊，应景应节，字句俱工，何来碰灰之说？据王辟之《渑水燕谈录》一书记载：

皇祐中，永久困选调，入内都知史某，爱其才而怜其潦倒，会教坊进新曲《醉蓬莱》，时司天台奏"老人星见"。史乘仁宗之悦，以耆卿应制；耆卿方冀进用，欣然走笔，甚自得意。词名《醉蓬莱慢》。比进呈，上见首有"渐"字，色若不悦；读至"宸游，凤辇何处"，乃与御制《真宗挽词》暗合，上惨然；又读至"太液波翻"，曰"何不言波澄"，乃掷之于地。永自此不复进用。

皇祐是宋仁宗的第七个年号，时间跨度为 1049—1054 年。以此推算，柳永此时已是年过半百了。年过半百却"久困选调"，在仕途上一直未能获得提拔，这是个很尴尬的处境。恰在这时，司掌天文的机构向仁宗禀报天上出现了老人星，亦称南极老人星、寿星。按照《史记·天官书》的说法：（南极）老人见，治安；不见，兵起。仁宗以之为吉兆，全国上下一片欢腾。这时宫内一个姓史的宦官，是柳永的拥趸者之一。此人一直想为柳永的升职做些力所能及之事。趁着龙颜大悦之际，他让柳永写了《醉蓬莱慢》（又名《醉蓬莱》）一词，尔后兴冲冲地呈上御览，却惹得仁宗龙颜大怒。

原说是献宝，结果却献出了一场没趣，这不仅让姓史的宦官有些摸不着头脑，就连柳永本人，甚至也要怀疑人生了。"为什么，为什么，为什么？"柳永的心里，肯定有上千个问号。柳永啊柳永，亏你还问"为什么"呢！真是聪明一世，糊涂一时。皇上心里的那些个不痛快，你可打探清楚没有？

《醉蓬莱》开笔便是"渐亭皋叶下"，这第一个"渐"字，就让仁宗有种不祥之感。水边高地一片片地飘下落叶，越落越多，是以为"渐"，仁宗莫不是感到了一叶落而知天下秋的凄凉？

如果说一个"渐"字尚能让仁宗隐忍不发，这后面的"宸游，凤辇何处"则是犯了大忌。原来仁宗曾为其父真宗拟制挽词,挽词中也有"宸游,凤辇何处"六字。柳永这个冒失鬼,既然要博求皇帝的欢心,怎么就没想到事先了解一下皇帝的好恶呢?至少应当把皇帝的著作(包括挽词在内的文集)拜读一遍吧。知己知彼,到哪里都吃香着呢。这下可该傻眼了吧?在柳永的贺喜之词中读到自己写给亡父的诔文,对仁宗来说,这无疑是件触霉头的事。但这霉头竟是不触则已,一触没完呢。"太液波翻"令仁宗又是一惊。柳永之意,原是指太液池中波浪翻涌,蔚为壮观;但仁宗的心中已有疙瘩,在他看来,这"翻"字非但用语轻狂,并且不祥到了极点。"宸游""凤辇"而"太液波翻",这不是在诅咒自己船翻人亡,紧步"岁月"号的后尘?

仁宗恨恨地撂下一句话:"说'波澄'难道不好,这'波翻'是何用意?"就这样,柳永的《醉蓬莱》闯下了大祸。还想谋求选调的机会呢,门儿都没有。气恼之余,仁宗已下定决心将其终生弃用了。

但这只是一则未经证实的故事而已。既然谥号"仁宗",这位大宋皇帝难道凭的是斗筲肚肠?而柳永仿佛也没有因此而一蹶不振。"我倒不信,会在同样的地方摔倒两次。"《醉蓬莱》虽然弄巧成拙、演砸了,但柳永的《送征衣》一词,却是极好的将功补过之作。这里面的一字一词,再也不会令仁宗产生丝毫的违和感。能将贺寿之词写到这个份儿上,这还真是柳耆卿方能干出的绝活儿。我们先从上阕看起。

宋仁宗赵祯生于大中祥符三年(1010),是宋真宗赵恒的第六个儿子。真宗曾有五个儿子,均已早夭。仁宗出世时,真宗已过不惑之年,在接连失去了五个幼子后还能盼到赵祯的出生,对真宗以及大宋王朝来说,这简直就是天赐奇福。赵祯的太子之位可以说是自出生的那一刻便一锤定音了,根本就没有多余的兄弟跟他展开优胜劣汰的竞争。他一生下来,就成了国之储君。而柳永的词中,开篇便写到了仁宗有如奇迹般地降生。

仁宗的生日是旧历四月十四，时已立夏。不必为春光离去、韶华转身而扼腕叹息，这姗姗而来的夏日，难道不比春光更为夺目吗？属于夏日的年华，难道不比三春的韶华更为丰盈、更为厚郁、更为繁茂、更为醹美？北斗七星中，排在最前面的两颗被称为枢星与璇星（在柳词中，"璇"写作"璿"，璇、璿不仅同音，亦且同义）。据皇甫谧《帝王世纪》所载："黄帝，有熊氏少典之子，姬姓也。母曰附宝……见大电光绕北斗枢星照郊野，感附宝，孕二十五月，生黄帝于寿丘，长于姬水。"黄帝，位居三皇五帝中的五帝之首，作为中华民族的史上第一君，在其出生时曾出现异状。黄帝的母亲附宝看到气势磅礴的电光绕着北斗七星中的天枢星飞旋，将郊野照得亮如白昼，附宝惊其壮丽，随后便怀有身孕，经过二十五个月的妊娠后，在寿丘生下了黄帝。看来仁宗的出生也与黄帝相似。而这一次，电光不但绕着枢星转，并且绕着璇星转。比起黄帝之神妙，仁宗似还略胜一筹。

除了璿枢电绕，还有华渚虹流。华渚，即水中绮丽的沙洲，但也有人认为，这是一个地名。《宋书·符瑞志》云："帝挚，少昊氏，母曰女节，见星如虹，下流华渚，既而梦接意感，生少昊。登帝位，有凤皇之瑞。"关于三皇五帝的说法，民间与史书上均有多种版本。若是按照《资治通鉴外纪》的排行，五帝依次应为：黄帝、少昊、颛顼、帝喾以及尧。在这个说法中，少昊仅仅屈居黄帝之后。少昊名挚，其母女节。女节做了一个梦，梦中的星光如彩虹一般令人惊艳，流照于华渚之上。女节感梦而孕，她所孕育的孩子便是少昊。

两位母亲，一名附宝，一名女节，照今天看来，这两个名字似乎都比较"奇葩"，但对我们的古人而言，这可是两个绝佳的名字。附宝，有宝来附，大吉大利啊。女节，纯然一个贤妻良母的形象。附宝与女节都很有想象力，非凡的想象力是凤凰之瑞的孵化器。从此神州大地上有了黄帝，有了少昊……在许多个世纪之后，又有一位圣君横空出世。他就是大宋王朝的第四任皇帝。他出世之时，兼具黄帝与少昊出生时的两种超自然现象。北斗、电光、灿星、华渚，全都约齐了，明确无误地向世人展现天心与神意。大宋王朝，必将荣耀千载、长葆昌盛。

没有人会有所置疑。怎么会那么巧，远古圣王的诞生吉兆，会在今时今世得以重现？因为天心如此、神意如此，我们的皇帝在大宋臣民的千呼万唤之后，终于弥月而生。是天心与神意为他安排下无比光荣的使命，要在他的身上，复活远古圣王的魄力与卓异。

从此之后，我朝皇图有继。作为真宗之子，这位新生的储君会让皇家的金枝玉叶灿然生辉、生根发芽。估计这段话若是早说二十年，赶上小皇子的诞生之日，有幸供呈真宗皇帝御览，没准儿柳永的命运还真会摇身一变。老来得子，且又是独子，"瑶图缵庆，玉叶腾芳"，这八个字足以令真宗喜心翻倒矣。那么体贴入微、那么善解人意，真宗不想重赏柳永都难。

这个小皇子啊，得到了天、地、人三灵的眷顾保佑。他意气风发、丰姿英挺，他的时代，必会铸就远超先贤圣王的丰功伟业。从此之后，每年的四月十四都是清美嘉和的节日，举国欢庆，其乐陶陶，令人想起《诗经》中的名句："溥天之下，莫非王土；率土之滨，莫非王臣。"

转眼又是四月十四了。离小皇子的出生，已过去了二十余载。在小皇子十二岁时，饱受心病折磨的真宗皇帝终于撒手人寰。真宗的皇后——小皇子赵祯的养母刘娥以太后身份摄政，军国大事一决于太后，年少的赵祯不过是皇权的象征而已。直到刘太后去世后，小皇子终于名正言顺地成了一国之主，在政治舞台上正式领衔主演。然而，不要忘了这个年轻人已在舞台的幕后有过长达十一年的实习期。正所谓"台上一分钟，台下十年功"，仁宗亲政，不只是众望所归，也是水到渠成。

没有人敢看轻这个青春正盛的帝王，也没有人敢看轻他统治之下的青春正盛的帝国。无论附属之国，还是蛮地夷邦，无不闻风景慕。为了庆祝他的生日，列国使节远行万里，不辞梯山航海之苦，带着珍异的礼物齐来进献。我大宋皇帝端坐于彤庭之上，命人演奏起可与舜帝时代相媲美的华彩乐章。"九天阊阖开宫殿，万国衣冠拜冕旒"，此情此景，与一代圣君大禹在涂山会见诸侯时是何其肖似。

鹓雏，是传说中一种与凤凰同类的瑞鸟。鹓雏起飞时，排列整齐，给人以视觉的享受。唐代温庭筠有诗云："凤阙分班立，鹓行竦剑趋。"这"鹓行"一词，用来形容朝臣排列有序、恭谨整饬，实为绝佳之喻。

大宋皇帝雍容尔雅，大宋朝臣立如鹓行，天子威仪、上国风采，令远道而来的异国使节深为折服，欢呼之声好似群山震动，鼓掌之声犹若巨鳌拜舞。仙风拂拂，遥闻御炉袅香，这是美满的一天，大宋皇帝仿佛云端临照的旭日，接受中外臣民的瞻望与祝福。且让我们再聆听一遍天下人的共同祈愿吧：愿我们年轻的大宋皇帝与南山齐寿，愿我大宋的国祚与基业地久天长。

本当是俗不可耐的贺寿题目，由柳永写来，偏能自出新意，读罢令人意气扬扬，油然而生忠君爱国之心。不知仁宗有无读到此词，读到后，应该可以尽释《醉蓬莱》一词带给他的嫌怨吧？单凭"挺英贤、掩前王"一句，仁宗就该对柳永刮目相看才是。好一个继往开来、充满正能量的"励志哥"形象，不但令大宋百姓看到了光明的未来，就连身披龙袍的"励志哥"本人，对此能不心潮澎湃、感奋不已吗？

"如柳三变者，可谓善颂善祷，不至于一无可取。要不要考虑一下，将柳三变重新起用？"仁宗的心里，可曾有过这样的盘算吗？遍观柳永的词集，其中不乏干求谀颂之作。这固然是当时的一种风气，柳永这么做，似亦不能免俗。但以柳永的性格，从来就不是出尘避世之人。干求谀颂，虽非柳永的本意，却可以看到柳永不甘寂寞之心，他也渴求得到君主的赏识，希望得以施展才干。

很可惜，宋仁宗从未真正地试着去了解并赏识柳永。柳永就像一个身怀绝技的歌女，满心以为只要选对了曲目，凭其新莺出谷的演唱天赋，自会引起君王瞩目。为此，他对着仁宗深情而唱："我的心里只有你没有他，你要相信我的情意并不假。我的眼睛为了你看，我的眉毛为了你画，从来不是为了他。"怎奈话不称意、调不走心，对柳永抛来的俏眉眼，仁宗根本就不搭理。柳永想要勾搭皇上这条路子看来是行不通的，这可真是如坡公所说"多情却被无情恼"。

一寸金

井络天开，剑岭云横控西夏。地胜异、锦里风流，蚕市繁华，簇
簇歌台舞榭。雅俗多游赏，轻裘俊、靓妆艳冶。当春昼，摸石江边，
浣花溪畔景如画。

梦应三刀，桥名万里，中和政多暇。仗汉节、揽辔澄清，高掩武
侯勋业，文翁风化。台鼎须贤久，方镇静、又思命驾。空遗爱，两蜀
三川，异日成嘉话。

柳永是个多面手，堪称全能型词人。抒写儿女之情，固然是其强
项；表现帝都繁华、市井风味，并不逊于张择端的画笔；而其客途旅
思之作，也颇见不凡。清代词人冯煦有过一段评语："耆卿词，曲处
能直，密处能疏，拗处能平，状难状之景，达难达之情，而出之以自
然，自是北宋巨手。"这段评语，对柳词善于铺陈的特点予以高度肯
定。除了上面列举的那些类型，柳永还写过为数不少的投献词。而其
投献之词，往往能将铺陈之美发挥到淋漓尽致。

早在二十岁时，柳永就写过一首投献词《望海潮》，献给时任杭州太守的孙何。后来又写了《如鱼水》献给颍州太守吕夷简，《临江仙》献给扬州太守刘敞，《瑞鹧鸪》献给杭州太守孙沔。看来柳永是养成了一个习惯，每到一处，就会向地方官投献。试图以过人的才华来打动地方官，让他们甘愿为他的仕途推波助力。平心而论，柳永的这些投献词，还真是写得不错。尽管词中的阿谀奉承殊少新鲜之感，但那些谀颂之语却寓于美景之中，浑然天成，雅妙妥帖。这是柳永的高明之处，是一个才子词人的独门秘器。令人郁闷的是，尽管柳永使出了这样的秘器，那些接受投献的对象似乎却并未做出热烈回应。柳永步入仕途很晚，做到屯田员外郎这一级别就已到顶了，这与柳永的期望是相去甚远的。这就产生了一个疑问——那么多的投献对象，莫非就没有一个人肯为柳永的前途说句话吗？到了晚年，柳永最大的愿望是要回到心驰神往的京都，为一京官。这个愿望还不至于与异想天开画上等号吧？须知他所投献的对象可都是朝廷的名公能臣啊，他们若肯为他进言，不看僧面看佛面，皇帝总会听信一两句吧？

　　但柳永的投献却如泥牛入海，不，泥牛入海还能惊起浪花四溅，柳永却是望眼欲穿、毫无动静。是那些人不识货吗，还是他们的看法与晏殊"所见略同"？柳七这个人，偶一正经起来，小词倒是写得不赖。可他向来以偎红依翠为能事，又是十足的市民腔调，皇上素来轻其人品，这是有目共睹的。归根到底，这不是一个看词的世界，而是一个看人品、看才干的世界。柳七是有些可惜，可这难道不是他自己造成的？

　　笔者是这么分析的，有无道理，可就不敢担保了，因为这在史书典籍中是找不到佐证了。对柳永的投献者吐槽完毕后，我们且静下心来赏读柳永的词作吧。尽管投献者似乎未对柳永尽到"不拘一格降人才"的责任，但柳永的词作还是十分给力的。这首《一寸金》，是柳永为即将离任的益州太守蒋堂所写的投献词。

益州别称刀州，为西汉十三州（又称刺史部）之一，汉武帝元封五年（公元前106年）设立，其辖地包括四川、重庆、贵州、云南等省市大部分地区。唐太宗贞观元年（627），废除州、郡制，改益州为剑南道。唐玄宗天宝元年（742），改益州为蜀郡。唐肃宗至德二年（757），以蜀郡为上皇南巡之地（唐玄宗避安史之乱逃入蜀中，讳称"南巡"），升为南京成都府。宋太宗淳化四年（993），因王小波、李顺起义攻克成都，起义失败后，成都府又降称益州。大致说来，益州自古为巴蜀之地。自东汉兴平年间以后，以成都为治所。

"井络天开，剑岭云横控西夏。"柳永首先写到了益州的地理位置。这种手法，应当是借鉴于王勃的《滕王阁序》："豫章故郡，洪都新府。星分翼轸，地接衡庐。襟三江而带五湖，控蛮荆而引瓯越。"

古人的口头禅是"天时，地利，人和"。天时是放在第一位的，所以王勃一上来就说："我所在的位置，从前称为豫章郡，今天是众所周知的洪都府。就天文方位而言，是二十八星宿中的翼、轸两宿的分野。"柳永欲夸益州，同样是从天文入手。他傲然而言，益州为二十八星宿中的井宿所笼盖，大小剑山合围护峙，其上云遮雾掩、飞鸟难渡，令大宋之劲敌——狼子野心的西夏受其控制，不敢轻举妄动。

言罢蜀地的险要，柳永又夸耀起了蜀地的风光。这对他而言，可谓轻车熟路。蜀地乃天府之国，名下无虚。这里有锦里风流、蚕市繁华。锦里指的是什么呢？锦里在成都城南夷里桥南岸，据《蜀志》记载："其道西城，故锦官也。锦工织锦濯其江中则鲜明，濯他江则不好，故命锦里也。"

锦官又指的是什么呢？相传三国蜀汉时（也有人说，是在西汉时期）于锦里设置管理织锦之官，锦官城后来逐渐成为成都的代称。老杜的诗"晓看红湿处，花重锦官城"，已为人所尽知。老杜还有一句诗，"锦里先生乌角巾"，熟读唐诗的人也不应感到陌生，写的是一位住在锦里、头戴乌角巾的老先生，老杜称之为南邻。这位可爱的邻居不仅人缘好，鸟缘也好，"惯看宾客儿童喜，得食阶除鸟雀驯"。这又算不算是锦里风流的一个特写镜头呢？

说到锦里风流，与"锦"自是密不可分。刘禹锡诗云：

濯锦江边两岸花，春风吹浪正淘沙。

女郎剪下鸳鸯锦，将向中流匹晚霞。

蜀锦艳天下，完胜晚霞流光。有锦里怎可无蚕市？宋代黄休复著有《茅亭客话》一书："耆旧相传，古蚕丛氏为蜀主，民无定居，随蚕丛所在致市居，此其遗风也。"按照一些古文字学家的看法，蜀的古体字就是一条吐丝的蚕，古蜀国即蚕国。《茅亭客话》又言："蜀有蚕市，每年正月至三月，州城及属县循环一十五处。"僧人仲殊曾在《望江南》一词中咏赞道：

成都好，蚕市趁遨游。夜放笙歌喧紫陌，春邀灯火上红楼。车马溢瀛洲。

连方外之人都不免被其魅惑，成都蚕市的繁华热闹可想而知。歌台舞榭，不分雅俗老少，到处都是嬉游乐赏的人们。

看一座城市是否宜业，当然要看市面。成都蚕市繁华，百姓显然过得有声有色、有滋有味。看一座城市是否漂亮，除了歌台舞榭那些硬件，这个城市的人们，也不可不看。成都人不愧出自锦官城，其服饰打扮也极为抢眼。帅哥美女联袂而至，让柳永这个极富鉴赏力的京中来客也不禁惊叹于靓妆之丽、轻裘之奇。

看一座城市是否宜居宜游，那就要这座城市的景物来表个态了。锦里之美，莫过于春昼。摸石江、浣花溪，是人们最爱去的地方。对于摸石江这个古地名，现代人，即使是世代相传的成都本地人，估计也是不知其为何意。但要说到浣花溪，却是古今之人都久闻其名的。据宋代《方舆胜览》所载："浣花溪在城西五里，一名百花潭。"传说这里曾有过一位美丽的姑娘，看到一个路过的僧人坠入污渠，僧人虽未曾因此受到重伤，但他的僧衣却是污浊不堪了。善良的姑娘在溪边的一池清潭中洗净了僧衣，她忽然发现，潭中与溪里已是百花盛开。从此，此地被称为百花潭，又称浣花溪。而这位姑娘，则被后世称为"浣花夫人"。老杜对浣花溪是最有感情的了。"万里桥西宅，百花潭北庄"，杜甫草堂就建在浣花溪畔。"竹寒沙碧浣花溪"，这是老杜诗中的浣花溪。但更为我们所熟悉的，却是那首《江畔独步寻花》：

黄四娘家花满蹊，千朵万朵压枝低。

留连戏蝶时时舞，自在娇莺恰恰啼。

虽未标明"浣花溪"三字，但分明写的就是浣花溪一带的景致啊。浣花溪畔，无论从哪个方位欣赏，都是一幅无可挑剔的美图。

一座宜业、宜居、宜游的城市，漂亮时尚，令京中来客也大饱眼福、大开眼界，益州的治理者功不可没。《晋书·王濬传》中记载了这样的一个故事——王濬梦见卧室的屋梁上悬挂着三把刀，再一看时，屋梁上又多出了一把刀。尽管王濬是个带兵打仗的主儿，做了这样一个超级恐怖的噩梦，也不禁感到毛骨悚然。可他手下的一名主簿知道后反倒恭喜起他来，主簿解释道："三刀为州字，又益一者，明府其临益州乎？"王濬后来果然迁任益州刺史。由于他在益州干出了业绩，"怀辑殊俗，待以威信，蛮夷徼外，多来归降"，得到朝廷的赏识，很快被征拜为右卫将军，授以大司农之职。

诸葛武侯，则是益州的另一位治理者。成都至今犹有武侯祠、武侯区，在蜀人心中，诸葛大名比王濬可要响亮多了。杜甫草堂在万里桥西面，而这万里桥的由来，却是与诸葛亮有关。相传诸葛亮曾于此处为出使东吴的蜀臣费祎践行，费祎感言道："万里之路，始于此桥。"

"三刀""万里"，已成为不朽的传奇。政治清明、人物娴雅，慢节奏、高品质的生活，则是益州的前任治理者为这里定下的基调。

写到这里，柳永必须要让他所投献的对象——益州太守蒋堂登堂入室了。然而，怎么才能将蒋堂与益州联系起来呢？且看柳永妙笔一转"仗汉节、揽辔澄清，高掩武侯勋业，文翁风化。台鼎须贤久，方镇静、又思命驾"。

蒋公您作为新任的益州太守，对这方土地的现状与未来，一定有着许多胸有成竹的筹划。但愿您，就像东汉名臣范滂那样，"登车揽辔，慨然有澄清天下之志"，成就一番超越前贤的伟业；但愿您，比三国的诸葛武侯还要治理有方；但愿您，比汉景帝的蜀郡太守文仲翁还要精于教化。朝廷的台鼎之臣空缺已久，看到您治蜀的功绩，那至关重要的职位早已非您莫属。尽管您在蜀地停留的时间不长，但您对蜀民的宽仁与厚爱却将永驻蜀人之心，在两蜀三川口口相传，异日写进青史，又是一段令益州增光添彩的嘉话。

据《宋史》记载，蒋堂出任益州太守是在宋仁宗庆历三年（1043）年六月，第二年的十一月离任。也就是说，蒋堂在益州任太守甚至不到一年半的时间。柳永的《一寸金》描写的是益州的春景，则柳永到益州，很有可能是在 1044 年的春天，此时离蒋堂出任益州太守还不到一年。期待一名太守在如此短的时间内干出"高掩武侯勋业，文翁风化"的惠政，这显然是极不现实的。朝廷之所以对蒋堂另有征召，并不是看在蒋堂治蜀的惠政上。难道柳永对此不懂吗？他当然懂。但他为什么要这样写呢？依笔者之见，柳永大概一到益州就听到了蒋堂即将另有高就的风声，为了完成谀颂的任务，正好顺水推舟，又拾起了《望海潮》中的"故技"——异日图将好景，归去凤池夸。但柳永毕竟不方便一字不改地重复旧作，所以在《一寸金》里，他略加变化，写出了"异日图将好景"的升级版"台鼎须贤久，方镇静、又思命驾"。可明眼人一望即知，换汤不换药，柳郎于此才尽矣。

也真是的。好端端的一首益州词，加上这么一段为奉承而奉承的尾巴，除蒋堂之外，其余读者多多少少都会感到有些郁闷吧。其实人家柳永也挺不容易的，写了大半辈子的投献词，却终究未能碰上一个有心"拔尔抑塞磊落之奇才"的重量级人物。这样看来，柳郎也真够惨的。

忆夫差旧国，
羡范蠡扁舟

双声子

晚天萧索，断蓬踪迹，乘兴兰桡东游。三吴风景，姑苏台榭，牢落暮霭初收。夫差旧国，香径没、徒有荒丘。繁华处，悄无睹，惟闻麋鹿呦呦。

想当年、空运筹决战，图王取霸无休。江山如画，云涛烟浪，翻输范蠡扁舟。验前经旧史，嗟漫载、当日风流。斜阳暮草茫茫，尽成万古遗愁。

孟浩然《与诸子登岘山》云：

> 人事有代谢，往来成古今。
>
> 江山留胜迹，我辈复登临。
>
> 水落鱼梁浅，天寒梦泽深。
>
> 羊公碑尚在，读罢泪沾襟。

岘山在湖北襄阳城南，诗人在岘山上俯瞰水浅石露的鱼梁州，遥望寒风幽咽的云梦泽，且看到了西晋名将羊祜留下的碑文。据《晋书·羊祜传》记载：

祜乐山水，每风景，必造岘山，置酒言咏，终日不倦。尝慨然叹息，顾谓从事中郎邹湛等曰："自有宇宙，便有此山。由来贤达胜士，登此远望，如我与卿者多矣！皆湮灭无闻，使人悲伤。如百岁后有知，魂魄犹应登此也。"湛曰："公德冠四海，道嗣前哲，令闻令望，必与此山俱传。至若湛辈，乃当如公言耳。"

人生一世，草木一秋。能如青山般万古长存的，是志士豪杰所创建的丰功伟业。而平庸之人，必定湮没无闻。孟浩然此时已是年华老大，年华老大却一事无成，触景生情，忆起羊祜其人其事，感叹生命即将在漠然流逝中归零，与草木同朽，不得与青山永在。这对一个有理想、有抱负却始终不被机遇所垂青的人来说，是何其残忍，又何其辛酸！

"江山留胜迹，我辈复登临。"柳永的这首《双声子》，也是一首将自身游历与咏史融为一体的作品。其所游历之地，是姑苏台榭、夫差旧国。

天色向晚，入眼一片萧索景象。柳公子显然心绪不佳，多数时候沉默不语，偶一开口，三句中倒有两句是在自怨自艾，自叹就像被风吹得连根拔起的蓬草一样，漫无目的地漂泊于世。

同行者见他如此反常，暗自忖度道："不好，他这个样子，可是患上了时下最高深莫测、难以治愈的抑郁症？真若出了事，可怎么向他的家人交代呢？这柳七的情绪向来是拿捏不准。情绪坏的时候，板着一张脸，活脱脱是'叫天天不应，叫地地不灵'的化身；情绪好的时候，则又眉飞色舞、高谈阔论，是天底下你最乐意交往的那种人。怎么才能让他把坏情绪变成好情绪呢，把一株衰柳变成鲜柳呢？有了，无非是'开导'二字。开导得当，抑郁症也可以不治而愈嘛，何况柳七还没有病入膏肓呢。"

"问你一个简单的问题，你的魂儿还没丢掉吧？"同行者试探着问道。"丢掉了又怎样？"柳永没好气地白了他一眼。

"知道我们走到哪里了吗？"

"无所谓。天南地北，漂到哪里就算哪里。"

"天南地北，还总有个南北呢！那你倒是说说看，我们是到了南呢，还是到了北？答不上来了吧，你素日的那股伶俐劲儿怎么都灰飞烟灭了？"那人在柳永的额头敲了一记，"我可告诉你，这里是三吴的地盘了。怎么样，奉旨填词柳三变，还有作词的兴致吗？时下呢，倒是无人要你奉旨，这儿也不是你所熟知的烟花巷陌、丹青屏障。给你出个题目，夫差、范蠡与西施，你愿不愿写？"

"这种题材老掉牙了。"柳永头也不抬地答道。

"休得嫌老。老树开花，媚不可当。题目我都替你想好了——吴越春秋之豪华三角恋。这名字，肯定叫座。"

"豪华三角恋？"柳永一脸的嫌弃，"夫差、范蠡与西施——霸道总裁、心机男加上美丽得不可方物的腹黑女，这就是所谓豪华三角恋的卖点？这么老土的故事早已滥市了。若是照你的这个思路写，岂不是存心砸了我的招牌，断了我的销路？"

"我这不是抛砖引玉嘛！真有本事，你就弄出一篇古曲新弹来，写一写你柳三变对夫差、范蠡、西施的定位，写一写你柳三变心目中的吴越春秋。"

"也好。"柳永一改颓然不振的态度，"这倒是个解闷散心的妙方。和船家打个招呼吧，带我们前去吴宫旧址。"

"柳七公子，这就不劳吩咐了。这段日子以来，你一直闷闷不乐，为了让你解闷散心，我是想破了脑袋。想到黔驴技穷处，终于也有坐看云起时啊！你睁开眼睛看看吧，我们这不已经到了姑苏台吗？你的《姑苏赋》可有眉目了？"同行者手指前方道，"要不要上去看看？"

"百闻不如一见，自然是要上去的。"柳永点了点头。

于是船家靠岸，在前方引路，将柳永一行人引入荒山野径。暮色之中，云开雾散、残阳如水。而野径之上，却有不知名的花草借着瑟瑟寒风飘散出幽幽冷香。稍加观察便能发现，在平常时，这里定然人迹罕至。山是寂寞的、路是寂寞的、花是寂寞的、草是寂寞的，连寒风都来去匆匆，似乎无法忍受这难以言说的凄凉。是的，除了寂寞外，这里所拥有的，只有一片地老天荒般的寂寞。

"咦，不是说已到姑苏台了吗？"柳永举目四顾、一脸茫然，"怎么还没看见呢？""姑苏台，也不过是个传说中的地名罢了。传说就在姑苏山上。客官，是已到了呀！"船家欠了欠身。

"这里就是姑苏山？"柳永难以置信地问。

"还真是这儿。"

"可这儿却没有台榭。"同行者也犯起疑来，"不会是带错了路吧？明明是荒台一座，姑苏台上哪儿去了？"

"这个呀，你得去问吴王夫差、越王勾践。我们这一带的人，只知道姑苏台从前是在这个位置，这是代代相传的地名，错不了。"船夫微笑道，"有人说，这姑苏台是吴王夫差修的。也有人说，是夫差的老爹阖闾修的。还有人说，阖闾在有生之年未能建成，夫差继位后就接着修。光是筑台的那些材料就花了整整三年才置办齐全，修这姑苏台又花了五年的时间。劳民伤财，就为着阖闾父子图个快活、图个高兴。夫差高兴，越王勾践他更是高兴啊！又是给夫差送去工匠，又是给夫差送去木材，又是给夫差送去西施，口口声声说是'来自越国家奴的孝敬'。打了败仗亡了国，堂堂一国之君以'家奴'自称，也真是丢尽脸了。这勾践他不简单哪，卧薪尝胆，什么苦头没吃过？不但心眼儿多，且能放下身段做低伏小。哄得夫差穷奢极欲，他却暗地里发奋图强。老话说得好啊，君子报仇，十年不晚。这吴越之间斗来斗去几十年，也该分出个胜负啦。这个时候的夫差，哪还有当年的那片雄心壮志，哪里还是勾践的对手？刚才听二位在舟中谈诗论文，难道二位不是读书人？是读书人，岂不知历代破国毁家，是何下场？又何必一再追问姑苏台的下落？"

"老人家，你说得对。'皮之不存，毛将焉附？'越国先屈于吴，勾践以家奴事吴，而吴国卒为越国所灭，夫差虽欲求以家奴事越，勾践岂能重蹈覆辙？夫差饮恨身死，姑苏台又安能幸存于世？兴亡成败，此亦天数。"同行者点头叹道。柳永却摇了摇头："君不闻盛衰之理，虽曰天命，岂非人事哉？夫差之败亡实由自取。"

"是啊！"同行者表示赞同，"夫差被勾践臣服之表象所迷惑，又为西施惊世之美所倾倒。拒诤言、杀良臣，引火烧身而浑然不觉。夫差真可谓鬼迷心窍矣，竟然赐剑给忠心耿耿的伍子胥，令其自行了断。子胥引剑自刎，死前曾发毒誓'悬吾目于东门，以见越之入，吴国之亡也'。而这一毒誓，终得应验。"

"子胥之誓，足令千秋忠臣义士为之心悸，为之警觉。"柳永道，"为一个没有心肝的国君卖命，实为无益之事。臣子可以为国为君尽忠，却不可以托以愚忠。"

"是这个理儿！"船夫捋了捋花白的胡须，"伍子胥九死一生，过昭关、鞭王骨，天下人所遇不到、做不到的事，他全都遇到了、做到了。原指望辅佐夫差成就霸业，换来的却是昏君的一道赐死旨意。历经千难万险，没死在仇敌手中，却死于自己人的憎恶与背叛。其实伍子胥另有一句话，在我们这一带，比那句'悬吾目于东门，以见越之入，吴国之亡也'还要有名。那就是——""老丈且慢，"柳永止住了船夫，"让我猜一猜，这句话可是《史记》中的——昔子胥谏吴王，吴王不用，乃曰'臣今见麋鹿游姑苏之台也'？"

"先生好记性，原来这话是出自《史记》。"船夫笑道，"跟我们这里的说法还真是一个意思。那还是在吴国君臣最终翻脸之前，夫差将伍子胥的劝谏只当耳旁风，伍子胥实在气不过，就发狠说——我不是在诅咒你，吴王。我怕的就是有那一天，你的姑苏台上不见楼阁美人，只见成群结队的麋鹿。""这话说得极痛切、极深彻，可惜夫差不悟。"同行者目光一转，"这儿真有麋鹿吗？"

"怎么没有？这一带虽是荒凉，但来往的客官都跟你们一样，揣着些怀古之意，为的是一睹夫差的姑苏台，故此常有客船经过，山上的麋鹿也见惯不惊了。"船夫道。"但我们却没见着麋鹿呀！"柳永道，"姑苏台见不着，麋鹿也见不着。史书上的那些记载，看来并无依据。历史上有无姑苏台，此处是不是姑苏台的故址，这都难说。"

船夫打了个呼哨，不多时，果然有几只麋鹿从山林中钻了出来，呦呦叫着，目光中有新奇亦有警惕。"我说得没错吧？这儿就是姑苏台。"船夫不无自负地说道。"姑苏山上麋鹿游，姑苏台荒繁华休。史书诚不欺吾等，老丈没有带错路。"柳永叹道。"唉，早知是这样的地方，我也不会劝你来此了。几只麋鹿，一座荒丘，有等于无，等于什么都没看到。"同行者倒有些过意不去。"有等于无？"柳永扬了扬眉，"不是这样说。透过今日之无，难道就不能窥见昔日之有？我看到了，你难道没有看到吗？""柳七公子毕竟是柳七公子。无中生有，有中生无，果然是看到了。"同行者亦有所悟。"我本白衣卿相，愿逐范郎行藏。共此三吴风景，闲赏云涛烟浪。"柳永临风而立，欣然一笑，"这，就是我的《姑苏赋》。"

草木微香之中，呦呦鹿鸣声里，似曾见姑苏台大兴土木，越王勾践亲督良匠施工。似曾见楼阁壮丽无加，吴王夫差踌躇满志。似曾见越臣范蠡向越王出谋献计，似曾见西施褰裳涉水而来，"朝为越溪女，暮作吴宫妃"。然后便是李白在《乌栖曲》中所描绘的一幕："姑苏台上乌栖时，吴王宫里醉西施。吴歌楚舞欢未毕，青山欲衔半边日。"再然后，是勾践卑躬屈膝的谀媚与伍子胥的白发怒容交互叠现。最后，是冲天的火光、姑苏台的坍塌，以及在火光与废墟中挥剑自刎的夫差。

俱往矣，那些年的运筹决战，图王取霸。忍辱负重的勾践实现了完美的复仇，但历史中的人物，一些身为配角的人物，却留下了后话。曾经为了祖国的复兴而慷慨奉献青春年华的西施到哪里去了？勾践的第一谋臣、越国灭吴的第一推手范蠡又到哪里去了？相传西施与范蠡同乘一叶扁舟，在清风白浪中飘然而去，离开了龙争虎斗地、是非福祸乡。江山如画、王图霸业，原来不过尔尔。假如要西施与范蠡再度出山，用余生的平静快乐来换取那些用尽心机、叱咤风云的岁月，他们还肯吗，他们还会吗？天下哪有固若金汤的江山啊，王图霸业无非过眼烟云，那不是世间真正的风流。真正的风流，不在于进，乃在于退。与其追逐王图霸业，成为被人利用的棋子，不如安守本心，惜取眼前的生活。

吴越春秋，在一场荡气回肠的国仇家恨之后画上了句号。越王勾践的复仇真是那样完美吗？失去了毕生奋斗的目标，失去了患难与共的谋臣，失去了人生中的黄金盛年，勾践的胜利，也不是想象之中的那般香甜吧？斜阳茫茫，犹照空台废冢；暮草无边，似说万古遗愁。

长空散瑶花，
明月照幽素

望远行

　　长空降瑞，寒风翦、渐渐瑶花初下。乱飘僧舍，密洒歌楼，迤逦渐迷鸳瓦。好是渔人，披得一蓑归去，江上晚来堪画。满长安、高却旗亭酒价。

　　幽雅。乘兴最宜访戴，泛小棹、越溪潇洒。皓鹤夺鲜，白鹇失素，千里广铺寒野。须信幽兰歌断，彤云收尽，别有瑶台琼榭。放一轮明月，交光清夜。

　　张爱玲曾不无幽默地调侃过人生三大恨事：一恨鲥鱼多刺，二恨海棠无香，三恨《红楼梦》未完。前面两大恨事，鲥鱼多刺与海棠无香，她是听人说的，而《红楼梦》未完，则是她的潜意识。虽是一句玩笑话，若让世人来回答，对于人生的三大恨事，肯定会交出千差万别的答卷。而对我来说，这段时日来深受酷暑之"荼毒"，若是让我来回答这人生三大恨事，我会不假思索地答道：一恨高温狂虐，二恨天公不雨，三恨不能化为冰箱里的一尾鱼。当然咯，不是一尾翻着白

227

眼、既无出气也无进气的死鱼，而是电视广告中的，在冰箱中美美地酣睡，一俟主人打开冰箱即豁然起跳，从冰箱的一角摇头摆尾而出的未来新鱼类。可惜当前还不是未来，这种新鱼类并没有问世。而我，似乎也暂时找不到化身人鱼、无视冷热的捷径。

实在热得受不了了，不能把冰箱当作避暑山庄，还不能把空调开得十足吗？但在空调房中待得久了，却又口舌生疮，诸般不适起来。咬了咬牙，终于怀着与酷暑决一死战的心情，直奔空调缺席的电脑桌前。也罢，既然忍暑出山，就要一丝不苟地完成原计划。而按照我的原计划，柳永的词评写到第二十四篇，便将"开到荼蘼花事了"。

前面的二十三篇品目繁多。既有以"杨柳岸，晓风残月"为代表的柳氏恋曲，也有以"针线闲拈伴伊坐"为代表的市井生活场景；既有以"潇潇暮雨洒江天"为代表的羁旅愁思，也有以"忍把浮名，换了浅斟低唱"为代表的狂放率性；既有以"东南形胜，三吴都会"为代表的投献名篇，也有以"挺英哲、掩前王"为代表的谀圣颂歌；既有以"歌酒情怀，不似当年"为代表的追忆之赋，也有以"斜阳暮草茫茫，尽成万古遗愁"为代表的咏史佳章。但这些，仍不足以概括柳词的全部风貌。《乐章集》中还有一个品目笔者不曾提及，那就是柳永的咏物词。既然如此，这最后一篇柳词，就选取一首咏物词吧。

欲知柳永所咏为何，我们先来看一首诗：

一片两片三四片，五六七八九十片。

千片万片无数片，飞入梅花总不见。

看完了诗，再来解开诗谜。诗谜太简单了，猜中的绝对不是天才，猜不中的却绝对是傻瓜。我们这些不是傻瓜的猜谜者，大可面带骄傲之色齐声作答：一片是雪花，两片是雪花，千片万片还是雪花。

没错，我们今天所要品评的，正是柳永的一首咏雪词。这大热的天，借鉴一下曹丞相"望梅止渴"的做法也是好的。既然天公不肯降温，我们倒不妨来个"望雪解暑""心静自然凉"。柳永此词，恰是解暑神器，且让我们来体会一下它的威力与妙用吧。

寒冬的世界，花谢红装，草失绿衣，啼鸟噤喉，满目残山剩水。与春、夏、秋三季相比，冬的颜色最单调，冬的姿态最颓废。若要在四季之中选出自己的最爱，也许还得费番思量，但若要在四季之中选出自己最不爱的季节，相信许多人已毫不犹豫地举起了手来。且莫急于出口，再好好想一想吧。寒冬的世界，也不尽是花草萎靡、无声无色。辛弃疾有句词"残山剩水无态度，被疏梅料理成风月"，几枝疏梅，虽不能令全局改观，却毕竟激活了寒冬的姿态，令无精打采的残山剩水竟也散发出了生动妩媚的气息。试用飞雪来替换疏梅，则残山剩水又将被料理为怎样的一番面目呢？寒冬果真是最单调、最颓废的季节吗？它真的就一无可取？在四季之中选出自己最不爱的季节，你会无比果断地、义无反顾地把这一票投给寒冬吗？

我知道，你的决心动摇了。因为寒冬有一样事物，是另外三个季节所无法拥有、无法取代的，那就是寒冬的雪。纵然寒冬的日子长达百天，只要有那么一天，迎来了下雪的日子，为了这一天，就足以原谅其余九十九天的凛冽与单调。只有下雪的日子，才能把平凡的人间变成天堂，让平凡沉重的人生为一种飘然出尘的仙气与仙味所萦绕，这是寒冬与其他三个季节最大的不同之处，也是寒冬最为出彩之处。雪，是冬之神髓，冬之精华。

人有正邪两面，雪，也有粗暴阴鸷的一面。老杜有言，"朱门酒肉臭，路有冻死骨"，这样两极分化、令人愤慨的一幕似乎只应发生在冰天雪地。这样的一幕当然不只是唐朝的"特产"，中国古籍中不乏百姓苦雪的记载。就以柳永所在的宋朝为例，让我们来看看《宋史》中关于天灾雪祸的描述。比如："淳化三年九月，京兆府大雪害苗稼。四年二月，商州大雪，民多冻死。"又如："天禧元年十一月，京师大雪，苦寒，人多冻死，路有僵尸，遣中使埋之四郊。二年正月，永州大雪，六昼夜方止，江、溪鱼皆冻死。"再如："靖康元年闰十一月，大雪，盈三尺不止。天地晦冥，或雪未下时，阴云中有雪丝长数寸堕地。二年正月丁酉，大雪，天寒甚，地冰如镜，行者不能定立。是月乙卯，车驾在青城，大雪数尺，人多冻死。"然而，这只是有雪灾降临的年份，因雪成灾，这就是冬雪的罪过了。

但冬雪并不总是灾异的化身，"雪满山中高士卧，月明林下美人来"，更多的时候，雪与其说是粗暴阴鸷，不如说是雅隽温柔。这也使得古今之人对于雪，与其说是谈虎色变，不如说是暗自期盼。俗话说，瑞雪兆丰年。不要以为，期待下雪的，必是那些为富不仁的特权阶层。穷人也爱雪。不信吗？还记得《白毛女》中的喜儿开门窥雪时那欢喜神态与甜美唱词吧："北风那个吹，雪花那个飘，雪花那个飘飘，年来到。"

雪花飘向北宋，满城欢声一片。天降奇瑞，雪花驾到。都说二月春风似剪刀，却不知寒月冬风也是裁剪的好手。只见它左一裁、右一剪，不消多时，便有千万朵美如琼瑶的雪花从空中冉冉飘下。看雪去，看雪去，这是上苍赏给世人的福利。见者有份，且看花落谁家？

雪入僧舍，花飞歌楼，那些俯仰成对、犹如鸳鸯偎抱的瓦盖上渐积渐深，仿佛笼上了一层白玉被褥。

老和尚停下了手中的木鱼，眼角带着温润的笑意："有了这场雪，今冬的旱情总算是得以纾解啦！天意昭昭，也不枉了这数日的祷告。

但愿这场雪，还要下得久些，下得深透些才好。"

萌态可掬的小和尚则你推推我，我推推你，小声而又热切地嘀嘀咕咕，虽极力抑制，仍扰动了佛堂的清寂。眼巴巴地望着素日不苟言笑的师父，而师父也终于放出话来："没见过下雪吗，瞧你们这挤眉弄眼的猴急样儿。心不诚则不灵，今天的清修就此为止吧！"

"谢师父！"小和尚们如同接了佛旨般笑逐颜开，雀跃着从佛堂一拥而出。走在最后的小和尚有些过意不去，上前搀着师父道："今冬的头一场雪，师父也和我们一同看吧。弟子们刚才商量着，就用这头一场雪，堆一座达摩祖师的神像，倒也洁净别致。这样祖师爷就不会怪罪弟子们提前结束了日修吧？"

歌楼之上，一群靓妆盛饰的女郎正围着一个青袍纱帽的士人。他便是柳永。

"现成的好题目，何不以汴京雪意为题，为我们姐妹制首新曲？"

"我这儿有纸，是从徽州新到的凝霜纸，正好配得上今日的雪景。"

"我这儿有上佳的砚墨，除了你柳七公子，别人断不敢用它。"

"我这儿有弋阳李展所制的鸡距笔，不会辱没公子的文才吧？"

莺啼燕语，暖如红泥火炉。那凌空飘舞的似乎不是雪花，而是嫣然怒放的春花。

"盛情难却。你们如此殷勤相待，是要叫我非写不可呵。"柳永笑了笑，喜滋滋地在素笺上落下了第一行字："长空降瑞，寒风翦、渐渐瑶花初下。"

"公子锦心绣口，出手真快！"

一语未了，素笺上又落下了另一行字："乱飘僧舍，密洒歌楼，迤逦渐迷鸳瓦。"

但接下来，柳永却搁笔抚案，沉吟良久。

"柳七公子也有下笔维艰之时吗？"

"别说话，休要打断了公子的思致。"

柳永反倒站了起来："惭愧了，柳某今日殊无创意，欲就前贤请教。各位芳卿记得哪些古人写雪的诗文，能否背给柳某听听？"

"适才公子所写，'乱飘僧舍，密洒歌楼'，其实并非为公子之创意，而是出自唐代郑谷的《雪中偶题》。全诗是——乱飘僧舍茶烟湿，密洒歌楼酒力微。江上晚来堪画处，渔人披得一蓑归。"有人朗声道。

"好眼神，好才学。"柳永点头赞道，"还有谁，能为柳某开启雪思？"

又有人应声而起："开元中，诗人王昌龄、高适、王之涣齐名。时风尘未偶而游处略同。一日，天寒微雪。三诗人共诣旗亭，贳酒小饮……"

"这是《旗亭画壁》，难为你竟记得这样全，柳某不得不服。"柳永又是惊奇，又是兴高采烈，"王昌龄、高适、王之涣在下雪天到旗亭饮酒，遇到一群唱曲的伶官。这三个人都以诗自负，就打赌说，谁的诗被伶官唱得多，谁就大获全胜。多妙的故事，多棒的赌注啊！"

"那还用说吗？今日之下，如果这三个人与公子同到旗亭饮酒，公子定会大获全胜。因为只要公子前去，我们姐妹便会全部出动啊。我们每个人只唱公子之词，把王昌龄三人气得吐血可好？"

听到这个建议，柳永不禁心花怒放，口里却道："不可，不可，要抬举柳某，也不宜做得太过火、太过分啊！"

"公子不必太过自谦。以公子当世之名，何须与王昌龄三人同伍？我敢保证，公子就是独自去旗亭露上一面，随便叫上我们姐妹几人，把公子的词曲唱上几首，旗亭的酒价一准儿会'嗖嗖'地上涨。汴京的市民都想听着公子的词曲饮酒御寒呢，不把旗亭的掌柜乐坏了才怪。"

"真会如此？柳某竟有这么大的号召力与感染力？"柳永笑言，"在旗亭的掌柜乐坏了之前，我先乐坏了才是。请接着背吧。"

于是，有人背诵了《世说新语》中的"棹雪访戴"。山阴的王子猷在雪夜想起剡县的戴安道，坐了一夜的船到达戴家。到了戴家却不入而返，被人问起时不失风雅地答道："吾本乘兴而行，兴尽而返，何必见戴？"

还有人背起了南朝谢惠连的《雪赋》："庭列瑶阶，林挺琼树，皓鹤夺鲜，白鹇失素。"

"好一个皓鹤夺鲜，白鹇失素！"柳永评道，"雪花之洁美，更在皓鹤、白鹇之上，谢家惠连，有此精妙绝伦之句！"

也有人背起了宋玉的《讽赋》："中有鸣琴焉，臣援而鼓之，为《幽兰》《白雪》之曲。"

"雪中鼓琴，莫若《幽兰》《白雪》之音。上乘之雪当有上乘之作。"柳永愈发惊喜。

更有人吟唱："'如何雪月交光夜，更在瑶台十二层。'请问柳七公子，这是何人之作？"

"这却难不倒我，是李义山的《无题》。除了义山，谁能将这白雪世界写得如梦如幻，有如神仙洞府一般？"柳永回到案前，提起笔道，"有劳诸位，受益颇多。今日柳某虽不能制成新曲，却已有了一首集句之词。"

众人看毕柳永写下的全词，无不交口称赞。都说词中虽多有集句，却是集得浑然天成，典故与意象交相辉映，丝毫不露穿凿之痕。

"幽兰歌断是援引宋玉的'为《幽兰》《白雪》之曲'。公子之意，是在雪夜歌唱有如阳春白雪般高雅的琴曲。何不将幽兰歌断改为白雪歌断呢？宋玉的那个典故美则美矣，却有些生僻。若是不知道这个典故，读到幽兰就会莫名其妙，感到隔了一层。而用'白雪'一词则一目了然，既合于眼前之景，又易于令人联想到阳春白雪之意。"一名歌女俯下身来，指着纸上的"幽兰"对柳永道出自己的困惑。

"有道理，有见地。可你知道吗，我不用白雪而用幽兰，是有原因的。"柳永解释道，"我写的是雪，但通篇之中，却不落一个'雪'字。若是落一'雪'字，就直白浅露了。幽兰歌断，如你所言，知道宋玉那个典故的自能心领神会，明白我是以幽兰代指白雪，而不知道那个典故的则会一头雾水、不知所云了。《阳春白雪》之曲是为知音唱的，我的词，亦是为知音写的。'知音如不赏，归卧故山秋。'柳永何幸，能与你们结为知音。知音识曲，令柳永千秋万载断不会有'归卧故山秋'的寂寞与遗憾。"

漫天的雪花，飞得更加轻盈欢快了。明月映雪，古今共此清光，同此幽雅。

醉垂鞭

双蝶绣罗裙，东池宴，初相见。朱粉不深匀，闲花淡淡春。

细看诸处好，人人道，柳腰身。昨日乱山昏，来时衣上云。

"醉垂鞭"这个词牌名最初出现于《张子野词》。子野，是北宋词人张先的表字。因张先曾做过安陆知州，有"张安陆"之称，所以《张子野词》，又名《安陆词》。当然，无论是《张子野词》还是《安陆词》，念起来都不甚响亮，正如张先本人在宋词上的地位，似乎处在一个"高不成，低不就"的位置。不可否认他的存在，但其成就比起本书的第一主角柳永，则有所不逮。

柳永的《乐章集》存词三百余首，而《张子野词》也达到了一百八十首之上。与寇准、陈尧佐、范仲淹这几位宰相写手的词作数量相比，把张先称为"高产词人"大概是没有问题的。这或者跟张先一生官卑位低、生活闲适、拥有较多的自由创作时间有关。但与柳永相比，张先的词作要"面窄"许多，多为伤春怨别、宴游酬唱之作。

如果说柳永的词作是映照大宋风华、市井民情的一面镜子，那么张先的词作，则是一面缩小了的镜子，透过这面镜子，更多的是照见了士大夫阶层的审美意趣。

难怪张先会得到晏殊的赏识，而柳永却碰壁而回，正所谓"酒逢知己千杯少，话不投机半句多"。柳永上门，晏殊只用一句懒洋洋的"殊虽作曲子，不曾道'彩线慵拈伴伊坐'"就把柳永给打发走了，而张先上门，受到的是怎样的接待呢？"每张来，令侍儿出侑觞，往往歌子野所为之词。"非但做足了面子上的功夫，并且是真心喜欢。柳永若听闻此事，不知会不会羞愤不已："我柳七哪里不如子野？晏相对子野恁般看重，对我却是冷语摧残。我好恨也！晏相啊晏相，你厚此薄彼为哪般？"

柳永无须生气。想要世上的每个人都中意你，都投你一票，那怎么可能呢？你虽输掉了晏殊的那一票，但却赢得了大众的认可。写作的态度不同，为之写作的对象亦有所不同，你与子野，各取所需、各有所得，你们之间其实没有较量，也没有胜负。

与柳永毕生致力为词不同，张先的词大抵为即兴之作、无心之作，可能从未想到会有什么留存价值。饶是如此，他的一些作品仍在无心之中成为宋词中的珍品，令人回味不已。《醉垂鞭》算是其中的一件珍品吗？我想了又想，觉得不是。然而，它却有一些特别的地方，让我们在谈起张先时，几乎不能漏掉这篇作品。而这，正是《醉垂鞭》魅力之所在。

东池之宴，他与她初次相见。他眼里的她，罗裙曳地，裙上的双蝶图案栩栩如生。侍宴的丽姝大多盛装而来、艳光照人，她却薄施脂粉，衬出天然明洁的肤色。满园春色，姹紫嫣红开遍，她就像是一朵淡雅含蓄、清新别致的小花，未曾争春已成为全场的亮点。

谁能不注意到她呢？听那四周的赞美之声：

"看那腰身，真比柳枝还细！"

"'落魄江湖载酒行，楚腰纤细掌中轻。'有此佳人偕行，纵然落魄江湖，也不算得是件难堪的事了。"

"在下倒也想起了一句诗。'楚腰如柳不胜春'，看来除了这位姑娘，谁都不配。"

好评如潮，无一不是围绕"柳腰"。但伊人之美，莫非就集中在"柳腰"之上吗？在他看来，她是一个十全十美的美人。她的眉眼、她的身姿，她的一颦一笑、一言一行，无不动人心意。

但最为奇妙的，是她展袂起舞之时。"千金笑里面，一搦掌中腰。"但比柳腰更美的，却是她的衣裙。如云出幽谷，幻化出百千姿态、万亿风情。恍惚之中，他想起来了。昨日山中昏暝之时，有朵朵云雾翩飞袅绕，蔚然可观。莫非她的这件舞衣是用那些姿态横绝的云雾裁成，还是她本人乃是那云中的女神呢？百思不得其解，他愿把这个秘密永藏心底。他会记得，在红香烂漫的春天，曾经有过一抹淡雅清丽的颜色，一朵神韵天成的小花。而这朵小花，其实是云中女神所化。当乐声响起、云裳飘扬，这朵亲切柔美的小花忽然变得那样惝恍迷离，就像白居易所写的那首诗：

> 花非花，雾非雾，
>
> 夜半来，天明去。
>
> 来如春梦几多时？
>
> 去似朝云无觅处。

清代词学家陈廷焯对此词的评价是"蓄势在一结，风流壮丽"。

他所评的其实不是整首词，而是词之结句"昨日乱山昏，来时衣上云"。的确，如果无此结句，这首《醉垂鞭》几乎只是一篇平庸之作，但有此结句，却是化平庸为神奇，令一首二流之作得以逼近一流之作。

然而词牌既系张先首创，为何会名之以"醉垂鞭"呢？通篇读来，似乎与"醉"无关，亦与"垂鞭"无关。我就想啊，会不会是词人在宴罢归途，醉思缥缈中，垂鞭缓行，吟咏而得？如果是那样，谁说"醉垂鞭"不够切题呢？

"昨日乱山昏，来时衣上云。"张先可以凭此二句成为北宋词史上的第一位"朦胧派"词人。而除此二句之外，在朦胧意象方面，张先还另有经营、另有建树，这将在后文中说到。

最后，让我们用现代诗人徐志摩的《偶然》来结束本篇吧，那也是一次邂逅，与一位云一般的女子。而全诗则是用那云一般的女子的口吻，叙说邂逅的意义：

> 我是天空里的一片云，
> 偶尔投影在你的波心——
> 你不必讶异，
> 更无须欢喜——
> 在转瞬间消失了踪影。
> 你我相逢在黑夜的海上，
> 你有你的，我有我的，方向；
> 你记得也好，
> 最好你忘掉，
> 在这交会时互放的光亮！

张先与那位"闲花淡淡春"的女子究竟有没有在交会时擦出光亮呢？在别的时间，别的地点，他有没有再次遇见她？这样问下去未免太固执、太理想主义吧。这种邂逅，一生能有一次便足矣。君不见古往今来，唯有刹那能铸就永恒。

谢池春慢

缭墙重院，时闻有、啼莺到。绣被掩余寒，画阁明新晓。朱槛连空阔，飞絮知多少？径莎平，池水渺。日长风静，花影闲相照。

尘香拂马，逢谢女、城南道。秀艳过施粉，多媚生轻笑。斗色鲜衣薄，碾玉双蝉小。欢难偶，春过了。琵琶流怨，都入相思调。

《谢池春慢》是张先自制的一首慢词，其词牌名在《全宋词》中堪称有一无二。这首慢词，极能体现子野之风骨神韵。

"谢池"出自东晋诗人谢灵运的《登池上楼》。据说为了写这首诗，谢灵运苦思冥想了一整天却毫无收获，直到梦见族弟谢惠连，居然梦中得句"池塘生春草"。谢灵运极为惊奇，感叹道："这句诗以我之才是写不出的，这分别就是神功天语啊！"但也许不完全是神功天语。谢灵运对谢惠连的才华一向赞不绝口，曾说过，只要与谢惠连谈诗论文，便会灵感泉涌、妙语骤得。没准儿，这"池塘生春草"一句也是谢惠连在暗中启发。自此，"谢池"便成了思念的美誉，人们将美好的思念喻之为"谢池之忆"。

谢灵运为东晋名将谢玄之孙。谢玄之所以声名鹊起,是得力于历史上那场以少胜多的经典战役"淝水之战"。东晋军队以八万主力击败了前秦八十万大军,作为主要的指挥者之一,谢玄可谓出尽了风头。当然,还有一个人,虽说并未带甲出征,但其运筹帷幄之功更在那些出生入死、浴血奋战的将士之上,这便是谢玄的叔父谢安,淝水之战的幕后推手。

谢玄不光有勇有谋,其文采亦有称道之外。当他还是一个少年时,谢安曾当着一班小年轻的侄子们发问,为何你们的父兄要让你们参与复杂多变的政事,让你们过早投入到社会的大熔炉里,其真实用意却是为了培养优秀人才呢?别人一时答不上来,谢玄却朗朗然说道:"这就好比芝兰玉树,人们总是希望它能生长于瑶阶华庭之上。"谢安对此欣赏不已。但更令谢安欣赏的,却不是侄子中的哪位佼佼者,而是一个名为谢道韫的侄女——谢玄的姐姐或妹妹。某个下雪日,谢安一时诗兴大发,曾出题征续"白雪纷纷何所似",谢道韫以"未若柳絮因风起"之句而大得谢安欢心。

从谢安到谢玄、谢道韫,再到后来的谢灵运、谢惠连,谢氏家族,堪称芝兰满室、玉树盈门,一个个都禀风雅、擅文辞,令世人好生羡慕。谢道韫后来嫁给了"书圣"王羲之的次子王凝之,王凝之子承父业,在书法上也不无造诣,只因父亲声名太盛,对照之下,未免显得有些平庸。再者又娶了个才华超群的妻子,可怜的王凝之愈发黯然失色了。"不意天壤之中,乃有王郎。"谢道韫对夫君的评价实在刻薄了一些。但后世却并未因此批评谢道韫的倨傲无礼,恰恰相反,对这位咏絮才女,人们的喜爱之情从来不曾冷却。《世说新语》对谢道韫的形容是"神情散朗,故有林下风气",可知谢道韫不但富于才思,且风度极佳，神采照人。这样的一位才女，不知满足了多少人对于理想伴侣的设想，尤其是那些锦心绣腹的文士。

唐代张泌《寄人》诗云：

> 别梦依依到谢家，小廊回合曲阑斜。
>
> 多情只有春庭月，犹为离人照落花。

张泌将梦中人的居所称为"谢家"，这谢家当然不是指谢道韫的家，而是以此借喻梦中人是位才貌不减谢道韫的窈窕淑女。虽然与她分别了，但诗人即使做梦也会回到故地。尽管故地也没有寻见她的身影，但曲曲小廊，空庭春月，仍一如既往地飘荡着她的气息。佳人何处，谁惜落花？

好了，且让我们回到《谢池春慢》这首词吧。这里的谢池，其实是将"池塘生春草"的典故融入了"别梦依依到谢家"的意境，中有深情，耐人思寻。《绿窗新话》记载了此词的源起："张子野往玉仙观，中路逢谢媚卿，初未相识，但两相闻名。子野才韵既高，谢亦秀色出世，一见慕悦，目色相接。张领其意，缓辔久之而去。因作《谢池春慢》以叙一时之遇。"

但张先的这首词，并不是从路遇写起。路遇之前，张先正写着他的《宅男日记》。重重院落，层层高墙，静到极致，却仍能不时地听到清脆的莺语。一梦醒来，绣被亦难掩夜来的余寒。凝望窗外的画阁，又是明霞新照。一带朱栏玲珑婉转，数不清的飞絮在空中如雪片翻飞。看，又是春光迟暮。这样风和日暖的天气何来寒凉之感呢？也许，是心中的寂寞使然吧。闭门幽居，虽自得其乐，少年人，终不免会泛上一些空虚，袭上几分索寞。

春天就是这样，让人无端地忧，无端地愁，如有所失，无所适从。今年春天又将过去了吗？他忽地一惊。人说"等闲识得东风面"，但今年春天，总共也没有识得几回春风面啊，这真是可惜。一天飞絮，春光余几？再不寻春访胜，只怕春天就要不辞而别了。听说城南玉仙观是个赏春佳处，要不要约上几个友人同去呢？但那样的话，等约齐了人，又要耽搁几天了。说不定在今天，说不定在明天，一场风雨，便会将春光洗劫一空。罢罢罢，择日不如撞日，约人不如自往。"且抛书册梳蓬鬓"，一时间梳洗已罢，顿觉神采一新。推门上马，张先径直向玉仙观驰去。

目之所见，莎草满径、池波漾碧。日长风静，花影映入池中，犹如佳人临镜，意态娴丽。马蹄踏过落花，微风拂起香尘，在他的对面，走来了一位姑娘。她不是凌波微步、罗袜生尘的惊鸿仙子，也不是耀若白日、皎似明月的高唐神女。她是一个人间的女儿，素净的面容"清水出芙蓉，天然去雕饰"。目接神遇之际，子野的心跳失去了惯常的韵律。恰如王实甫在《西厢记》中所言："怎当他临去秋波那一转，休道是小生，便是铁石人也意惹情牵。"又似汤显祖在《牡丹亭》中写道："是那处曾相见？相看俨然，早难道好处相逢无一言。"

而对面的这位姑娘，似乎听出了他的心声。她微微一笑，胜过百花芳艳、三春明媚。这令子野欣喜若狂，莫非她也有意于他？知道他是谁，就如他知道她一样？

她的名字，他听闻已久，但却未曾留心。酒宴歌席，人们常常说起一个名叫谢媚卿的女子，说她是如何容貌出众、才艺了得。"座中如有谢媚卿，愧煞西子与王嫱。""名士若解悦倾城，第一心折谢媚卿。"那些评语虽含有调笑之意，却也看得出人们对她的由衷赞许。

"言过其实了吧？这谢媚卿，不知用了何等手段，让尔等为她极口揄扬、孜孜不倦。"再有人在他面前盛赞谢媚卿时,他便不以为然地笑了笑。

"此间别无出色人物,子野却是第一流的名士。第一流的名士竟然不识媚卿之美,岂不是不可思议?子野啊子野,你定要见一见媚卿。谢娘丰姿,古今难得。倘若佳人当前子野仍冷面无感,就算我等见识浅薄,夸错人了。"友人一脸的自信。

于是真有那么一天,远远望见一个身着薄罗裙衫女子的侧影,仿佛听人说:"那不是谢媚卿吗?她今天怎么也来了?"

"如何?"又有人跟他开起玩笑来,"比起那位'柳阴曲,是儿家,门前红杏花'的美人来,媚卿姑娘可是更胜一筹?"

"轻声些。"他急加阻止,"让人听见了这算什么?"

"隔得这么远,她哪里就能听见了?就算听见了也不要紧。"那人的脸上带着轻快的笑意,"子野兄又何必这么紧张?真还把她当回事啊?她虽生得齐整,终不过也是个美人。跟这种姑娘在一起,哪里用得着如此拘谨?"

他凝望着那袭艳如流霞的罗衣,衣上似乎系着一块蝉状的玉佩。由于距离的关系,仿佛雾里观花似的,看不真切,看不分明。但这种朦胧的美感,却让他心有所动。这个姑娘,与他从前见过的那些姑娘都不一样。尽管已经有人向他点明,她只是那些姑娘中的一个。假如为其外表所惑,非但无可非议,且是韵事一桩。但除此之外,若是对她还别有痴念,居然为之拘谨不安,那就不合时宜了。

那么,什么才是合于时宜呢?她歌舞助兴、殷勤劝酒,他兴来神至、援笔成赋。就如他在《更漏子》一词中所写:

锦筵红,罗幕翠,侍宴美人姝丽。十五六,解怜才,劝人深酒杯。

黛眉长，檀口小，耳畔向人轻道。柳阴曲，是儿家，门前红杏花。

美人才子，在锦筵翠幕之间交换着情意。她的颜色、他的才笔，是彼此相悦的媒介。几番斟酒劝饮，她终于决定向他表露心迹。趁着俯身之机，她的手与他的手，在递盏接杯时几乎碰到了一起。"我就住在柳阴曲，门前开满红杏花的那家。怎么样，你会来吗？"她低声问道。

怎么会不来呢？如此良缘，不仅是韵事，也是乐事。然而，如果要把这位罗衣流霞、佩玉如蝉的女子同那些曾经与他约期后会的女子相比较，他却并不情愿。虽说以她的身份，他可以无所顾忌地上前与其相识，但他并没有这样做。不为什么，就是觉得她有别于众，不容唐突。尽管他也看到她在向自己望来，也许就像有人告诉他"谢媚卿也在这里"，自会有人告诉她"张子野也在这里"。终究是止于此矣，两人遥遥相望，却仍互不相识。

然而此刻，他与她，几乎就近在眼前了。她的眉目是这般分明，雾中之花变得真实而又清晰。褪去朦胧的美感，她有没有令他失望呢？在他的眼底，世间万物俱已消失，只她一人影像独存。那是一个无比深长的眼神，既有惊叹、赞美，也有忧虑、惋惜。他的心里仍有疑问：真是你吗，我有没有弄错？

一袭罗衣鲜艳夺目，恍若曾见。但随着她的每一步走动，衣带上所系的双蝉玉佩却铿然有声，每一个声音都在清楚地回答：这不是梦，不是恍若曾见。真的是她，真的是她。若不是她，怎会有那样明媚俏丽的笑颜，令那百花减色、三春无晖？媚在风骨，幽香难喻。"媚卿"一词，只属伊人。

他一向能言善道，但不知为何，此时有满腹心思，却只缄默无声。

"停下来吧，请你停下来吧……"目光是最好的交流，胜于一切语言。而他，只能缓辔而行，以恋恋不舍的目光锁定她；她也放慢脚步，久久地回视着他。这一刻延长，仿佛就是一生。以为会发生什么，此情待续。但其实，自从那日走出彼此的视线，他们的一生就已背道而驰，渐行渐远。

玉仙观的春光果然名不虚传，空前奢丽。可他还是来晚了一步，没赶上最好的时间。一年又一年的春天过去了，最好的时间再也不会重来。那一年，在尘香拂马的城南道上，她秋波流转、脉脉含笑。如果他能主动一些，如果她能主动一些……会是另一番光景吧？他们本有可能成为人见人羡的欢偶佳侣。然而，终究是晚了，在彼此的生命里，他们相逢得太迟。许多年后，当琵琶响起，那些歌尽相思的琴曲总会让他想起那年的暮春之遇。他的心里，仍带着当初的疑问："你真的就是谢媚卿？"她呢，想来亦带有同样的疑问吧："你真的就是张子野？"

她究竟是否对他有意，他永远不会知道了。他是否为她动心，她亦永远不会知道了。唯有那春风中的一顾一笑，在琵琶弦上犹自闪耀流溢、余音袅袅。

愿如桃与杏，从容嫁春风

一丛花令

伤高怀远几时穷？无物似情浓。离愁正引千丝乱，更东陌、飞絮
蒙蒙。嘶骑渐遥，征尘不断，何处认郎踪！

双鸳池沼水溶溶，南北小桡通。梯横画阁黄昏后，又还是、斜月
帘栊。沉恨细思，不如桃杏，犹解嫁东风。

关于《一丛花令》，宋代杨湜曾在《古今词话》中说到它的由来：
"张先字子野，尝与一尼私约。其老尼性严，每卧于池岛中一小
阁上。俟夜深人静，其尼潜下梯，俾子野登阁相遇。临别，子野不胜
惓惓，作《一丛花》词，以道其怀。"

如果记载属实，那么子野所恋之人，当为一名女尼，这是于礼不
容的恋情。于礼不容却情有可原，京剧《思凡》中有这样一篇唱段：

小尼姑年方二八，正青春，被师父削去了头发。每日里，在佛殿
上烧香换水，见几个子弟游戏在山门下。他把眼儿瞧着咱，咱把眼儿觑

着他。他与咱，咱与他，两下里多牵挂。冤家，怎能够成就了姻缘，死在阎王殿前由他。把那碾来舂，锯来解，把磨来挨，放在油锅里去炸，啊呀，由他！则见那活人受罪，哪曾见死鬼带枷？啊呀，由他，火烧眉毛且顾眼下。

　　与《思凡》一样，这首《一丛花令》并非是从男子的角度展开述说，而是从女子的角度入手。当然啦，较之《思凡》中那位妙龄女尼的痛快直白，《一丛花令》中的女子可要含蓄委婉多了。

　　登高望远，心中的悲伤与思念就像决了口的河海一样，泪泪而流，无尽无休。怕登高，怕望远，却又不能不登高，不望远。这是因为啊，明知会为情所伤，却总是深情难禁。明知做一个绝情之人会少去许多烦恼，但世间又哪见绝情之人呢？又有哪一种事物能浓烈如情，令人魂梦相许？情如流水，不可断绝。听吧，听那诗人在悄吟低唱：

　　　　我所思兮在太山。
　　　　欲往从之梁父艰，侧身东望涕沾翰。

　　　　我所思兮在桂林。
　　　　欲往从之湘水深，侧身南望涕沾襟。

　　　　我所思兮在汉阳。
　　　　欲往从之陇阪长，侧身西望涕沾裳。

　　　　我所思兮在雁门。

欲往从之雪雾雾，侧身北望涕沾巾。

　　我所思兮，纵然天长水阻、山遮雪没，但魂寻梦绕，必欲一见。伤高怀远，在所不辞。泪满衣襟，甘心无怨。

　　记得你走的那天，路边飞絮蒙蒙，杨柳树下，千丝缭乱。唐诗里说：

闺中少妇不知愁，春日凝妆上翠楼。

忽见陌头杨柳色，悔教夫婿觅封侯。

　　那闺中少妇于分别之际并不怎样感伤难过。因为她盼望夫婿在外功业有成，以为自有衣锦还乡、团圆会合之时。这是个颇为明智的打算，夫婿去后，在相当长的一段时间里，那闺中少妇倒也安之如素，嬉笑自若。在别人眼里，她仍与往常一般无忧无虑、青春烂漫。而她自己，也以为如此。直至春日登楼，望见杨柳如画，这才惊觉芳年易逝，第一次感到了刺痛人心的离愁。悔恨不该为了浮名虚利而轻易放走夫婿，放弃了夫妻间的甜蜜相守。

　　你我却是不同。名不正，言不顺；言不顺，事不成。纵然我的心中有离愁千丝，又有什么理由来挽留你呢？马嘶不断，情正迷，意更乱。但当马嘶亦已遥不可闻，别路之上，唯见飞尘蔽日。这一回啊，你是真的走了。郎袍远矣，郎踪何在？

　　自别之后，我每天都在失魂落魄中度过。羡他一池春水，溶溶曳曳，上有鸳鸯成对，或低飞浅翔，或哝哝细语，或互梳羽翼。想起了你教给我的一首诗：

锦水东北流，波荡双鸳鸯。

雄巢汉宫树，雌弄秦草芳。

宁同万死碎绮翼，不忍云间两分张。

　　从前每次启窗探看，远远见你摇橹前来，我只觉得轻舟从天飞至，一池春水何足为道？纵然一个人身在天之南，一个人身在地之北，只要心似舟橹，何愁南北不通？可叹轻舟自由，人不自由。"宁同万死碎绮翼，不忍云间两分张。"你是这样想的，我也是这样盼的。但我们终究分开了，你我的绮翼已碎为万片，而春水之上，我们曾一同笑指的那些鸳鸯却仍相亲相爱、相偎相傍。

　　黄昏是一个不为人们所喜爱的时刻。然而，曾经有一度，一天中我最期待的时刻就是黄昏。因为你总在黄昏之后到来，忐忑、紧张、激动、欢乐……那些美丽的瞬间烙在心海，如珊瑚玉树散发出永不沉落的光芒。心如初见，物是人非。如今目断黄昏，总也望不到你。我无精打采地独回小阁，明知横斜的楼梯上再也不会响起你的脚步声，却仍忍不住百回千次地张望。你不会来了，如果只是今天、只是明天，也许我还能忍受。但如果是未来的每一天，我都像今天这样，对着斜月映照的帘栊细数往事，靠着残烛般虚无缥缈的希望来打发日子，这样的人生是何其哀凄可悲。

　　我怎么就堕入了这样的田地呢？是不是错自与你相识？错自你的身份、我的身份？不，错的不是你我，错的也不是你我的身份。"彼此当年少，莫负好时光"，你情我愿、光明坦荡，没有什么羞于承认的，更不必遮遮掩掩。当此暮春之时，连那些艳桃娇杏尚知珍惜韶华，要赶在生命最绚烂之际嫁给东风，纵然随风流转、委地成泥，却终无所惧、终无所怨。花犹如此，人何以堪？可恨我还不如这些聪慧敏感的花朵，桃杏犹能自主，我却不得自主。难道我不懂得真情难得，莫非我不知道韶华可贵？我也情愿随风流转，寻觅郎踪，委地成泥，无惧无怨。愿如桃与杏，从容嫁春风。

据宋代范公偁《过庭录》记载：

子野郎中《一丛花》词云："沉恨细思，不如桃杏，犹解嫁东风。"一时盛传，永叔尤爱之，恨未识其人。子野家南地，以故至都谒永叔，阍者以通，永叔倒屣迎之，曰："此乃桃杏嫁东风郎中。"

文中所说的子野郎中即张先，张先退休时的官职是尚书都官郎中，故有"子野郎中"之称。而永叔则指的是欧阳修，欧阳修字永叔。"沉恨细思，不如桃杏，犹解嫁东风。"此为《一丛花令》的"词眼"，《一丛花令》能一时盛传，甚至传到张先退休之时，"犹解嫁东风"一句称得上是厥功至伟。而同为词人的欧阳修更是为其倾倒不已，对于未曾识得作者之面深以为憾，直至张先送上门来。欧阳修曾任枢密副使、参知政事，是副相级别的大员了，张先官位低，下级见上级，称之为"谒"。而一当门人通报了张先的名字后，欧阳修竟然乐呵呵地穿倒了鞋子就跑出去迎客，且一见面就嚷嚷说："桃杏嫁东风郎中，我可算认识你了。"

"沉恨细思，不如桃杏，犹解嫁东风。"这固然是新丽别致的警句，但其创意却是源自唐代李贺的《南园》一诗：

花枝草蔓眼中开，小白长红越女腮。

可怜日暮嫣香落，嫁与东风不用媒。

李贺的原诗，将花落香销描述得极为无奈，将之喻为无媒嫁东风，

251

纯是消极认命之举。就如一个老大不小的姑娘，潦潦草草地完成了终身大事，虽委屈，但却是没有出路的出路，一个凄凉但却妥当的归宿。而《红楼梦》中的潇湘妃子则写过一首咏柳絮的词"嫁与东风春不管，凭尔去，忍淹留"。词意比起李贺的原诗，又增加了悲剧色彩。把柳絮比为错嫁无情郎的薄命女子，纵然已是委曲求全，却仍未得到现世的安稳。但张先却能翻陈出新，另辟蹊径，使得花落香消成了一种自我意愿的体现，是桃杏对生命价值进行认真思索后所做出的抉择。将自己生命中最美好的一切献给那位曾让自己尽情怒放的对象，纵然为之毁于一旦也面不改色、甘之如饴。人间的爱情能达到这一境界，堪称至境矣。

至于张先的生命中有无这段与女尼相互恋慕的本事，以张先的性情，我是宁信其有的。不由得又想起了《玉簪记》中的道姑陈妙常与书生潘必正之间的那段情感纠葛。

月明深夜，妙常抚琴而思："我见了他假惺惺，别了他常挂心。我看这些花阴月影，凄凄冷冷，照他孤另，照奴孤另。"

静无人处，妙常凄然独白："西风别院，黄菊多开遍。鸂鶒不知人意懒，对对飞来池畔。云淡水痕收，人傍凄凉立暮秋。蛩吟无断头，心事泪中流。懒把黄花插满头，见人还自羞。自与潘郎见后，不觉心神恍惚，情思飘荡。对此困人天气，好生伤感也。想我在此出家，原非本性，只为身无所归，寄迹于此。哪知弄假成真，到后来不知怎生结果。"

妙常把满腔心事付诸笔端，为潘必正窥见，一层薄薄的窗户纸就此捅破。"两下里青春浓桃艳李"，"自有皇天在上，照证两心知"，终于成就如意姻缘。

但张先却未能如意。桃杏嫁东风，可惜伊人不如桃杏，张先亦不是东风。

天仙子

《水调》数声持酒听，午醉醒来愁未醒。送春春去几时回？临晚镜，伤流景，往事后期空记省。

沙上并禽池上暝，云破月来花弄影。重重帘幕密遮灯，风不定，人初静，明日落红应满径。

如果一个词人只能选取一首代表作，则柳永的必选篇目一定会是《雨霖铃》，而张先的必选篇目则一定是这首《天仙子》。你可能未曾听说或是未必记得张先的词集《张子野词》，然而，只要你对宋词怀有那么一点点"闲花淡淡春"的意趣，那你肯定对《天仙子》一词不会有生僻之感。你甚至会流畅至极地背出其中最是为人称道的名句"云破月来花弄影"，因为这个句子其实早已融入你对生活的品悟与审美之中，不知不觉间，已与你相伴多年。恰如庾信所说："树里闻歌，枝中见舞，恰对妆台。轩窗并开，遥看已识，试唤便来。"

在《天仙子》前，曾有一段作者的小序：时为嘉禾小倅，以病眠，不赴府会。嘉禾，即北宋嘉禾郡，今浙江省嘉兴市。"倅"的本义为副，副手、副官，皆为次要之职。而"小倅"一词，则指的是品秩低微的官职。张先曾任嘉禾郡通判，时年五十二岁。

小序交代了此词的创作背景。身为府吏的张先原本要去参加府会，至于府会的性质与内容，是正式的宴集还是较为休闲的雅聚，张先不曾言明。只是含含糊糊地表示，他请了病假，没有去官府应卯报到。但笔者认为，这个病假似乎有些水分。何以这么说呢，请看《天仙子》的第一句："《水调》数声持酒听，午醉醒来愁未醒。"听听这口吻，像个病人吗？一个病得不想上班的人却待在家里听歌饮酒、午眠小憩，不说身体有何不适，只道消愁无计。据其辞意可知，这愁可不是病愁，而是春愁、闲愁。莫非张先是以染病为托词，借以逃避府会的烦扰？又或许是为了得到一个奢侈的休息日，以五十二岁的"高龄"而编造病假也在所不计了。当然啦，这只是在下的一个猜想而已。一个看似不怀善意的猜想，其实只是为了拿此词作者开个玩笑。以张先的性格，大概也不会反感这种玩笑。

好了，让我们进入正题吧。《水调》，相传最初为隋炀帝开凿汴河时所作，后衍化为唐曲，亦称《水调歌》。而词牌中的《水调歌头》则是撷取《水调歌》的首段制成。白居易曾是《水调歌》的乐迷，其有诗云："五言一遍最殷勤，调少情多但有因。"白居易所听的《水调歌》，乃是唐代大曲。而张先此处所听的《水调》数声，则极有可能不是唐曲而是词牌《水调歌头》。看来张先也是个"水调迷"，《水调》数声，持酒而听。酒酣曲美，真是雅得紧、妙得紧。酒也饮了，曲也听了，带着酒醉来段午休，应当是个不错的主意。可惜午休醒来，酒醉是消失了，而与酒醉一同到来的愁思却没消，甚至是比酒醉之前更为浓酽了。词人的愁思究竟因何而起呢？

"送春春去几时回？"原来，词人所饮，乃是送春之酒。清代张惠言有《相见欢》一词：

年年负却花期！过春时，只合安排愁绪送春归。

梅花雪，梨花月，总相思。自是春来不觉去偏知。

春天总是这样，青春亦总是这样。当春天与青春联袂而至时，身临其境的人们往往浑然不知，但当春天与青春振翼飞逝时，这才如梦方醒，不顾一切地想要追赶、想要挽回，却只是徒劳而已。

世上总有人在失去、在哀悼青春，却也总人在得到、在享有青春。有一首歌中唱道："春去春会来，花谢花会再开。"然而回来的春天毕竟不是曾相识、相许、相约、相守的春天，再开的花朵，也毕竟不是当初那东风里的第一枝名芳秀蕾。法国小说家巴尔扎克说过："这一朵玫瑰，像所有的玫瑰，只开了一个上午。"是的，漂流在时光的银河之上，古今中外，再美丽的春天其实也只是一朵旋开旋谢的玫瑰，再绚烂的青春其实也只是一个浓缩了的上午。回头看、回头望时，你的感悟将更为确切，可对于青春在手的那些幸运儿，是很难体会到这一点的。对他们来说，今年的春天与明年的春天不会有多大的不同，其实他们更愿相信的，是明年的春天会比今年的春天更加可爱。既然如此，对于春光迟暮，他们就无所谓珍惜与挽留。春天走了就走了呗，反正，我们还有的是时间，有的是和春天见面的机会。但张先不能这么想。他已五十二岁，这在古代，连人到中年也算不上了，而是直接该去"老干部局"报到了。"寻芳载酒，肯落他人后？"曾经年少翩翩、风流籍甚的张子野今已垂垂老矣。

即使自己不服老，在自我感觉中，无论体质还是心态，与年轻时代似乎并无明显变化，且还不时听到别人的称叹"自我认识你以来，你一直就是现在这个样子"，"你怎么总也不老啊，活得像棵常青树似的"。这种话听得多了，未免会信以为真。

《世说新语》中有个故事，一段发生在东晋简文帝与大臣顾悦之间的对话。简文帝与顾悦同岁，而顾悦的头发早已变白。简文帝问顾悦说："你的头发为何白得这么早？"顾悦答道："蒲柳之姿，望秋而落；松柏之质，经霜弥茂。"以望秋而落的蒲柳自喻，却将简文帝比作经霜弥茂的松柏。这个一抑一扬、对比鲜明的拟喻估计会令简文帝沾沾自喜，但常识却告诉我们，世上没有青春永驻这回事，连帝王将相也求之不得。在日月星辰、湖海山川之前，每一样生物都非常脆弱。身为人类个体，将自己谦卑地定位为朝颜夕改的蒲柳远比定位为万古苍翠的松柏更有自知之明。

老了，是真的老了。所有的自我安慰加上别人的恭维，其实都只是主观意愿，而不是客观事实。事实是什么？事实就是一面雪亮的镜子，一台容不得半点儿掺假的测谎仪。当一个五十二岁的男子对镜自照时，无论如何，镜中呈现出的面容不会是一个二十五岁的青年。眉毛、眼睛、鼻子、嘴唇……哪里都是岁月有痕而不是岁月无痕。即使抹平这些岁月的印痕，那眉间的英气、眼中的神采、嘴角的天真，都已不复从前。是啊，你已活过了两个二十五岁，怎么还能如同一个年方二十五岁的青年那样单纯明朗、朝气袭人呢？镜中的你，就像这个渐渐临近的傍晚一样，充满了无可言说的暮气。春天已步入晚景，人生也已步入晚景，正所谓"忧患凋零，老去光阴速可惊"。

年华虽与春光俱暮，但张先的心里，似乎仍未做好无欲无求、慢慢变老的准备。"往事后期空记省"，有多少青春往事，美好的、遗憾的，恨不得时光可以倒流，让他重新温习一遍，把美好变为完美，让遗憾变为无憾。若有当年不该辜负的人与事，这一次，可要用心地定好了后会之期，别让彼此再次失之交臂。没有第二次了，生命的春天是只来一次的。无法再度体验青春的瞬间与细节，唯有依靠回忆的力量。但在不断地回忆中，细节却是一改再改，早已偏离了生活的底稿。

暮色已深，词人的愁思愈发有增无减。对于现状，张先显然是不大满意的。作为一名性格闲散、满身名士风气的五十二岁的小吏，在仕途上固然是无多企望、无多作为了，在生活上，似乎也不会有太多的起落与惊喜。"弃我去者，昨日之日不可留；乱我心者，今日之日多烦忧。"很难说，张先到底为何而愁，因何而忧。大概是因为人生与未来太过平稳了，用我们今天的比喻来说，就像一辆无人驾驶的汽车，车上唯一的一位旅客大可闭目养神，任由无声无息的智能机器不疾不徐、一路畅通地将自己带到生命的终点站。但这样的生命与生活，是他的心灵所愿与精神所需吗？

"别再想那些往事了。沉溺于往事，既不能帮助你摆脱当下的生活，也不能帮助你找到未来的生活。"张先离开内室，来到一片池塘边。有双双禽鸟在岸沙上并眠，为昏暗寂寞的夜色染上了旖旎浪漫的情调。而就在此时，水面风来，撩开了天心层云的面纱，皎皎月光照亮了夜色，高高低低的花木在风中摇姿弄影，生趣盎然。词人的心情也一下子明朗起来，愁思戛然而止，云破月来，花影若舞，生活中仍有意想不到的感动。而这感动也在预示着，哪怕年华将老，你的心终不会暗如枯井，无焰无波。

如此景象，令张先灵感忽来，妙手偶得。他急回内室，写下了"云破月来花弄影"七个字。一"破"一"弄"，顿成千古绝唱。我们知道，张先曾凭借"不如桃杏，犹解嫁东风"一语而获得"桃杏嫁东风郎中"的雅称，但张先还有一个别号——张三中，取自其《行香子》词"奈心中事，眼中泪，意中人"。据《古今词话》记载，张先本人认为"张三中"之称不足以代表他的特色，干脆为自己另起了一个别号"张三影"。哪"三影"呢？南宋《苕溪渔隐丛话》引用张先自己的话说来，是"云破月来花弄影；娇柔懒起，帘压卷花影；柳径无人，堕风絮无影。此余平生所得意也"。可我有些怀疑其真实性。因为"柳径无人，堕风絮无影"应为"柳径无人，堕絮飞无影"之误，出自张先《剪牡丹·舟中闻双琵琶》一词。张先未必会连自己的词句都会记错，但也有另一种可能，这话真是张先说的，是顺口而出的一个小失误。

对我们读者而言，将"云破月来花弄影"排在"三影"中的第一位肯定没有问题。然而那排名第二的"娇柔懒起，帘卷压花影"与排名第三的"柳径无人，堕风絮无影"与之相提并论，似乎稍觉弱了些。于是又有人说，应当将此"二影"换掉，换之以"中庭月色正清明，无数杨花过无影"以及"那堪更被明月，隔墙送过秋千影"。还有人说，"三影"应当指的是"浮萍破处见山影""云破月来花弄影""隔墙送过秋千影"。张先爱用"影"字，诸如：日长风静，花影闲相照；犹有花上月，清影徘徊；竟日清辉，风影轻飞；朦胧影，画勾阑；棹影轻于水底云；隔帘灯影闭门时；寒影透清玉；人影鉴中移……千姿百态，参横妙丽。"张三影"这一自称未免太过自谦，子野笔下深入人心的"影"何止三个。清代词人陈廷焯就曾评价道："子野善押'影'字韵，特地精神。"

"云破月来花弄影"着实让张先出了一番风头。有一则逸事是这么讲的，张先词名远扬，被工部尚书宋祁视为奇才。有一天，宋祁动了拜会偶像的心思，让仆从走在前面向张先禀报："我家尚书特来寻访云破月来花弄影郎中。"于是张先又有了第四个别号。桃李嫁东风郎中、张三中、张三影、云破月来花弄影郎中，四个别号都用的是张先本人的词句。张先应当是拥有别号最多的词人吧？张三中、张三影叫起来倒还顺溜，但这桃李嫁东风郎中、云破月来花弄影郎中，念起来就有些考验口齿的伶俐与圆转了。可是管他呢，用唯美主义的眼光看来，这俩称呼是呱呱叫，没得说。王国维在《人间词话》中点赞道："云破月来花弄影，着一'弄'字而境界全出矣。"人家想得出这么出色的句子，以此作为对其的美称，这难道不是对于词人最好的馈赠吗？长乎哉，云破月来花弄影郎中？拗口哉，云破月来花弄影郎中？多念几遍，不再觉得长了，也不觉得拗口了。只是觉得这个别号美妙至极，对炼字如神的张子野，既是羡慕，又是服气。

云破月来花弄影，得此自然浑成的佳句，身为作者本人的张先定当欣喜不已吧。不枉请了一天的病假呢，这雕章琢句容易吗？不单是个心力活儿，并且是个体力活儿。但正如一首饶有禅意的七言诗所言：

尽日寻春不见春，芒鞋踏遍陇头云。

归来笑拈梅花嗅，春在枝头已十分。

一刹那的触景感物、神交意会，往往胜于费尽心机的加工与雕琢。无须刻意寻觅，佳句不约而至，恰似"诗仙"李白所称："罗帏舒卷，似有人开。明月直入，无心可猜。"

刚刚写出了"云破月来花弄影"这一清词丽语的张先何尝不愿细细地品味"明月直入"的喜悦呢？然而又一阵突如其来的风，这是急风、狂风，而不是适才立于花木之下所感受到的习习清风，打断了张先的喜悦与从容。狂风掀得书案一片凌乱，室内残灯无焰影幢幢，让人不由得从心底生出怯意。张先急忙放下帘幕，但仅仅放下了内帘还是不行，风力太大，仍然吹得烛光猛烈摇晃。于是，他又让人放下了外帘。整座宅院，直到里里外外的帘幕全都放下了，遮掩得密密实实、一丝不漏，烛光终于安定下来，静静地在暗夜里绽放着光华。而张先的心情也终于安定了下来，现在纵有大风大浪也不足为虑了。他知道，他在一个极安全的地方，不会受到任何偷袭与伤害。

他是安全的，烛光也是安全的。但帘幕以外的世界呢？那些不久之前还在云破月来之际起舞弄影的春花，它们会是怎样？张先闭上了眼睛，眼前却显现出了天明后的场景。昨夜停留之处，再也不见春花的娇姿俏容，而小径之上，却是残英片片、胭脂红透。当他踏着一地的残红而行时，他仍然是安全的。然而，谁知道会是哪一天呢，他也会像那些被吹落枝头的残红一样，堕地无声、归于尘土。今天他还在感叹"往事后期空记省"，但对于明天，今天也会很快变为难追的往事。今日不比往昔，明日不如今日。对人生而言，什么才是长久呢？人生之路伸向远方，晓风明月曾为无数的今人古人饯行。可这条路上却只见离人，不见归人。等在远方的究竟会是什么呢？莫非只有一条残英狼藉、胭脂红透的小径？所有的繁华、欢乐、痴迷与精彩终将随风而去、归于尘土。